Clara Sternberg
Sonntags bei Sophie

aufbau taschenbuch

CLARA STERNBERG, 1960 geboren, wollte als Kind Ärztin, Schauspielerin, Tierärztin, Schriftstellerin oder Sängerin werden. Nach ihrem Studium arbeitete sie als Texterin und Übersetzerin. Clara Sternberg lebt in Berlin. *Sonntags bei Sophie* ist ihr erster Roman.

Sophie, Rosa und Melanie sind unzertrennlich. Und dann ist plötzlich nichts mehr, wie es war, denn Sophie erfährt, dass sie nur noch wenige Monate zu leben hat. Sie hat sich entschieden: Keine Klinikaufenthalte und qualvollen Behandlungen; Sophie will die Zeit, die ihr noch bleibt, im Kreise ihrer Lieben verbringen.

Ab jetzt sind die Sonntage nur noch für die drei Freundinnen reserviert: Sie sind für einander da und sie erinnern sich. Und immer häufiger gelingt ihnen ein Lachen und ein Stückchen Normalität. Sophie steckt voller Lebensmut, denn sie hat ein großes Ziel: die Geburt von Melanies Tochter zu erleben! Auch Rosa und Melanie wollen die Hoffnung nicht aufgeben und machen sich, jede auf ihre Weise, auf die Suche nach einem Wunder, das Sophie retten kann.

Clara Sternberg

Sonntags bei Sophie

Roman

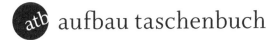 aufbau taschenbuch

ISBN 978-3-7466-2538-6

Aufbau Taschenbuch ist eine Marke
der Aufbau Verlag GmbH & Co. KG

2. Auflage 2014
© Aufbau Verlag GmbH & Co. KG, Berlin
Umschlaggestaltung Mediabureau Di Stefano, Berlin
unter Verwendung eines Motivs von © plainpicture/Etsa
Satz LVD GmbH, Berlin
Druck und Binden CPI – Clausen & Bosse, Leck
Printed in Germany

www.aufbau-verlag.de

1

Der letzte Abend des alten Jahres war angebrochen. Ich war ganz kribbelig, weil ich mich so auf die Party freute, und total schick war ich auch: neuer Lippenstift, neues Kleid, die Haare frisch gewaschen. Das neue Jahr konnte kommen, ich war bestens gerüstet. Bevor wir losfuhren, hatte ich sogar noch ein paar Minuten Zeit. Ich nutzte die Gelegenheit und huschte ins Arbeitszimmer, das ich heute Nachmittag zum Jahresabschluss besonders gründlich aufgeräumt und geputzt hatte. Ein bunter Tulpenstrauß schmückte den Schreibtisch mit der nierenförmig geschwungenen Glasplatte, den ich Uwe und mir zu Weihnachten geschenkt hatte. Die Regale mit Büchern und Aktenordnern glänzten durch Staubfreiheit und Ordnung, ich hatte sogar die Weihnachtskarten meiner Patienten mit dem Staubwedel bearbeitet und neu arrangiert. Meine diesjährige Lieblingskarte stammte von der Rauhaardackel-Hündin Trixi. Sie gehörte einer sehr alten, aber noch recht rüstigen Dame, die mit ihrem Sohn in einer Villa in Grunewald wohnte und immer von ihm in die Praxis chauffiert wurde. Die Karte zeigte Trixi mit Nikolausmütze in ihrem Körbchen und war an einer Flasche Champagner befestigt gewesen, die Frau Schnitzers Sohn mir feierlich überreicht hatte. Ihr Geschenk hatte mich sehr gerührt. Mein Kollege Tom – von allen Dr. Tom genannt, weil er einen unaussprechlichen polnischen Nachnamen hatte – und ich hatten garantiert die wunderbarsten Patienten und Patientinnen in ganz Berlin! Ich las gerade wieder einmal Trixis Gedicht, *Bleiben Sie gesund und munter, auch wenn mal alles drüber geht und drunter!*, als ich Uwe rufen hörte: »Rosa! Wo bleibst du denn? Ich bin schon seit Stunden startklar!«

Das konnte nicht sein, denn als ich ins Arbeitszimmer gegangen war, hatte noch im Bad die Dusche gerauscht. Jetzt stand Uwe allerdings im dunkelgrauen Anzug und hellgrauen Hemd in der Diele, den Mantel über dem Arm.

»Bin schon da«, sagte ich. »Es kann losgehen!«

Tatsächlich konnte ich es sogar kaum erwarten, dass es losging, denn ich fieberte diesem Abend seit Wochen entgegen. Ich liebte Silvester, die Nacht, in der einem dreihundertfünfundsechzig funkelnagelneue Tage geschenkt wurden. Und ganz besonders liebte ich Silvesterpartys bei Sophie. Während ich in meinen Mantel schlüpfte, bückte sich Uwe nach dem Korb, in dem sich die Buletten, der Kartoffelsalat nach dem Rezept meiner Mutter und die Soleier befanden, die sich Sophie und Stefan fürs Büffet gewünscht hatten. Außerdem nahmen wir noch eine kleine Schachtel mit den feinen belgischen Pralinen mit, die die beiden so gerne aßen, und einen Blumenstrauß. Dabei musste sein Blick auf meine Füße gefallen sein, denn er sagte amüsiert: »Ach, übrigens, Rosa ... die Schuhe passen wirklich super zum Kleid.« Ich schaute nach unten – auf meine heißgeliebten lila Hausschuhe mit der pinkfarbenen Hirsch-Applikation.

»Ich *wusste*, dass sie dir gefallen!«, hatte Melanie gekräht, als ich ihr entzückt um den Hals fiel. Das war im letzten Jahr an meinem fünfundvierzigsten Geburtstag gewesen. Melanie, Sophie und ich hatten mit einem Freundinnen-Wochenende in einem kleinen, kuscheligen Hotel an der Ostsee gefeiert. Dieser Geburtstag war der schönste und glücklichste meines Lebens gewesen, denn Sophie hatte die allerbesten Nachrichten der Welt für uns. Jedes Mal, wenn ich daran dachte, sah ich die Szene vor mir, die auf ihre Glücksbotschaft gefolgt war: Wir drei, warm eingemummelt gegen den schneidenden Wind, am Strand, wie wir vor Freude in die Luft sprangen und kreischten, was die Stimmbänder hergaben. Wir hatten uns halb kaputtgelacht, als ein altes Ehepaar kopfschüttelnd an uns vorbeiging.

Kurz darauf saßen Uwe und ich im Auto. Ich trug jetzt Pumps, die leider nicht annähernd so bequem waren wie meine Puschen. Uwe saß am Steuer. Er war auch derjenige, der uns nach der Party nach Hause fahren würde. Ich konnte also ganz beruhigt Wein trinken und um Mitternacht mit dem leckeren *Crémant de Loire* anstoßen, den Stefan servieren würde.

Das kleine, gelb angestrichene Haus mit der smaragdgrünen Tür und den gleichfarbigen Schlagläden im Potsdamer Stadtteil Babelsberg, in dem Sophie und Stefan zur Miete wohnten, war weihnachtlich dekoriert: Auf den Fensterbänken lagen Tannenzweige und Lichterketten, und neben der Haustür stand ein Weihnachtsbäumchen im Kübel, an dem goldene Engel, Vögel und Trompeten hingen. Im Wohnzimmer ragte eine kunterbunt geschmückte, prächtige Nordmanntanne bis fast unter die Decke.

Ich hatte damit gerechnet, dass wir die ersten Gäste sein würden, denn ich hatte mit Sophie ausgemacht, dass wir früher kommen würden, damit ich bei den letzten Vorbereitungen noch ein bisschen zur Hand gehen konnte. Aber Melanie war schon da, sie hatte die gleiche Idee gehabt und war vor einer Stunde mit zwei selbstgebackenen Kuchen und viel Elan eingetroffen. Stefan und Uwe verschwanden in der Küche, um die Tulpen ins Wasser zu stellen und unsere kulinarischen Mitbringsel ins kalte Büffet zu integrieren.

So hatten wir ein bisschen Zeit für uns, bevor die Party losging.

»Euer Baum ist ganz besonders schön bunt dieses Jahr«, sagte ich zu Sophie, nachdem wir es uns zu dritt auf dem hellgrauen Sofa gemütlich gemacht hatten. Es war angeschafft worden, nachdem Stefans uralter Kater Lancelot sich im vergangenen Jahr in den Katzenhimmel verabschiedet hatte. Lancelot hatte im Laufe seines langen, glücklichen Lebens zwei Sofas mit der Pflege seiner Krallen zerpflückt, dieses hier hätte ihm bestimmt besonders gut gefallen. Es war groß, enorm bequem, und die kleinen Seidenkissen in allen Regenbogenfarben und die zusammengefaltete orangefarbene Kuscheldecke auf der Armlehne luden zum Schlummern ein.

»Stimmt«, sagte Melanie. »Ein richtiger Gute-Laune-Baum ist das. Besonders süß finde ich die roten Eulen. Wo habt ihr die denn gefunden?«

»Auf dem Weihnachtsmarkt vor dem Schloss Charlottenburg«, antwortete Sophie.

»Ach, ja, der ist toll. Ich war neulich mit Heiko da, wir

haben Glühwein getrunken, das heißt, Heiko hat Glühwein getrunken, ich alkoholfreien Apfelpunsch …«

Ich kannte Melanie lange genug, um zu merken, dass ihr etwas aufs Herz drückte, auch wenn sie es sich nicht anmerken lassen wollte, und ich ahnte schon, was los war. Heiko hätte heute Abend mit uns feiern sollen, aber er glänzte durch Abwesenheit. Das war nichts Neues. Melanie hatte ihn uns schon öfter vorstellen wollen, aber irgendwie war dem Mann, der sich seit fast drei Jahren nicht zwischen Melanie und seiner langjährigen Lebensgefährtin, mit der er zusammenwohnte, entscheiden konnte, im letzten Moment immer etwas ungeheuer Wichtiges dazwischengekommen. Sophie und ich kannten Heiko also nur aus Melanies Erzählungen und von Fotos, die einen schlanken, blonden Mann mit einem sympathischen Lächeln zeigten. Wir glaubten Melanie aufs Wort, dass Heiko intelligent, humorvoll und zärtlich und vor allem ihre große Liebe war. Schwer fiel es uns, daran zu glauben, dass sie, wie er stets versicherte, auch seine große Liebe war. Wenn das wirklich stimmte, wieso war er dann immer noch mit der anderen zusammen? Die keine Ahnung hatte, dass ihr Partner ein Doppelleben führte. Weil, erklärte uns Melanie an einem Abend, an dem wir bei Sophie italienisch gekocht und köstlich gespeist hatten, es verschiedene Komplikationen gab, die er zuerst noch lösen musste.

Sophie zog die Stirn in Falten und sagte ungewohnt energisch: »Mensch, Mella. Ich wünschte, du würdest dich von der Komplikation namens Heiko lösen. Es gibt jede Menge Männer in Berlin, ungebundene, die sich alle

Finger nach dir lecken würden. Wieso muss es ausgerechnet einer sein, der schon besetzt ist?«

»Weil ich ihn liebe und keinen anderen Mann will«, gab Melanie trotzig zurück. »Und er liebt mich. Ihr werdet sehen, er wird sich für mich entscheiden. Ich muss ihm einfach die Zeit geben, die er braucht. Im Grunde spricht es für ihn, dass er eine langjährige Beziehung nicht einfach in den Wind schießt, zumal die Frau psychisch labil ist.«

Sophie seufzte beinahe lautlos, und ich verdrehte mental die Augen, also so, dass man es nicht sah. Man konnte mit Melanie über alles vernünftig reden, aber nicht über ihre Männer, das hatte sich über die Jahre nicht geändert. Und seltsamerweise ähnelten sich nicht nur die Männer, sondern auch die Liebesgeschichten.

Jetzt sagte Sophie: »Apfelpunsch ist lecker, und am allerleckersten schmeckt er mit frischem Ingwer, finde ich. Er soll übrigens auch gut bei Grippe helfen.«

»Grippe?«, fragte ich. »Wer hat Grippe?«

»Heiko«, kam es von Melanie. »Er liegt mit fast vierzig Fieber im Bett, der arme Kerl. Und ich hatte mich so auf ihn gefreut.« Der letzte Satz klang ziemlich kläglich. Arme Melanie. Wieder war sie enttäuscht worden. Es war ein Jammer. Ich legte einen Arm um ihre Schulter. »Ach je, das ist wirklich Pech, hoffentlich ist er bald wieder fit. Aber jetzt erzähl: Wie geht's dir? Und wie geht's unserer Motte?«

Diese Frage zauberte sofort ein Lächeln in Melanies Gesicht. Zärtlich strich sie über ihren runden Bauch. Sie sah besonders hübsch aus heute Abend, fand ich, in einem tief ausgeschnittenen, nachtblauen Kleid im Empire-Stil, das ihre neuerdings üppigen Kurven gut zur Geltung brachte.

»Motte ist total fit. Kein Wunder, sie trainiert ja auch Tag und Nacht. Jetzt gerade strampelt sie besonders doll. Fühlt mal.«

Sophie und ich legten eine Hand auf Melanies Bauch. Unter meiner Handfläche fühlte ich, wie sich die Kleine bewegte, und mir wurde ganz warm ums Herz. Motte, die einmal Mia, Leonie, Anna, Hanna oder Rebekka oder ganz anders heißen würde, war das Baby, das Sophie und ich nie hatten. Und sie war etwas ganz Besonderes, daran konnte es keinen Zweifel geben, denn es war erstaunlich, wie sie sich ins Leben geschmuggelt hatte.

Melanie, mit zweiundvierzig die Jüngste von uns dreien, war aus allen Wolken gefallen, als die Frauenärztin ihr mitteilte, dass ihre Periode nicht zweimal hintereinander ausgeblieben war, weil sie – wie von ihr vermutet – vorzeitig in die Wechseljahre kam, sondern weil eine Schwangerschaft vorlag.

Das war die Sensation des Jahres gewesen. Mit einem Kind hatte nun wirklich niemand gerechnet. Sophie und ich waren euphorisch – ein Baby! Wir hatten uns beide Kinder gewünscht, aber dieser Herzenswunsch war uns versagt geblieben. Und jetzt fiel ein Kind vom Himmel, beinahe in unseren Schoß – wir konnten unser Glück kaum fassen. Wir durften Melanies Schwangerschaft miterleben, und das Kleine, wenn es erst auf der Welt war, lieb haben und verwöhnen und mit ihm die Welt durch seine Kinderaugen neu entdecken. Wir konnten es kaum erwarten!

Die Details zur Sensation erfuhren wir dann bei Schnittchen und Tee in Melanies Wohnzimmer: »Ich wollte natürlich von Frau Dr. Berns wissen, wie das passieren konnte. Ich verhüte schließlich seit Jahrzehnten zuverlässig und bin nie schwanger geworden. Wieso also ausgerechnet jetzt, in meinem Alter? Frau Dr. Berns meinte, solange man eine Gebärmutter und funktionsfähige Eierstöcke besitzt, gibt es keinen hundertprozentigen Schutz vor einer Empfängnis. Und dann sagte sie etwas total Spannendes: »Also, in Ihrem Fall, Frau Daniels, ist es interessant, unter die Oberfläche zu schauen, um den spirituellen Aspekt bei diesem Ereignis zu betrachten. Meine Intuition verrät mir, dass wir es mit einer höchst energischen Seele zu tun haben, die unbedingt inkarnieren will, Sie als Mutter ausgesucht hat und sich von einem Hindernis wie einer kleinen weißen Pille nicht abschrecken ließ. Man könnte das alles so interpretieren, dass es zu Ihrem Karma gehört, in diesem Leben Mutter zu werden, wenn auch erst fünf Minuten vor zwölf.«

Auch Sophie und ich waren Patientinnen von Frau Dr. Berns, die aus einer Familie von Heilern und Heilerinnen stammte und komplementäre Heilweisen sehr gelungen mit westlicher Medizin verband. Die Sache mit der Seele und der Inkarnation brachte uns also nicht aus der Ruhe.

»Ich finde, das hört sich zauberhaft an«, sagte ich. »Wie im Märchen. Eine kleine, mutige Seele hat die Pille besiegt und ist nun auf dem Weg zu uns. Herzlichen Glückwunsch zum Karma!«

Sophie sagte nichts. Sie strahlte einfach nur und faltete die Hände über dem Bauch, als sei sie selbst schwanger.

Melanie grinste. »Danke. Aber ich muss zugeben, ich hadere ein bisschen mit dem Timing. Warum hat sich diese Seele nicht vor zehn Jahren auf den Weg gemacht? Vor zehn Jahren wäre alles einfacher gewesen, da war ich mit einem Mann zusammen, der sich Kinder vorstellen konnte; und ich war jünger und auch fitter und hätte keine Angst gehabt, dass mein Leben komplett aus den Fugen gerät und ich es womöglich nicht schaffe, Kind und Job unter einen Hut zu kriegen. Mit zweiunddreißig hatte ich das Gefühl, ich sei Super-Woman persönlich, und die Welt liege mir zu Füßen!«

Sophie sah erstaunt aus. »Wirklich? So warst du drauf? Ich erinnere mich gar nicht mehr.«

»Der Mann, der sich Kinder vorstellen konnte ... wer war das noch mal?«, wollte ich wissen.

»Das war Oliver.«

»War das nicht der, der sich nicht auf eine feste Beziehung einlassen wollte und später nach Dänemark ausgewandert ist?«, fragte Sophie.

»Genau. Aber er war wirklich sehr kinderlieb, er hat jedem Kinderwagen hinterhergeschaut. Vielleicht hätte er es sich noch mal überlegt mit der festen Beziehung, wenn die Pille damals versagt hätte. Was nichts daran ändert, dass ich *jetzt* schwanger bin, von einem Mann, für den Kinder nie ein Thema waren. Aber alles wird gut, davon bin ich überzeugt. Es gibt Beratungsstellen und Geburtsvorbereitungskurse, Krankenhäuser, Periduralanästhesien, Hebammen und Kinderkrippen in Berlin, wir leben hier ja nicht hinterm Mond! Frau Dr. Berns hat sehr lange mit mir gesprochen, sie war sehr süß und hat mir jede Menge Informationsmaterial mitgegeben. Heute Nacht hab ich alles von vorne bis hinten durchgelesen. Ich konnte eh nicht schlafen, ich war viel zu aufgeregt.«

Melanie trank einen Schluck Tee. Dann sagte sie: »Heiko und ich haben auch lange geredet. Na ja – begeistert war er nicht, das war klar, er hat aber auch ganz klar gesagt, dass er die Entscheidung, wie es weitergeht mit der Schwangerschaft, mir überlässt. Und er arbeitet weiter an der, hm, bekannten Problematik. Die Situation hat sich ja leider nicht schlagartig geändert, nur weil ich schwanger bin. Aber ich bin zuversichtlich, dass er sich total in sein Baby verlieben wird, wenn es auf der Welt ist, und erkennt, dass wir drei zusammengehören. Und dann wird er endlich Konsequenzen ziehen.«

»Das wäre schön«, sagte Sophie. Es war ihr allerdings anzusehen, dass sie mit etwas ganz anderem beschäftigt war. »Weißt du, ich frage mich gerade, ob dein Baby mit oder ohne Haare zur Welt kommen wird. Egal wie, wir brauchen in jedem Fall eine Kopfbedeckung. Ich werde Babywolle besorgen, die ist extra weich und lässt sich gut waschen, und ein Mützchen stricken. Am besten gleich zwei. Und Söckchen auch, man muss den Kopf und die Füße warm halten, das ist ganz wichtig. Daran kann ich mich noch erinnern, obwohl es schon eine Weile her ist, seit ich ein Baby im Arm gehalten habe, meine Neffen und Nichten sind ja schon groß. Aber jetzt werde ich noch mal Tante, mit vierundfünfzig … jedenfalls fühle ich mich wie eine Tante. Das ist einfach genial!«

»Und ich werde mit sechsundvierzig zum allerallererersten Mal Tante«, prahlte ich. »Und das, obwohl ich ein Einzelkind bin. Das macht mir so schnell niemand nach. Tante Rosa …« Ich ließ die beiden letzten Worte wie Nougatschokolade auf der Zunge zergehen. »Tante Rosa kann nicht stricken und wird es in diesem Leben auch nicht mehr lernen. Aber sie wird babysitten, wenn Mama Mella zum Friseur geht.«

Melanie fing an zu lachen, doch unvermittelt kamen ihr die Tränen.

»Oh – hab ich was Falsches gesagt?«, fragte ich entsetzt.

»Nein«, schluchzte Melanie. »Ich bin nur so gerührt. Ihr seid so süß, alle beide. Ihr seid wirklich die Schwestern, die ich nie hatte. Tut mir leid, dass ich heulen muss. Das sind bestimmt die Hormone.«

Sophie und ich umarmten Melanie und ihre Hormone, bis sie sich wieder beruhigt hatten.

Die Hormone sorgten in den nächsten Monaten dafür, dass Melanies Baby sich prächtig entwickelte. Frau Dr. Berns war sehr zufrieden.

In der international tätigen Anwaltskanzlei, in der Melanie als Übersetzerin arbeitete, akzeptierte man die Schwangerschaft und Melanies Wunsch, nach dem Mutterschutz Vollzeit weiterzuarbeiten, mit Gelassenheit. Was Melanies Eltern, zu denen sie kaum Kontakt hatte, zu der Neuigkeit sagten, wussten wir nicht. Wir Tanten erfuhren, dass ein kleines Mädchen unterwegs war. Und seit Melanie vor ein paar Wochen die ersten Bewegungen in ihrem zunehmend rundlicheren Bauch gespürt hatte, war es auch klar, wie wir ihr Baby vorerst nennen würden: Motte. »Wie das Flattern von Mottenflügeln – genau so fühlt sich das an, wenn sie strampelt«, hatten wir von der werdenden Mutter gehört. Das klang nicht so romantisch, wie Sophie und ich uns das gewünscht hätten. Wir hätten uns lieber einen Zitronenfalter oder ein Tagpfauenauge vorgestellt als eine gelb-bräunliche Schmetterlingsart, deren Larven sich von Pullovern ernährten. Aber mir nichts, dir nichts war die Motte in unseren Wortschatz geflattert, wurde von Tag zu Tag schöner, und würde dort verweilen, bis Melanie sich endgültig für einen Vornamen entschieden hatte.

An diesem Silvesterabend war Melanie in der fünfundzwanzigsten Schwangerschaftswoche und gerade süchtig nach Datteln, kernlosen Weintrauben und Schinken-Käse-Croissants. Sophie und ich erfuhren außerdem, dass Motte nun schon um die dreißig Zentimeter groß und über sechshundert Gramm schwer war, dass sie am Daumen lutschen konnte und ihr die Songs von Adele besonders gut zu gefallen schienen, sie strampelte dann viel entspannter.

»Okay, damit können wir dienen«, sagte Sophie und ging zur Stereoanlage. Kurz darauf füllte Adeles großartige Stimme das Wohnzimmer. Sophie schloss die Augen und fing an zu tanzen. Mir fiel auf, wie zerbrechlich sie immer noch aussah und wie schmal ihr Gesicht wirkte. Dabei war Sophie von Natur aus kein zartes Reh, wir hatten sie viele Jahre als energiegeladene, kraftvolle Frau mit großzügigen Kurven gekannt. Doch dann war

Godzilla über sie hergefallen, ein bösartiger Eindringling, der nach langem, zähem Ringen endlich vom Chemo-Titanosaurus und dem dreiköpfigen Bestrahlungsdrachen-Gigantos besiegt worden war. Sophie war gesund, sie brauchte keine Behandlungen mehr! Das war die Glücksbotschaft, die sie uns an meinem Geburtstag letztes Jahr an der Ostsee erzählt hatte, mit leuchtenden Augen, auf ihre ganz eigene Sophie-Art, mit der sie von Anfang an mit ihrer Krankheit umgegangen war.

Aber der Kampf gegen Godzilla hatte sie über zwanzig Kilo gekostet, nur ein paar waren bisher zurückgekehrt. Ihre Haare, die der Behandlung zum Opfer gefallen waren, waren wieder nachgewachsen. Sophie trug sie jetzt kurz, nicht mehr als schulterlangen Bob, der sie fast ihr ganzes Erwachsenenleben lang begleitet hatte. Sie sah schick aus mit der Frisur, aber auch fremd, ich hatte mich noch nicht daran gewöhnt, und auch nicht an ihre veränderte Statur. Als ich sie jetzt so selbstvergessen tanzen sah, fiel mir auf, dass sie bei aller äußeren Zerbrechlichkeit so viel Freude am Leben ausstrahlte wie niemand sonst, den ich kannte, mich selbst eingeschlossen. Wie eine Sonnenblume wandte sich Sophie immer dem Licht zu, auch wenn es erst zu erahnen war, und das war etwas, was ich aus tiefstem Herzen bewunderte.

In diesem Moment tauchten die Männer aus der Küche auf. Als Stefan Sophie sah, stellte er schnell das Tablett mit Gläsern ab, nahm sie in die Arme und drehte sich mit ihr im Rhythmus der Musik. Sie küsste ihn lachend auf den Mund. Melanie neben mir seufzte. »Sie sind so glücklich miteinander. Das ist einfach wunderschön anzusehen.«

17

Das fand ich auch. Stefan und Sophie hatten lange aufeinander warten und einiges in ihrem Leben durchmachen müssen, bis sie sich fanden. Dann, mitten in die verliebte Rosarote-Wolken-Zeit, platzte Godzilla mit einer Wucht herein, die viele frische Beziehungen wohl nicht überlebt hätten. Aber Sophie und Stefan waren Seite an Seite, Hand in Hand, barfuß durch die Hölle und wieder zurück gegangen, mit einer Selbstverständlichkeit und einer Liebe, die alle, die sie kannten, tief berührte.

Mein Blick fiel auf Uwe. Er hatte sich ein Glas Saft vom Tablett genommen und beobachtete das tanzende Paar. Auf die Idee, Melanie und mich zu fragen, ob wir etwas trinken wollten, war er nicht gekommen. In diesem Moment war er für mich nicht der Mann, mit dem ich seit acht Jahren verheiratet war. Ich sah einen kräftigen, teuer und elegant angezogenen Mann mit einem unzufriedenen Gesicht, der unnahbar wirkte. Der Kontrast zu Stefan und Sophie, die mit dem Christbaum um die Wette strahlten, hätte kaum größer sein können. Wäre die Frau, durch deren Augen ich ihn beobachtete, auf der Suche nach einem Flirt gewesen, hätte sie bestimmt jemand anderen als ihn angelächelt. Jemanden, der so aussah, als würde er gern zurücklächeln.

Die Klingel riss mich aus meinen Gedanken. Stefan und Sophie gingen Hand in Hand zur Tür, um zu öffnen. Die Party hatte begonnen.

Es wurde ein wundervoller Abend, und ich hatte einfach nur Spaß. Viele nette Leute waren da, wir hörten schöne Musik und genossen die Leckereien vom Büffet und den guten Wein. Ich unterhielt mich eine ganze Weile mit Sophies Bruder Theo, den ich besonders gerne mochte. Theo war Arzt für Allgemeinmedizin in einer Gemeinschaftspraxis, lebte als Einziger von Sophies drei Geschwistern in Berlin und hatte seine Tochter Laura, deren Freund und eine Frau mitgebracht, die ich nicht kannte. Sie war viel jünger als er und sah gelangweilt aus, was sich auch nicht änderte, wenn man mit ihr redete. Theo versuchte, sie in unser Gespräch einzubinden, aber sie blieb einsilbig, verschwand nach kurzer Zeit Richtung Stereoanlage und schaute sich Stefans CD-Sammlung an.

»Seid ihr schon länger zusammen?«, wollte ich von Theo wissen.

Er lächelte. »Wir haben uns erst vor kurzem kennengelernt. In einer Buchhandlung, bei den schwedischen Krimis. Vielleicht kommen wir zusammen, vielleicht nicht. Sie ist so jung, ich war sonst immer mit ungefähr gleichaltrigen Frauen zusammen. Ehrlich gesagt weiß ich gar nicht, was sie an mir findet.«

Ich starrte ihn ungläubig an. Theo war fünfzig, sah aber jünger aus und hatte das gleiche Lächeln wie Sophie. Ein Lächeln, das einem das Gefühl gab, die Sonne persönlich strahlte einen an und meinte es unendlich gut mit einem. Theo könnte so ziemlich jede Frau zwischen fünfundzwanzig und fünfundachtzig betören, und er fragte sich, was diese Person mit dem gelangweilten Gesicht an ihm finden könnte.

»Du machst Witze, oder?«

Er grinste spitzbübisch und fuhr sich mit einer Hand durch die dichten, graumelierten Haare, um die ihn bestimmt viele Männer beneideten. »Na ja – ein bisschen was muss sie schon an mir finden, sonst hätte sie nein gesagt, als ich sie gefragt habe, ob sie mich heute Abend begleitet.« Er drehte den Kopf zur Terrasse. »Oh, schau mal, Laura und Rafael gehen rauchen. Wollen wir mitgehen und eine Kippe schnorren?«

Wir rauchten beide seit über zehn Jahren nicht mehr, außer ab und zu bei Festlichkeiten, wenn Raucher da waren, die wir anbetteln konnten. Dann waren wir Komplizen und hatten unseren Spaß daran. Die selbstgedrehte Filterzigarette, die Rafael mir schenkte, schmeckte nicht wirklich gut, und mir wurde nach ein paar Zügen ein bisschen schummrig, aber ich genoss sie trotzdem. Theo hatte einen Arm um meine Taille gelegt, und ich kuschelte mich gemütlich an ihn wie an einen Kachelofen. Wie er es schaffte, so großzügig Wärme abzugeben, obwohl er nicht mal seinen Mantel zugeknöpft hatte und darunter nur ein weißes Hemd und Jeans trug, war mir ein Rätsel. Zu viert pafften wir in einträchtigem Schweigen Tabakwölkchen in die eisige Luft. Vor der Terrasse schlief Sophies geliebter kleiner Garten unter einer Schneehaube, über uns glitzerten unzählige Sterne am Himmel. Es war eine Winternacht wie aus einem Märchen von Hans Christian Andersen.

»Was wünschst du dir fürs neue Jahr, Rosa?«, fragte Theo plötzlich.

Ich brauchte gar nicht zu überlegen. »Das, was ich mir jedes Jahr wünsche: Mögen alle Wesen in allen Welten glücklich sein. Das ist ein Mantra und gleichzeitig ein indisches Gebet für den Weltfrieden.«

»Cool«, sagte Laura und drückte ihre Zigarette im Schnee aus. »Gesundheit, Reichtum und Erfolg finde ich aber auch wichtig.«

»Ich auch. Vor allem den Reichtum, ich bin chronisch pleite. Gehen wir wieder rein?«, warf Rafael ein. »Es ist saukalt hier.«

Wir stapften zur Terrassentür. »Und du, Theo? Was wünschst du dir?«, wollte ich wissen.

»Täglich mindestens eine Portion Glück.«

Ich hätte ihn noch gerne gefragt, was für ihn Glück war und wie er sich eine Portion vorstellte, aber Theo gesellte sich gleich zu seiner Begleiterin, die jetzt neben der Bücherwand stand, in einem Bildband über geheime Gärten in Berlin blätterte und nicht mehr ganz so gelangweilt aussah. Offenbar fand sie Fotos und das gedruckte Wort unterhaltsamer als uns Anwesende. Während ich noch überlegte, ob ich Lust auf eine zweite Portion Nachtisch hatte, stürzte sich Stefans Schwester Susanne auf mich. Sie wollte ihren Tibetterrier-Rüden Samsung endlich davon überzeugen, nicht mehr in ihrem Bett zu schlafen, und brauchte meinen Rat. Dann plauderte ich noch sehr nett mit zwei Kolleginnen von Sophie aus der Buchhandlung. Die Stimmung war fröhlich, es wurde viel gelacht. Auch Uwe schien sich wohlzufühlen, er saß mit zwei Männern zusammen, die ich nicht kannte, und war ins Gespräch vertieft. Ein paar Leute tanzten, darunter Melanie. Sophie saß die meiste Zeit mit wechselnden Gesprächspartnern auf dem Sofa; sie sah müde, aber glücklich aus.

Kurz vor Mitternacht wurde der Fernseher eingeschaltet, damit wir das neue Jahr auch ja nicht verpassten. Stefan und Theo hatten *Crémant de Loire* eingeschenkt und Orangensaft für Uwe. Melanie wollte keinen Saft. »Ich habe das mit Motte besprochen. Ein Schlückchen Crémant findet sie völlig okay.«

Uwe und ich standen zusammen, zum ersten Mal an diesem Abend. Ich dachte bei mir, dass Leute, die uns nicht kannten, wohl kaum auf die Idee gekommen wären, dass wir ein Paar waren. Auf Partys gingen wir fast immer eigene Wege. Zu Hause war es kaum anders. Tagsüber war ich in der Praxis, Uwe in seinem Büro in der Personalabteilung eines großen Konzerns. Wir frühstückten nicht zusammen, denn Uwe musste früher als ich aus dem Haus. Abends kochte ich für uns, wenn es zeitlich passte. Am Wochenende unternahmen wir manchmal etwas zusammen, oft auch nicht. Uwe sah gern abends fern, um sich nach einem langen Tag zu entspannen. Ich hielt mich meistens im Arbeitszimmer auf. Manchmal tranken wir vor dem Schlafengehen ein Glas Wein zusammen und redeten über Berufliches und Alltägliches. Wir schliefen im selben Bett und fuhren einmal im Jahr zusammen in Urlaub. Wenn ich mich so im Bekanntenkreis umsah, fand ich, dass wir eine ganz normale Ehe führten. Wir arrangierten uns im Alltag, hatten keine finanziellen Sorgen und wussten, wohin wir gehörten. Und das war in dieser riesigen Stadt, in der so viele Menschen in Einsamkeit versanken, etwas, dessen Wert wir zu schätzen wussten.

Um Punkt zwölf umarmte ich Uwe, und wir küssten uns. Dann umarmte jeder jeden, man machte die Runde, es wurde angestoßen und viel gelacht. Dann zogen sich alle die Mäntel an, und wir gingen nach draußen, um das Feuerwerk zu bestaunen. Melanie, Sophie und ich standen zusammen auf der Terrasse und schauten zu, wie Stefan und einer seiner Kollegen im Garten Raketen steigen ließen. Es war das erste Mal, dass es bei Sophie Feuerwerk gab, der Kollege hatte es mitgebracht. Wir machten »oh« und »ah«, der bunte Funkenregen am Himmel war wunderschön anzusehen. Laura verteilte Wunderkerzen, und bald schwenkten wir alle begeistert unser Sternchenfeuer. Und eine tiefe Männerstimme sang laut: »*We wish you a Merry Christmas, we wish you a Merry Christmas and a Happy New Year ...*« Ich summte glücklich mit. Der Crémant schmeckte einfach wunderbar, und die Menschen, die ich auf dieser Welt am meisten liebte, waren bei mir. Besser konnte ein Jahr nicht beginnen.

2

Die ersten Wochen des neuen Jahres begannen hektisch. Ich war mit Julia und Kathrin allein in der Praxis. Tom, mein Kollege, war mit seiner Freundin in Australien unterwegs. Er schickte uns Daheimgebliebenen ein Foto, auf dem er mit einem Koala auf dem Arm glücklich in die Kamera lächelte. »Der Kleine ist schwerer, als er aussieht, und riecht nach Eukalyptusbonbon«, schrieb er. »Bin total verliebt in ihn, die Wallabys, Emus und dieses weite Land und würde am liebsten auswandern.« Bloß nicht, dachte ich entsetzt, denn ich wollte ihn auf keinen Fall verlieren. Beruhigend wirkte die Erinnerung, dass er letztes Jahr, als er durch Kanada gereist war, auch hatte auswandern wollen. Wegen der Schlittenhunde und der Bären. Nach seiner Rückkehr war davon gottlob keine Rede mehr gewesen.

Kurz nachdem Toms Mail eingetroffen war, wurde Julia krank, sodass Kathrin und ich die Praxis alleine schmeißen mussten. Mein Tag fing früh an und hörte spät auf, denn das Wartezimmer war gerammelt voll. So als ob sich sämtliche Hunde, Katzen, Meerschweinchen, Kaninchen und Vögel in Zehlendorf verabredet hätten, krank zu werden. Als Tom wieder da war, erholt, braun gebrannt von der australischen Sonne und bestens gelaunt, war ich zutiefst dankbar. Endlich hatte der Stress ein Ende, und ich konnte mich auf unser Mädelstreffen freuen, das diesmal an einem Sonntagnachmittag bei

Sophie stattfinden sollte. In den letzten Wochen hatten wir bis auf ein paar SMS keinen Kontakt gehabt. Manchmal war das einfach so. Umso mehr freute ich mich, dass wir es fast jeden Monat schafften, uns zu treffen. Wir gingen ins Kino, irgendwo essen, kochten zusammen, gingen spazieren oder shoppen oder schauten uns irgendetwas Interessantes in Berlin und Umgebung an.

Die Sonne schien, als ich mich mit dem Auto auf den Weg nach Babelsberg machte. Jetzt, Ende Januar, waren die Tage schon ein bisschen länger, und die Vögel zwitscherten erwartungsvoll dem Frühling entgegen. Ich war in Hochstimmung und freute mich auf den Nachmittag mit meinen Lieben. Als ich auf der Suche nach einem Parkplatz langsam durch die kopfsteingepflasterte Straße fuhr, wo Stefan und Sophie wohnten, sah ich Melanie, die zu Fuß um die Ecke bog. Ich hupte kurz und winkte, und sie winkte lachend zurück. Melanie wartete vor der Haustür auf mich und fiel mir um den Hals, soweit ihr kugelrunder Bauch das noch zuließ. »Ach, schön, euch zwei zu sehen!«, sagte ich. »Ihr seht toll aus!«

»Rund, meinst du wohl. Mittlerweile hab ich zehn Kilo mehr drauf. Und noch elf Wochen vor mir«, sagte Melanie und klingelte.

Sophie öffnete uns. Sie wirkte still und distanziert, was überhaupt nicht zu ihr passte. Sie sah aus, als hätte sie nächtelang nicht geschlafen, und ihre Augen waren gerötet und geschwollen, als hätte sie viel geweint. Mit einem mulmigen Gefühl im Bauch hängte ich meine Jacke auf. Stefan schien nicht da zu sein. Wenn er zu Hause war, begrüßte er uns immer mit Sophie zusammen und half uns aus den Mänteln. Vielleicht hatten die beiden sich gestritten? Aber nein, das ergab keinen Sinn. Wenn Sophie wegen eines Streits mit Stefan so elend aussehen würde, wie sie heute aussah, dann wäre die Ehe am Ende, und das konnte einfach nicht sein. Es war gerade mal vier Wochen her, seit ich mit eigenen Augen gesehen hatte, wie glücklich die beiden miteinander waren. Mein Magen krampfte sich zusammen, ich mahnte ihn zur Ruhe. Vielleicht hatte Sophie einfach nur schlecht geschlafen, oder sie fühlte sich krank, weil eine Grippe im Anzug war. Aber alles gute Zureden änderte nichts: Mein Magen dachte gar nicht daran, sich zu beruhigen. Etwas in mir duckte sich ängstlich, so wie ein kleines Tier, das den Feind in seiner Nähe spürte.

In der Küche war der Kaffeetisch bereits gedeckt. Fürs Backen war Stefan im Hause Mehring zuständig, er hatte eine Biskuitrolle mit Kirschen und einen Käsekuchen gezaubert. Dazu gab es Tee.

Sophie griff nach der Warmhaltekanne, um einzuschenken. Ihre Hände zitterten so stark, dass sie die Kanne absetzen musste. Abrupt setzte sie sich hin und sagte: »Bedient euch bitte selber.«

Melanie biss sich auf die Lippe, was sie immer tat, wenn sie angespannt war, und füllte unsere Tassen. Niemand sagte etwas. Niemand nahm sich Kuchen.

Sophie schloss die Augen und atmete ein paar Mal tief ein und aus. Mein Magen krampfte sich noch mehr zusammen, wie um sich vor etwas zu schützen. Aber es gab keinen Schutz, das sah ich in Sophies Augen, als sie sie öffnete und ich ihre Stimme hörte, vertraut und gleichzeitig fremd: »Ich sehe keine Möglichkeit, es euch schonend beizubringen. Deshalb sage ich es euch auf meine Weise: Godzilla ist zurückgekommen. Er hat den Krieg gewonnen. Ich habe nur noch ein paar Wochen zu leben.«

Mit jedem Wort wurde es in der Küche kälter, bis ich wie zu Eis erstarrt war. Melanies Gesicht war gespenstisch weiß, eine Grimasse des Entsetzens. »Aber das kann nicht sein. Du bist doch gesund …«, flüsterte sie.

Ich konnte nicht mal flüstern. Selbst meine Stimme war erfroren. Nur mein Herz nicht. Es schlug so dumpf und rasend schnell gegen meine Rippen, dass ich Angst hatte, es könnte aus dem Brustkorb fliegen und in tausend Stücke explodieren.

Sophie schüttelte den Kopf. Nein, sie war nicht gesund. Sie war auf den Tod krank, sterbenskrank, sie würde nicht mehr gesund werden. Es gab keine Hoffnung. Ihre Stimme klang unnatürlich ruhig, als sie uns wissen ließ, was sie uns wissen lassen wollte. Wir hatten nie erfahren, welche Krebserkrankung sich hinter dem Decknamen des japanischen Filmmonsters verbarg, und sie verriet es uns auch jetzt nicht.

Was sie uns in kargen Worten erzählte, war, dass sie seit ein paar Wochen Beschwerden hatte, auf die sie nicht näher einging. Sie hatte gehofft, dass sie von selbst verschwinden würden, aber das war nicht der Fall gewesen. In der ersten Januarwoche habe Stefan sie dann zu Theo in die Praxis geschleift, der sie sofort ins Krankenhaus zu Untersuchungen überwiesen hatte. Die Ergebnisse waren niederschmetternd. Was die moderne Medizin an therapeutischen Maßnahmen zu bieten hatte, würde Sophies Leben möglicherweise um ein paar Tage oder – im allergünstigsten Fall – um ein paar Wochen verlängern. Mehr nicht. Gleichzeitig sei mit erheblichen Nebenwirkungen zu rechnen.

Sophie schloss wieder die Augen, wie um Kraft zu tanken. Ich hörte ihre tiefen Atemzüge und Melanie, die leise in ihre Serviette weinte. Ich hätte Melanie gerne getröstet, aber wie kann man trösten, wenn es keinen Trost gibt und man schockgefroren ist?

Es war dämmrig geworden in der Küche, die Januarsonne sank schnell hinter die Häuser, bald würde sie verschwunden sein. All das registrierte der Eisblock namens Rosa, während gleichzeitig jemand – wer? – in ihrem Gehirn wiederholte: »Das ist nicht wahr. Das kann nicht wahr sein. Das ist ein böser Traum, aus dem du gleich aufwachst, und alles ist wieder gut …«

Aber nichts war gut. Sophies leise, ruhige Stimme verkündete, dass sie die letzten Wochen ihres Lebens zu Hause verbringen würde. Ohne sinnlose Therapien, ohne Nebenwirkungen, die ihr jede Minute vergiften würden. Stefan hatte sich vom Schuldienst befreien lassen, er würde bei ihr sein. Ihre in ganz Deutschland verstreut lebende Familie würde Zeit haben, um sie zu besuchen und Abschied zu nehmen. Und Theo würde dafür sorgen, dass es ihr in der Zeit, die ihr noch blieb, so gut wie möglich gehen würde.

Sophies Mundwinkel kräuselten sich zum Schatten eines Lächelns, als sie sagte: »Ich bin nicht allein mit Godzilla und meiner Angst. Das ist ein gutes Gefühl.«

»Nein, du bist nicht allein«, flüsterte eine heisere Stimme, die ich mit Mühe als meine eigene erkannte. »Wir sind auch für dich da. Ich werde mit Tom sprechen, ich werde weniger arbeiten, damit ich so oft wie möglich bei dir sein kann.«

»Ich lasse mich krankschreiben«, sagte Melanie. »Dann kann ich dich jeden Tag besuchen.«

Aber das war nicht das, was Sophie wollte. »Was wünschst du dir denn von uns? Wie können wir für dich da sein?«, fragte ich. Ich flehte sie geradezu an, denn allein der Gedanke, etwas tun zu können, für sie da sein zu können, linderte das trostlose Gefühl von Hilflosigkeit, an dem ich beinahe erstickte. Sophie dachte eine Weile nach.

Währenddessen holte Melanie ein Feuerzeug aus der obersten Schublade des Küchenschranks und zündete die beiden Kerzen an, die auf dem Tisch standen.

»Ich wünsche mir, dass wir Spaß haben, wenn wir zusammen sind«, sagte Sophie plötzlich. »Ich möchte mit euch reden und lachen und essen und spazieren gehen und ins Kino, so wie immer. Vielleicht auch mal weinen, wenn es sich nicht vermeiden lässt. Aber Godzilla und alles, was mit ihm zu tun hat, soll draußen bleiben.«

Zwischen den wenigen Worten spürte ich, worum es ihr ging: Sophie wollte, dass wir – solange sie noch bei uns war – mit dem Herzen hinschauten und nicht mit ängstlichen, mitleidigen Augen, die jedes Detail ihres Sterbens registrieren würden. Ihr innigster Wunsch war, dass wir das Wesentliche, das nur mit dem Gefühl wahrgenommen werden kann, mit ihr lebten.

Sophie wollte nicht unbedingt noch mal das Meer sehen, sie träumte auch nicht von einer letzten großen Reise oder anderen spektakulären Dingen, die sie noch unternehmen wollte. Sie wollte Normalität. Zeit mit den Menschen, Beschäftigungen und Orten, die sie liebte. Sie wollte ihr gemütliches Zuhause und ihren kleinen Garten genießen. Sie wünschte sich so viel wie möglich vom kleinen Glück des Alltags. Es klang so einfach und so ganz nach Sophie.

Dass es alles andere als leicht sein würde, war eine andere Sache. Unser gemeinsamer Mädels-Alltag würde der Sonntag sein. Jeder Sonntag, der Sophie noch geschenkt werden würde.

»Habt ihr was dagegen, wenn ich das Licht einschalte?«, sagte Melanie plötzlich. Nein, wir hatten nichts dagegen. Die plötzliche Helligkeit war mir sogar sehr recht, stellte ich fest. Ich konnte sofort leichter atmen. Es schien, als ob Godzilla einen Schritt zurückgewichen sei.

»Ich fühle mich gar nicht so schlecht, wisst ihr. Ich könnte beinahe vergessen, was los ist.« Wieder kräuselten sich Sophies Mundwinkel nach oben. »Lasst uns jetzt über was anderes reden, okay?« Ohne unsere Antwort abzuwarten, erkundigte sie sich bei Melanie nach Motte. Der Sprung über den Abgrund von Godzilla zu Motte war gewaltig, aber Melanie meisterte ihn auf bewundernswerte Weise. Sie berichtete, dass Motte jetzt, in der neunundzwanzigsten Schwangerschaftswoche, ungefähr zwölfhundert Gramm wöge und schon neununddreißig Zentimeter lang sei. Sie sei immer noch sehr temperamentvoll und trete so kräftig zu, dass der Bauch regelrecht ausbeule. Manchmal hatte Motte Schluckauf. »Das fühlt sich ganz seltsam an, ungefähr so, als ob in mir drin Seifenblasen platzen würden. Alles ist ganz wunderbar, meint Frau Dr. Berns, und wenn ich derzeit nach Hering in Tomatensoße und Käsebroten mit Dijon-Senf und Honig lechze, dann nimmt sich der Körper, was er braucht.«

»Ach, schön, dass es euch so gut geht. Darf ich mal fühlen?«, fragte Sophie.

»Nur zu. Sie ist wach und mopsfidel.« Melanie legte Sophies Hand auf ihren Bauch. Sophie streichelte die pralle Wölbung, ein Lächeln huschte über ihr Gesicht. »Oh, ein Kick, ein Treffer. Die Motte wird mal Fußballprofi.«

Wenig später verabschiedeten wir uns, denn Sophie war plötzlich sehr müde und wollte sich ein halbes Stündchen aufs Sofa legen. Stefan hatte angerufen, er war auf dem Heimweg und würde in Kürze eintreffen. Sophie brachte uns zur Tür und sagte leise: »Es tut mir so leid, dass ich euch solchen Kummer machen muss. Euch beiden und allen meinen anderen Lieben, allen voran Stefan. Ich wünschte, ich könnte euch das ersparen.«

Unvermittelt kamen ihr die Tränen, zum ersten Mal an diesem Nachmittag. Wäre Stefan in diesem Moment zur Haustür hereingekommen, hätte er drei Frauen in einer engen Umarmung gesehen, die zusammen weinten.

Melanie war mit der S-Bahn gekommen. Ich bot an, sie nach Hause zu fahren. »Quatsch. Ich will nicht, dass du wegen mir quer durch Berlin und wieder zurückfahren musst und Stunden unterwegs bist. Ich fahre gern Bahn. Ich höre Musik und lese.«

»Jetzt auch? Nach dieser Nachricht? In deinem Zustand?«

Melanie legte eine Hand auf ihren Bauch. »Ja. Aber lass uns vorher noch irgendwo was trinken gehen. Ich will jetzt noch nicht nach Hause, in eine leere Wohnung. Heiko sehe ich erst morgen Abend.«

In einem Lokal gegenüber vom S-Bahnhof Babelsberg bestellten wir Kakao mit Sahne. Der Laden war voll, wir hatten den letzten freien Tisch ergattert. Um uns herum lachten, redeten, tranken und aßen die anderen Gäste, ich fühlte mich wie abgeschnitten von dieser gutgelaunten, sorglosen Welt.

Auf unserer Insel mit zwei Stühlen und einem kleinen runden Tisch hielten Melanie und ich uns an den heißen Tassen fest und löffelten die süße, schokoladene Flüssigkeit. Kakao war der Trostspender meiner Kindheit gewesen, niemand konnte ihn so lecker zubereiten wie meine Mutter. Ich brauchte Kakao nur zu riechen, dann sah ich sie wieder vor mir, wie sie mit mir am Küchentisch saß und geduldig meinen, im Nachhinein betrachtet, kleinen Kümmernissen lauschte. »Das wird schon wieder gut«, war ihr Universaltrostspruch gewesen. Ich hatte ihn nie vergessen, auch wenn ich seit dem Flugzeugabsturz vor zwölf Jahren, bei dem ich meine Eltern verloren hatte, nicht mehr daran glaubte. Es gab Dinge, die wurden nie wieder gut, egal, was jemand behauptete. »Ich kann nicht glauben, dass es keine Hoffnung gibt«, sagte Melanie plötzlich trotzig »Sophie ist doch eine Kämpferin. Sie ist dem

Tod doch schon mal von der Schippe gesprungen. Neulich hab ich in einer Zeitschrift einen Artikel über eine krebskranke Frau gelesen, die sich in den USA mit einem neuen Medikament behandeln ließ, das in Deutschland nicht zugelassen ist, und sie ist auch wieder gesund geworden.«

»Sophie hat ihre Gründe, warum sie zu Hause bleibt, anstatt in der Weltgeschichte herumzureisen und neue Therapien auszuprobieren.«

»Ja, ich weiß. Aber ich wünsche mir so sehr, dass sie sich nicht geschlagen gibt. Sie soll nicht aufgeben. Ich will, dass sie lebt, verdammt noch mal!«

Das wollte ich auch. Alle wollten das. Und tatsächlich wurde ja immer wieder in den Medien berichtet, dass ein Mensch, den die Schulmedizin austherapiert hatte, durch schiere Willenskraft seine Krankheit besiegte und gesund wurde. Aber war es wirklich Willenskraft? Oder passte diese Art der Berichterstattung nur so gut in unsere Zeit, in der Willenskraft – ob beim Gesundwerden, Sporttreiben, Jungbleiben, Abnehmen oder dem Erklimmen der Karriereleiter – als unfehlbare Geheimwaffe gehandelt wurde? Wer nicht erreichte, was er sich vorgenommen hatte, war ein Versager, ein disziplinloser Schlaffi und selber schuld.

Auf der Heimfahrt bekam ich Kopfschmerzen und spürte, wie sich eine bleierne Müdigkeit in mir ausbreitete. Ich dachte an Sophie, die jetzt vielleicht gerade Abendbrot mit Stefan aß. Sie brauchte uns. Was sie nicht brauchte, und das wusste Melanie genauso gut wie ich, waren Informationen über neue Therapien für Krebspatienten im Endstadium oder flehentliche Bitten, es doch noch mit einer letzten Chemo und Bestrahlungen zu versuchen.

Uwe war zu Hause, durch die heruntergelassenen Jalousien im Wohnzimmer schimmerte Licht. Es war Sonntagabend, garantiert schaute er sich gerade den *Tatort* an.

Ich hatte richtig geraten: Uwe klebte vor dem Bildschirm und sah nicht einmal auf, als ich den Kopf zur Tür hereinsteckte, um ihm mitzuteilen, dass ich wieder da war. Ich verstaute den Kuchen, den Sophie mir mitgegeben hatte, im Kühlschrank und schenkte mir ein Glas Rotwein ein. Essen mochte ich immer noch nichts. Melanie war inzwischen bestimmt auch zu Hause, in ihrer hübschen Altbauwohnung in der Nähe der Gethsemanekirche in Prenzlauer Berg. Dort wartete niemand auf sie, mit dem sie über die Hiobsbotschaft sprechen konnte. Ich hatte Glück, ich war nicht allein. Uwe war da, auch wenn er gerade nicht erkennen ließ, dass er mich überhaupt bemerkt hatte, als ich mich jetzt neben ihn aufs Sofa setzte.

»Ich bin total fertig«, sagte ich, laut genug, um den Fernseher zu übertönen.

»Mhm«, machte Uwe, ohne die Augen von der Mattscheibe abzuwenden.

»Willst du nicht wissen, warum?«

»Mhm! Ist gerade total spannend. Wir reden später, ja?«

Vor meinen Augen blitzte es rot auf, ich war auf einmal so wütend, dass ich am liebsten den Fernseher aus dem Fenster geschmissen hätte und Uwe gleich hinterher.

»Sophie hat einen Rückfall, sie ist wieder krank, und es ist sehr schlimm, aber lass dich nur nicht stören!«, brüllte ich so laut, dass man es bestimmt bis zum Brandenburger Tor hören konnte, aber das war mir egal. Ich nahm mein Rotweinglas, marschierte aus dem Zimmer und donnerte die Tür hinter mir zu.

Uwe folgte mir ins Arbeitszimmer, aber erst nachdem der *Tatort* vorbei war. »Sag mal, Rosa, was sollte denn der Auftritt eben? Ich verstehe, dass du dir Sorgen um Sophie machst; dass der Krebs zurück ist, ist ja wirklich eine sehr beunruhigende Neuigkeit, aber warum können wir nicht ganz in Ruhe darüber reden?«

»Weil du zu beschäftigt warst«, gab ich zurück. Ich hatte mittlerweile zwei Gläser Rotwein intus und war so müde, dass ich nur noch eins wollte: Ins Bett fallen und ausgehen wie ein Licht. Was ich auf gar keinen Fall wollte: Uwe erzählen, dass Sophie bald sterben würde. Ihm war sein *Tatort* wichtiger gewesen als seine Frau, die gerade erfahren hatte, dass bei ihrer Freundin wieder Krebs diagnostiziert worden war, er hatte mein Vertrauen und damit die volle Wahrheit nicht verdient. Trost konnte ich sowieso nicht von ihm erwarten, er war nicht der Typ, der einen liebevoll in den Arm nahm. Lieber entwarf er kluge Strategien und fuhr, wie er es gerne nannte, »die Schiene der Vernunft und Sachlichkeit«.

»Eine solche Nachricht muss doch erst mal ein wenig verarbeitet werden, ehe man darüber spricht«, erwiderte Uwe salbungsvoll – und absolut typisch. Den Juristen, der um eine Ausrede verlegen war, musste ich erst noch kennenlernen.

»Leider besteht bei Krebs ja immer die Gefahr, dass er

zurückkommt, ich hatte ja schon im vorletzten Jahr, als es hieß, dass Sophie wieder ganz gesund sei, vor vorschneller Euphorie gewarnt. Steht der Behandlungsplan schon fest? In welches Krankenhaus kommt sie denn? Wieder in die Charité?«

»Behandlungsplan? Krankenhaus? Wovon redest du?« Rotwein und Müdigkeit hatten meine Gehirntätigkeit wohl eingeschränkt, ich konnte Uwe nicht folgen.

»Sie wird doch sicher wieder eine Chemotherapie bekommen? Und Bestrahlungen?«, fragte er eifrig. »Die Charité hat ja einen ausgezeichneten Ruf, gerade was Krebserkrankungen angeht. Du wirst sehen, bald geht es ihr besser. Sie schafft das schon. Sie ist ja eine starke Persönlichkeit mit ganz viel Willenskraft.«

»Ja. Ja, das ist sie. Ich gehe jetzt ins Bett«, sagte ich, so müde, dass ich am liebsten den Kopf auf die Schreibtischplatte gelegt hätte.

Uwe meinte es gut, das wusste ich. Auch wenn er nun mal war, wie er war. Ein Übermaß an Empathie konnte ihm niemand vorwerfen, aber das hatte ich ja gewusst, als ich mich für ihn entschieden hatte.

Als ich ihn kennenlernte, hatte ich die Nase gestrichen voll gehabt von Träumern, Mühseligen und Beladenen, Problembären sowie sensiblen Künstlern, die von der Hand in den Mund lebten und sich nur zu gerne von mir durchfüttern ließen – auch emotional. Ich hatte einen vernunftbetonten, zielstrebigen Mann und Beständigkeit, inklusive Trauring am Finger, gewollt. Und das hatte ich auch bekommen.

In dieser Nacht schlief ich wie ein Stein. Ich überhörte sogar den Wecker und wachte erst auf, als Uwe, schon fix und fertig angezogen, mich an der Schulter berührte. »Guten Morgen. Du musst jetzt auch aufstehen, Rosa, sonst kommst du zu spät in die Praxis.«

Ich kam nicht zu spät, sondern pünktlich in die Praxis, geduscht und geschminkt, und hatte es sogar noch geschafft, beim Bäcker vorbeizuspringen, um mir eine Kleinigkeit zum Mittagessen zu besorgen. In mir und um mich herum drehte sich die Welt, so wie sie sich immer drehte, weil es ihre Natur war, sich zu drehen, auch wenn mein Herz so schwer war, dass es eigentlich das gesamte Getriebe zum Stillstand hätte bringen müssen.

Als ich zur Tür hereinkam, telefonierte Julia gerade und winkte mir lächelnd zu. Tom und Kathrin waren schon bei der Arbeit, ich hörte ihre Stimmen, als ich an dem Sprechzimmer mit der rot gestrichenen Tür vorbeihuschte. Kurz darauf trug ich einen offenen weißen Kittel über weißen Praxishosen und einem blauen Poloshirt und empfing zusammen mit Julia meinen ersten Patienten des Tages: Den Jack-Russell-Terrier Prinz und sein Herrchen, Herrn Meyerling. Für mich nicht die optimale Kombination für einen stressfreien Tagesbeginn, aber was sollte ich machen? Es war mir leider nicht gelungen, Herrn Meyerling an Dr. Tom weiterzuleiten. Sein Prinz, davon war er überzeugt, brauchte eine weibliche Hand. Der kleine Rüde war ungefähr so hoch wie breit und ähnelte verblüffend einem überdimensionalen Meerschweinchen. Die harmlose Optik täuschte, er legte sich gerne mit anderen Rüden an, was manchmal schiefging.

Ich hatte schon öfter Bisswunden bei ihm verarztet. Heute ging es nur ums Impfen. Dazu gehörte eine kurze Untersuchung, ob der Hund gesund war. Während ich Prinz, der dabei wie üblich ununterbrochen knurrte, begutachtete, klagte Herr Meyerling sein Leid, in voller Lautstärke, denn er hörte sehr schlecht und ging davon aus, dass es dem Rest der Welt genauso ging: Eine Mieterhöhung sei ins Haus geflattert. Seine Nachbarin rede schlecht über ihn, hinter seinem Rücken, das sei ihm aus zuverlässiger Quelle zugetragen worden. Apropos Rücken, der schmerze unerträglich, bestimmt müsse er bald an den Bandscheiben operiert werden, und das sei der Anfang vom Ende, er werde bestimmt ins Pflegeheim müssen. Seine Lieblingstasse war aus dem Fenster gefallen, als er ein wenig frische Luft schnappen wollte und sich zu weit vorgebeugt hatte, weil er glaubte, einen Einbrecher im Haus gegenüber entdeckt zu haben. Seine Kinder und Enkel hassten ihn und besuchten ihn viel zu selten, und letzte Woche hatte seine geliebte Schefflera ihr letztes Blatt verloren und hauchte nun ihr Leben in der Mülltonne aus.

»Mit Prinz ist alles in Ordnung«, schrie ich, als Herr Meyerling Luft holte, um einen neuen Redeschwall zu starten. Während ich die Injektion setzte, klagte sein Herrchen lautstark darüber, dass das so nicht stimmen könne, denn Prinz leide oft unter Durchfall und Erbrechen. Dieses Thema hatten wir schon oft: Es war aus tierärztlicher Sicht absolut nicht empfehlenswert, wenn Prinz neben Hundefutter Delikatessen wie Kassler mit Sauerkraut und Kartoffelpüree, Buletten, Salami und Kotelett-Knochen verdrückte. »Der Hund ist immer noch zu dick, Herr Meyerling, und die Probleme, die Sie schildern, führe ich auf Ernährungsfehler zurück«, sagte ich streng. »Wenn Sie wollen, dass Prinz lange lebt und seine Verdauung nicht unnötig belastet wird, halten Sie sich bitte an den Fütterungsplan, den ich Ihnen neulich mitgegeben habe. Keine Naschereien, nichts vom Tisch. Konsequenz und ausreichend Bewegung sind wichtig. Frau Teschner gibt Ihnen gerne noch mal eine Kopie mit, nicht wahr, Julia? Und sie trägt auch die Impfung im Impfpass ein, und wenn Sie noch Fragen haben, kann sie Ihnen sicher weiterhelfen. Ich muss jetzt leider weiter zum nächsten Patienten.«

Julia, die immun gegen Herrn Meyerlings Nebelhornstimme und Klagelieder war, sagte lächelnd: »Aber klar. Das kriegen wir alles hin, was, Herr Meyerling?«

»Ich möchte auch gleich bezahlen!«, dröhnte der. »Ich mache keine Schulden! Wer weiß, ob ich morgen noch lebe! Aber für meinen Prinz ist gesorgt, meine älteste Tochter erbt ihn, ob sie will oder nicht, das steht im Testament!«

Mit einem Händedruck verabschiedete ich mich von Herrn Meyerling und eilte ins nächste Sprechzimmer, wo ein Meerschweinchen auf mich wartete, dessen Zähne abgeschliffen werden mussten.

Der Vormittag verging wie im Flug. Es war gut, dass so viel los war, ich kam nicht zum Nachdenken. Um zwölf Uhr mittags war das Wartezimmer leer und die Vordertür abgeschlossen, erst um halb zwei würde es weitergehen. Kathrin und Julia hatten es sich in der Teeküche gemütlich gemacht. Tom und ich waren für einen Spa-

39

ziergang mit »Picknick« zur Krummen Lanke verabredet. Wir gingen öfter in der Mittagspause zusammen los und aßen unterwegs eine Stulle oder eine andere Kleinigkeit. Die Bewegung und die frische Luft taten uns gut, und wir nutzten die Zeit, um über Praxisinterna zu reden. Manchmal kamen auch private Angelegenheiten zur Sprache, und auch das tat gut. Tom war nicht nur mein hochgeschätzter Kollege, er war, obwohl ich wenig über sein Privatleben wusste, auch ein Freund.

Er kannte und mochte Sophie, er hatte mitgefiebert, als sie so krank gewesen war, er war glücklich gewesen, als ich berichten konnte, dass sie gesund war.

Heute nahmen wir unseren Lieblingsweg: Durch den Park, am Spielplatz vorbei und dann immer geradeaus bis zu den Treppen, die zum See hinunterführten. In der Nacht hatte es ein bisschen geschneit, eine dünne Puderzuckerschicht hatte die Bäume und Sträucher in einen Märchenwald verwandelt. Die Luft war klar, der Himmel blau, und die Sonne ließ den Schnee funkeln wie Kristall. Es war ein herrlicher Tag, und wie immer war ich aus tiefstem Herzen dankbar, dass ich so nah an der Natur wohnte, am Rande des Grunewalds mit seiner Seenkette, zu der auch die Krumme Lanke gehörte. Das war Berlin, wie ich es am meisten liebte; das stille, grüne Gesicht der Stadt, das vielen Leuten verborgen blieb.

Unsere belegten Brötchen aßen Tom und ich auf der kleinen Brücke, die ins Hundeauslaufgebiet an der Krummen Lanke führte. Wir lehnten am Geländer, hielten unsere Gesichter in die Sonne und warfen ab und zu ein

Stückchen Brot ins Wasser, um die erwartungsvolle Entenschar, die sich um einen einsamen Schwan im grauen Jugendgefieder scharte, zu erfreuen. Das war ökologisch nicht korrekt, aber Tierärzte sind auch nur Menschen.

Anschließend spazierten wir ein Stück am See entlang, und ich erzählte Tom, wie es um Sophie stand. Dass ich dabei anfing zu weinen, war nicht geplant gewesen, ließ sich aber nicht vermeiden. Tom murmelte irgendwas auf Polnisch, das wie ein Fluch klang, und dann schloss er mich einfach in die Arme, drückte mich fest an sich und sagte erst mal gar nichts.

Umarmt hatte er mich, seit wir uns kannten, exakt vier Mal: Zum ersten Mal vor der Party, die wir anlässlich der Eröffnung unserer Gemeinschaftspraxis geschmissen hatten; zum zweiten Mal, nachdem ich ihm von Sophies Krankheit erzählt hatte. Nach der Glücksbotschaft, dass Sophie den Kampf gegen Godzilla gewonnen hatte, hatte Tom mich nicht nur an sich gedrückt, er hatte mich hochgehoben und herumgewirbelt, als würde ich so viel wiegen wie ein Chihuahua. Er hatte Bärenkräfte und auch optisch etwas von einem Bären mit seinen dunklen, verwuschelten Haaren, den schmalen, leicht schräg stehenden Augen und der kräftigen Nase.

Seine Umarmung war so tröstlich, dass ich am liebsten nie wieder daraus aufgetaucht wäre, aber Tom wollte mir auch etwas sagen, und wie es seine Art war, wenn er mit jemandem sprach, wollte er mir dabei in die Augen sehen können. Sein Blick hatte etwas Hypnotisches, was ich auch darauf zurückführte, dass ein Auge hellbraun, das andere blau war, wie bei einem Siberian Husky.

»Rosa …«, sagte er mit rollendem slawischem R, nachdem er mir ein ordentlich gebügeltes und gefaltetes Taschentuch überreicht hatte, »glaubst du an Wunder?«

»Das ist gar nicht nötig. Ich habe Veterinärmedizin studiert. Ich bin Naturwissenschaftlerin. Spontanremissionen bei onkologischen Erkrankungen im Endstadium sind dokumentiert, aber sie sind extrem selten.«

Tom legte seine Hände auf meine Schultern, ich konnte ihre Wärme selbst durch meine Daunenjacke spüren. »Du hast dich daran erinnert, dass du *weißt*, dass es Wunder gibt. Das ist sehr gut!« Er beugte sich zu mir herunter und flüsterte in mein Ohr: »Wunder sind überall, sie geschehen jeden Tag, kleine Wunder, große Wunder, das Leben ist voll davon, oder? Dass wir lebendig sind, und dass dieser herrliche See in der Sonne glitzert, dass es Vögel gibt, die gerade singen, und Bäume, die in den Himmel wachsen und uns Sauerstoff schenken, damit wir atmen können, der Waldboden unter unseren Füßen, auch das sind Wunder! Rosa … *alles* im Universum ist ein einziges Wunder. Wir müssen nur mit dem Herzen hinschauen, dann erkennen wir die Magie, die alles zusammenhält.«

Mein ganzer Körper hatte sich mit Gänsehaut überzogen, während ich wie in Trance seiner raunenden Stimme lauschte. Eine Melodie und Worte tauchten in meinem Kopf auf: »*Wunder gibt es immer wieder, heute oder morgen können sie geschehen. Wunder gibt es immer wieder, wenn sie dir begegnen, musst du sie auch sehen.*« Tom ließ meine Schultern los und trat lachend einen Schritt zurück. »Ja! Ganz genau!«, rief er, und erst dann wurde mir

klar, dass ich laut gesungen hatte, den Refrain des Lieb-
lingslieds meiner Mutter, die ein großer Fan von Katja
Ebstein gewesen war. Auf geheimnisvolle Weise fühlte
ich mich beschenkt, beinahe so, als hätte meine Mutter
persönlich diese Erinnerung geweckt, um mich zu trösten. Wie selbstverständlich nahm Tom meine Hand in seine große Pranke, die so geschickt und zart mit Tieren
umgehen konnte. »Komm, wir gehen noch ein Stück. Erzähl mir von den Wundern, die dir im Leben begegnet
sind und die du gesehen hast«, sagte er.

»Ach, Tom. Wenn du mich so fragst ... es waren bestimmt ganz viele, aber ich kann mich gerade nicht erinnern.«

»Wenn du jetzt ein bisschen nachdenkst ... fällt dir
dann vielleicht ein einziges Wunder ein?«

Mein Gedächtnis meldete sich sofort. »Ja! Vor zwölf
Jahren wollte ich mit meinen Eltern eine Woche Urlaub
machen. Aber einen Tag vor der Abreise wurde ich krank,
ich bekam die Grippe, eine richtig fiese Grippe, und ver-
brachte die nächsten Tage mit hohem Fieber im Bett. Das
war mein Glück. Denn auf dem Rückflug stürzte die Maschine ab, meine Eltern und alle anderen an Bord star-
ben. Es ist also ein Wunder, dass ich noch am Leben bin.«

»Ein ganz, ganz großes Wunder«, sagte Tom ehrfürch-
tig.

»Ja. Aber ich muss gestehen, dass ich bei aller Dankbarkeit, noch am Leben zu sein, lange damit gehadert habe.
Warum hatte das Wunder meine Eltern ausgeschlossen?
Warum mussten sie zur falschen Zeit am falschen Ort sein
und sterben? Sie waren erst Anfang sechzig und kernge-

sund. Sie hatten noch so viele Pläne. Irgendwann war ich so weit, dass ich eingesehen habe, dass es keine höhere Instanz gibt, bei der du Klage einreichen kannst, weil etwas geschieht, das für dich keinen Sinn ergibt und das du ungerecht und grausam findest. Kennst du den Spruch von John Lennon: Leben ist das, was passiert, während du eifrig dabei bist, andere Pläne zu machen?«

Tom nickte. »Ein guter Spruch, sehr wahr. Aber es gibt nicht nur eine, sondern viele persönliche Wahrheiten. Und es gibt Wunder, um die man sogar bitten kann. Wir sind nicht allein.« Ein verschmitztes Lächeln zeigte sich auf seinem Gesicht. »Es gibt keine Gerichtshöfe im Himmel, aber *hilfreiche* höhere Instanzen, an die wir uns wenden können, wenn wir Unterstützung brauchen, für uns selbst oder andere.«

»Meinst du etwa Gott?« Ich war, um es gelinde zu sagen, erstaunt von der Wendung, die unser Gespräch genommen hatte. Dass Tom religiös war, war mir völlig neu. Aber was wusste ich schon über ihn? Nicht viel mehr, als dass er aus Szczecin stammte, dass in seinem Elternhaus Deutsch und Polnisch gesprochen worden war, er mit vollem Namen Tomasz Szczypiorski hieß – womit die durchschnittliche deutsche Zunge überfordert war –, achtunddreißig war, gerne reiste, am liebsten in ferne Länder, und mit seiner Freundin zusammen in der Nähe des U-Bahnhofs Neukölln wohnte. Tom war nicht der Mensch, der sich selbst zum Thema machte.

Jetzt blieb er stehen und streifte die dünne, silberne Kette, die er immer trug, über den Kopf. Als er sie mir hinhielt, sah ich zum ersten Mal den Anhänger, der sonst immer unter seiner Kleidung verborgen war. Er war etwas kleiner als eine Streichholzschachtel, oval und aus Silber. »Das«, sagte Tom, »ist die Schwarze Madonna von Czestochowa – Tschenstochau auf Deutsch. Sie ist die wundertätige Schutzpatronin von Polen und die Königin der Herzen. Jedes Jahr pilgern Millionen Menschen zu ihrer Ikone, die in Częstochowa im Paulinerkloster auf dem Jasna Góra, dem Hellen Berg, aufbewahrt wird.«

Ich nahm die Kette in die Hand, um mir den Anhänger genauer anzuschauen. »Bist du auch zur Madonna gepilgert? Und warum heißt sie Schwarze Madonna?«

»Das Bild ist sehr alt und wurde auf Holz gemalt. Viele Jahrhunderte lang wurden im Altarraum Öllämpchen zur Verehrung aufgestellt, ihr Ruß hat das Holz dunkel gefärbt. Und ja, ich bin den Pilgerweg nach Czestochowa öfter gegangen. Von Warschau aus sind es ungefähr dreihundert Kilometer.«

Ich wollte ihm die Kette zurückgeben, aber er schloss seine Hand um meine, drückte sie sanft und sagte: »Ich möchte sie dir gerne schenken. Viele Geschichten von Wundern und unerwarteten Heilungen ranken sich um die Schwarze Madonna. Du kannst sie um alles bitten. Auch darum, dass Sophie gesund wird.«

»Aber die Madonna wird dir fehlen«, protestierte ich.

»Aber nein. Im Sommer pilgere ich wieder nach Częstochowa und besorge mir eine neue Medaille. Diese hier ist für dich in einer schweren Zeit.«

Toms Blick war unverwandt auf mich gerichtet. Ich hatte das Gefühl, dass das braune Auge lächelte, während das blaue Auge ernst blickte. Was eigentlich nicht sein konnte. »Danke, Tom. Vielen, vielen Dank«, sagte ich, vor Rührung den Tränen nahe, und legte die Kette um. Ich war nicht religiös, schon gar nicht dem Katholizismus zugeneigt, und mit Mitte zwanzig aus der Kirche ausgetreten. Aber mit Toms Schwarzer Madonna von Tschenstochau in Silber auf meiner Brust fühlte ich eine leise Hoffnung aufkeimen, und das war das größte Geschenk, das Tom mir hatte machen können. *Wunder gibt es immer wieder, heute oder morgen können sie geschehen ...* Ich würde um ein Wunder bitten. Für Sophie. Ich würde der Madonna damit in den Ohren liegen, bis sie gar nicht anders konnte, als Godzilla auf Nimmerwiedersehen im tiefsten Ozean zu versenken oder ihn auf den Mond zu schießen, wo er kein Unheil anrichten konnte.

Kurz nach sechs war ich zu Hause. Uwe hatte gesimst, er würde spät kommen, er sei mit Kollegen zum Essen verabredet. Das war mir recht, so konnte ich das Kochen ausfallen lassen. Im Kühlschrank entdeckte ich den Kuchen, den Stefan mit Liebe für unser Treffen am Sonntag gebacken hatte. Stefan ... An ihn zu denken, tat besonders weh, er musste völlig am Boden zerstört sein. Wieder ging er mit Sophie barfuß durch die Hölle, und dieses Mal sah es so aus, als ob Sophies Weg zu Ende ginge und Stefan allein zurückbleiben würde, mit einem gebrochenen Herzen. Würde er je wieder glücklich sein können, sich irgendwann neu verlieben? So, wie Sophie und alle, die ihn kannten und gernhatten, sich das für ihn wünschten? Stefans Leid, wenn er die Frau, die er liebte, verlieren würde, war noch ein Grund mehr, die Schwarze Madonna um ein Wunder anzuflehen. Würde es die Muttergottes besonders beeindrucken, wenn ich Gründe anführte, warum ausgerechnet Sophie ein Wunder verdiente? Es gab so viele Menschen, die sie liebten und nicht verlieren wollten. Sie war das, was ich als guten Menschen bezeichnen würde, wobei sie selbst die Letzte war, die ihre Schattenseiten leugnete. Aber wurden Wunder nach Verdienst verteilt? Kam man auf eine Warteliste, oder wurden sie einem prompt geschenkt, wenn das Herz, anders als im alten Ägypten, nicht erst nach dem Tode, sondern schon zu Lebzeiten gewogen wurde und leichter oder genauso leicht war wie die Feder der Göttin Maat auf der anderen Seite der Waagschale? Kamen nicht auch Menschen in den Genuss von Wundern, die allein im Leben standen und deren Herz so grau und schwer wie Blei war?

Wenig später googelte ich im Arbeitszimmer die Schwarze Madonna von Tschenstochau. Seit sechs Jahrhunderten, las ich bei Wikipedia, wurde das sogenannte Gnadenbild der Jungfrau Maria, das als Reliquie verehrt wurde, im Kloster aufbewahrt. Ernst, geheimnisvoll und nachdenklich schaute mich die im byzantinischen Stil gemalte Madonna vom Monitor an. Sie war aufrecht sitzend abgebildet, mit dem ebenso ernst blickenden Jesuskind auf dem linken Arm, das in einer Hand ein Buch hielt und mit der anderen segnete. Auf ihrer rechten Wange waren zwei schwarze Striemen zu sehen, die, so hieß es, ein Soldat ihr einst bei einem Überfall auf das Kloster mit seinem Säbel zugefügt hatte. Diese Frau im lilienbestickten Mantel, deren Heiligenschein sich mit dem ihres Kindes mischte, sah nicht so aus, als müsse man ihr etwas erklären, gute Gründe aufzählen oder flehen. Sie sah aus wie eine Frau, die in ihrer Weisheit und ihren Wundern ruhte und so mit ihnen umging, wie es ihr angemessen schien.

3

Im Gegensatz zu den meisten Frauen, die ich kannte, waren Sophie, Melanie und ich Telefon-Muffel. Wir beschränkten unseren fernmündlichen Austausch auf das Nötigste, lieber schrieben wir eine SMS oder Mail. Das änderte sich auch in dieser ersten Woche seit Godzillas Rückkehr nicht. Melanie schickte Sophie und mir Fotos von Mottes weißem Gitterbettchen mit duftigem, weißem Himmel, das soeben geliefert worden war, zusammen mit einem Kombi-Kinderwagen.

Ja, ja, ich weiß, schrieb Melanie, *bis zum großen Tag ist es noch etwas hin, aber es macht solchen Spaß, alles herzurichten. Ich ziehe in das »halbe Zimmer«, das bisher ja so eine Art Allzweckkammer war. Ihr habt ja auch schon drin geschlafen. Aus dem Schlafzimmer wird Mottes Zimmer. Heiko hat versprochen, beim Streichen und Umräumen zu helfen. Ich finde ja eine Wand in Pink superschön – was meint ihr?*

Da Ihr ja immer gespannt auf Neuigkeiten aus dem Babybauch seid: Wir sind jetzt in der dreißigsten Schwangerschaftswoche. Ich platze fast, aber das muss Einbildung sein, denn der Bauch wird ja noch viel dicker werden. Ich bin aber beruhigt, dass es nicht an der weißen Schokolade, den Orangen und den Spiegeleiern mit Bacon liegt, die mein Körper derzeit vermehrt braucht. Mottes Lungen und ihr Verdauungstrakt sind fast vollständig ausgebildet, theoretisch könnte sie also auch bald Schokolade essen, ist das nicht toll, und sie hat jetzt Augenbrauen und Wimpern! Süß, was? Apropos: süß. Ihr Süßen, bald ist Sonntag. Ich freu mich schon sehr auf euch. Wo treffen wir uns? Küsse aus Prenzlauer Berg – das muss ich noch schnell loswerden: Endlich gehöre ich dazu, ich bin wer im fruchtbarsten Kiez von Berlin. Ich bin schwanger! Bald sitze ich nicht mehr allein im Café und versuche vergeblich, das Kindergeschrei um mich herum auszublenden, nein, ich habe auch ein plärrendes Baby und einen Kinderwagen, der im Weg herumstehen und Fußgänger aus dem Weg scheuchen darf, wenn ich es drauf anlege, und ich trinke nicht mehr Espresso, sondern Latte Macchiato, wie sich das für Muttis in Prenzlberg gehört (das muss ich noch üben, ich hasse das Zeug), und für Motte gibt es nach der Stillzeit einen Baby-Latte-Macchiato, den gibt es in echt, ob ihr's glaubt oder nicht!

Eure Melanie

Sophie schrieb zurück: *Liebe Prenzlberg-Mutti in spe, liebe Tante Rosa! Können wir diese Woche den Sonntag auf Samstag verlegen? Ich würde sooo gerne Mottes Bett bestaunen und den Kinderwagen und mit euch bummeln gehen. Ich brauche Babywolle und Stricknadeln. Ob man wohl so was Profanes im fruchtbarsten Kiez von Berlin erstehen kann? Und dann muss ich unbedingt den einen oder anderen Latte Macchiato probieren.*

Lachend antwortete ich den beiden: *Samstag geht klar! Ich freu mich! Küsse!*

Ja, ich freute mich auf unser Mädels-Treffen. Gleichzeitig war mir schwer ums Herz. Melanie ging es genauso, das erfuhr ich, als sie mich am Abend anrief. »Ich habe Angst, dass ich nicht fröhlich genug sein kann«, sagte sie. »Dass ich mich nicht so verhalten kann, wie Sophie es sich wünscht. Diese Woche, mit dem Wissen, dass Sophie bald … war … überhaupt nicht fröhlich, ich hab mich fast jede Nacht in den Schlaf geweint … Aber Heiko ist sehr lieb. Wir haben viel gesprochen, seine Cousine ist vor ein paar Jahren an Brustkrebs gestorben, er weiß, was es heißt, wenn jemand, den man liebhat, todkrank ist. Scheiß-Godzilla. Oh, Scheiße. Jetzt muss ich heulen. Schon wieder. Ich will nicht vor Sophie heulen.«

Ich wollte auch nicht vor Sophie heulen, wenn es sich vermeiden ließ, wir hatten ihr ja etwas versprochen. Godzilla und alles, was mit ihm zusammenhing, sollten draußen bleiben, wenn wir Mädels zusammen waren. Ob wir das schaffen würden, das war die große Frage. Melanie putzte sich die Nase. Übers Telefon hörte sich das an, als ob ein Elefant in den Apparat trompetete. Dann sagte sie: »Weißt du was? Wir sollten uns diesen albernen Perfektionsanspruch einfach abschminken. Um uns geht es doch gar nicht. Es geht um unsere beste Freundin. Wir kriegen das schon irgendwie hin, weil wir in das, was kommt, hineinwachsen. Zusammen mit unserer besten Freundin. So, wie die Dinge stehen, bleibt uns doch gar nichts anderes übrig.«

Sie hatte natürlich vollkommen recht. Irgendwie würden wir es hinkriegen, dass Sophie bekam, was sie sich wünschte.

Wir wollten uns am Samstag um zwölf vor Melanies Haus treffen. Stefan würde Sophie mit dem Auto bringen und am frühen Abend wieder abholen. Beim Frühstück legte Uwe, der den Tag in einer Therme verbringen wollte, die Zeitung plötzlich zur Seite und sagte: »Ach, übrigens, Rosa, ich habe für Sophie einen schönen großen Blumenstrauß mit einer Gute-Besserungs-Karte in Auftrag gegeben. Er müsste heute früh geliefert worden sein. An die Babelsberger Adresse, Stefan kann ihn ja dann mit ins Krankenhaus nehmen.«

Ich starrte ihn verblüfft an, denn normalerweise war ich zuständig, wenn es um Blumengrüße oder Glückwunschkarten ging. »Aha? Davon hast du ja gar nichts erzählt.«

»Mhm. Es war eine spontane Idee, ich hab vom Büro aus angerufen und dann gar nicht mehr daran gedacht. Du weißt ja, ich bin nicht der Mensch, der Krankenbesuche macht, das überlasse ich dir, aber sie soll wissen, dass ich ihr gute Besserung wünsche.«

Es rührte mich, dass Uwe an Sophie gedacht und ihr Blumen geschickt hatte. Ich wusste, dass er sie eigentlich nicht besonders mochte. Als wir noch nicht verheiratet waren, hatte er mal gesagt, dass die Chemie zwischen ihnen nicht stimmen würde, ohne dass er das begründen könne. Das war untypisch für Uwe, der sonst für alles eine hieb- und stichfeste logische Erklärung liefern konnte, wenn er es drauf anlegte. Ich wusste, dass im Gegenzug Uwe auch nicht zu Sophies Lieblingsmenschen gehörte, obwohl sie das nie thematisierte. Nur einmal hatte sie etwas gesagt, und zwar nachdem ich verkündet hatte, dass Uwe und ich heiraten würden.

»Oh, du willst ihn *heiraten*?«, hatte Sophie gesagt, es klang geradezu entsetzt. »Rosa, bist du sicher, dass Uwe der richtige Mann für dich ist? Ihr seid noch nicht lange zusammen ...«

Ich war stinksauer, denn mit dieser Reaktion hatte ich überhaupt nicht gerechnet. Ich hatte erwartet, dass sie sich von Herzen mit mir freuen würde.

Zu meiner Schande muss ich gestehen, dass ich Sophie, die damals nach einer großen Enttäuschung wieder solo war, angeblafft hatte: »Natürlich ist er der richtige Mann für mich! Mit neununddreißig und der entsprechenden Lebenserfahrung muss ich nicht jemanden zehn Jahre lang observieren, um das zu merken. Wir lieben uns, auf eine ruhige, bodenständige, sehr erwachsene Art, und wir wünschen uns Kinder. Von meiner Freundin hätte ich erwartet, dass sie sich mit mir freut. Gönnst du mir etwa mein Glück nicht?«

Sophie funkelte mich an und wirkte auf einmal zwanzig Zentimeter größer. »Hab ich das richtig verstanden? Du fragst mich allen Ernstes nach zwölf Jahren durch dick und dünn, ob ich dir dein Glück nicht gönne?« Sie hatte leise gesprochen, aber es war nicht zu verkennen, dass sie vor Wut kochte. Sophie wurde selten wütend, aber wenn, hielt man am besten zehn Meter Sicherheitsabstand, damit man nicht verschmorte, wenn sie einen mit glühenden Blicken bedachte. Glücklicherweise war ich zur Vernunft gekommen, bevor ich unsere Freundschaft durch einen Trotzanfall ruinieren konnte.

Ich musste schlucken bei der Erinnerung an lange Abende mit viel Rotwein in Sophies Küche, an denen ich mein Herz ausgeschüttet hatte. An Sophies Freude, wenn es mir gutging, an ihre Unterstützung, wenn es mir mies ging. An die Zeiten, als drei Frauen, die der Zufall in Berlin zu einer Wohngemeinschaft zusammengeweht hatte, Freundinnen geworden waren. Sogar mehr als das. Melanie, Sophie und ich waren für einander die Familie, die uns in dieser großen Stadt gefehlt hatte.

»Tut mir leid«, murmelte ich. »Natürlich weiß ich, dass du mir mein Glück gönnst.«

Sophies Augen funkelten immer noch, die Luft roch ein bisschen brenzlig. »Gut. Ich sag dir noch was, und das schreib dir gefälligst hinter die Ohren: Eben *weil* ich mir von Herzen wünsche, dass du glücklich bist und glücklich bleibst, frage ich, ob du wirklich sicher bist, dass Uwe der richtige Mann für immer und ewig ist.«

»Männer werden ohne Garantieschein geliefert. Leider«, schaltete sich Melanie ein, die sich bisher in Schweigen gehüllt hatte. »Fakt ist doch, dass wir Uwe kaum kennen. Wir haben ihn bisher exakt drei Mal zu Gesicht bekommen, er war freundlich und höflich und macht einen soliden Eindruck. Wir können uns doch gar kein Urteil darüber erlauben, ob er nun der richtige Mann für Rosa ist.«

Sophie seufzte. »Fakt ist, dass Rosa ihn auch kaum kennt. Gerade mal ein halbes Jahr.«

»Siebeneinhalb Monate!«, trumpfte ich auf. »Und wir haben eine sehr intensive Zeit hinter uns. Wir haben unsere Zukunft genau geplant: Wir wollen so schnell wie möglich ein Baby. Und dann noch eins. Und wenn die Kinder aus dem Gröbsten raus sind, steige ich entweder in eine kleine Praxisgemeinschaft ein oder gründe selbst eine. Ich mag die Arbeit in der Tierklinik, aber es ist Zeit für etwas Neues. Und jetzt mal Butter bei die Fische: Ihr könnt Uwe nicht leiden, stimmt's? Er ist euch unsympathisch.«

»Quatsch«, protestierte Melanie. »Ich hab nichts gegen Uwe, ehrlich nicht. Ich denke, er ist ganz okay. Und wenn ihr euch liebt und eine Familie gründen wollt, ist das doch fein. Im Notfall kann man die Entscheidung füreinander ja auch wieder revidieren … Ich weiß, das klingt jetzt nicht romantisch, aber so ist es nun mal.«

»Oh, toll, dass du so positiv eingestellt bist«, sagte ich sarkastisch. »Du redest von Scheidung, noch bevor ich verheiratet bin.«

Melanie zuckte mit den Schultern. »Ich bin nur realistisch. Aber ich wünsche dir – euch – natürlich alles Glück der Welt!«

»Danke.« Dass aus unseren Babys, durch Melanies »realistische« Brille betrachtet, eventuell Scheidungskinder werden könnten, wollte ich nicht weiter verfolgen.

Sophies braune Augen glänzten immer noch ein bisschen feurig, als sie sagte: »Zu deiner Frage, Rosa: Uwe ist mir nicht unsympathisch. Ich bin einfach nicht warm mit ihm geworden, das ist alles, und ich glaube, ich werde auch nicht warm mit ihm werden. Für mich kommt er wie ein Gefrierschrank rüber.«

Niemand hört es gern, wenn die beste Freundin den Bräutigam als Gefrierschrank bezeichnet. Aber, so dachte ich damals optimistisch, Uwe hatte ja noch den Rest des

Lebens Zeit, Sophie von seinen Qualitäten zu überzeugen.

»Schön, dass du Blumen geschickt hast. Das war eine gute Idee«, sagte ich jetzt zu Uwe. »Sophie freut sich bestimmt.«

»Mhm. Es war meine Absicht, sie zu erfreuen«, gab er steif zurück. »Ich dachte mir, ein bunter Frühlingsstrauß gefällt in jedem Fall. Hoffentlich hat der Blumenladen auch wirklich frische Ware geliefert und das Bouquet sieht genau so üppig aus wie auf der Homepage.«

Ich überlegte, ob jetzt die Stunde der Wahrheit gekommen war, auch was Sophie anging. Uwe wusste zwar, dass ich heute shoppen gehen wollte, aber nicht, wo und mit wem. Ich tastete mich heran, indem ich sagte: »Ich treffe mich nachher mit Sophie und Melanie in Prenzlauer Berg. Dann werde ich alles über den Blumenstrauß erfahren und kann dir heute Abend genauestens berichten.«

Uwe zog erstaunt eine Augenbraue hoch. »Nanu? Liegt Sophie in Prenzlauer Berg im Krankenhaus?«

»Nein«, gab ich zurück. »Sie liegt gar nicht im Krankenhaus. Sie, äh, ist zu Hause.«

An dieser Stelle hätte ich erklären können, warum sie zu Hause war und wie die Dinge genau standen. Aber unter Uwes kühlem, graublauem Blick brachte ich es nicht fertig. Vielleicht, wenn er die richtigen Fragen auf die richtige Art gestellt hätte, wäre ich mit der ganzen Wahrheit herausgerückt. Aber er sagte mit einer gewissen Erleichterung: »Ach, sie ist zu Hause – warum hast du mir das denn nicht erzählt? Sie wird also ambulant behandelt, da hat sie ja Glück, dass sie in ihrer vertrauten Umgebung bleiben kann. Und sie scheint sich ja auch recht wohl zu fühlen, wenn ihr euch in Prenzlberg treffen könnt. Es ist doch wirklich erfreulich, dass die Nebenwirkungen von einer Chemotherapie heutzutage so gut in den Griff zu bekommen sind. Grüß schön von mir, auch Melanie, ich wünsche euch eine gute Zeit.« Lächelnd griff Uwe nach seiner Zeitung.

»Danke. Werden wir bestimmt haben«, murmelte ich.

Eine halbe Wahrheit war keine Lüge. Aber ein offenes Gespräch unter Eheleuten sah anders aus. Warum brachte ich es nicht fertig, vor meinem eigenen Mann die Dinge, die mich in meinem tiefsten Inneren berührten, beim Namen zu nennen? Nur, weil er nicht die richtigen Fragen auf die richtige Art mit dem richtigen Ausdruck in seinen Augen gestellt hatte? Das war wieder so eine halbe Wahrheit. Was ich nicht ertragen hätte, wenn ich ihm mein Herz geöffnet hätte, wäre die altbekannte Erfahrung, dass Uwe nicht nachfühlen konnte, wie es darin aussah.

Ich fuhr mit der Bahn und stieg an der Station *Schönhauser Allee* aus. Um mich herum wimmelten und drängelten Menschenscharen. Ich hatte noch etwas Zeit bis zum Treffen und besorgte, inspiriert durch Uwe, in dem kleinen vietnamesischen Blumenladen um die Ecke, der immer so schöne frische Ware hatte, einen Strauß Hyazinthen für Melanie. Sie liebte die blauen ganz besonders und konnte von ihrem schweren Duft nicht genug bekommen. Als ich mich der Gethsemanekirche näherte, sah ich, dass die Kirchentür geöffnet war. Einem Impuls folgend – vielleicht hatte es mir die Schwarze Madonna, die mich Tag und Nacht begleitete, seit Tom mir seine Kette geschenkt hatte, ins Herz geflüstert –, stieg ich die Treppen zum Eingang hoch und ging hinein. Es war kalt und dämmrig im Innenraum. Einige Menschen saßen mit gesenkten Köpfen auf den Bänken, offenbar ins Gebet vertieft. Im Nebenschiff, rechts vom blumengeschmückten Altar, zog ein schmiedeeisernes Gestell mit brennenden Teelichtern meine Aufmerksamkeit auf sich. Ich erinnerte mich, dass meine Mutter manchmal mit mir in die Kirche gegangen war, als ich klein war, um eine Kerze anzuzünden. Die Anlässe waren ganz unterschiedlich: Nicht selten schickte sie ein Stoßgebet zum heiligen Christophorus, wenn sie etwas verloren oder verlegt hatte; gelegentlich fand sich der Gegenstand sogar wieder. Oder sie schickte Besserungswünsche für einen Kranken oder einen stillen Gruß an einen Verstorbenen zum Himmel. Dabei war sie sonst keine Kirchgängerin, und sie setzte auch keinen Ehrgeiz darein, mich religiös zu erziehen.

Nun stand ich hier, zum ersten Mal seit vielen Jahren wieder in einer Kirche, hatte einen Euro in eine Kasse gesteckt und zündete ein Licht an und betete. Für Sophie. Die Madonna von Tschenstochau sollte für ihr Wunder Unterstützung bekommen aus den himmlischen Sphären, das wünschte ich mir mit der ganzen Kraft meines Herzens.

Als ich aus der Kirche trat, fand ich, dass der Himmel, der eben noch grauverhangen gewesen war, so ein typischer Berliner Winterhimmel eben, ein bisschen heller und freundlicher aussah. Aber das konnte Einbildung sein. Als ich die Stargarder Straße entlangging, sah ich Melanie, Sophie und Stefan vor Melanies Haus mit den grünen, schmiedeeisernen Balkongittern stehen. Stefan sah mich als Erster und winkte.

Es war wunderbar, Sophie zu umarmen und ihre Freude zu sehen, als sie sich für die prachtvollen Blumen bedankte, die den Frühling ins Haus gebracht hätten: Unglaublich, wie herrlich bunt der Strauß war und wie gut die Freesien dufteten! Was für eine schöne Überraschung!

Für die, erklärte ich, Uwe verantwortlich war. Sophie musste lächeln, das habe sie sich schon gedacht, der Text auf der beiliegenden Karte habe nicht nach mir geklungen.

Bei Sophie war ich darauf gefasst gewesen, dass sie nicht aussehen würde wie das blühende Leben. Und es war auch ein Glück, dass ich damit gerechnet hatte, dass Stefans Kummer nach außen sichtbar sein würde, sonst hätte es mich erschreckt, denn seit Silvester schien er um zehn Jahre gealtert. Aber er war genauso herzlich wie immer, was die Außentemperatur gefühlt um zwanzig Grad steigen ließ. Melanie freute sich wie ein Kind über ihre Lieblingsblumen, die natürlich eine Vase brauchten, und Sophie musste aufs Klo, sodass das Ende vom Lied war, dass wir alle vier nach oben gingen und in Melanies Küche auf die Schnelle einen Kaffee tranken, bevor Stefan sich auf den Weg zu Theo machen würde und wir Mädels den Helmholtzkiez erobern würden.

»Was stand denn auf der Karte?«, fragte ich Sophie.

»*Liebe Sophie, gute Besserung und alles Liebe von Rosa und Uwe. Wir hoffen, Du hast Freude an den Blumen.*«

»War das alles?«

Ja, antwortete Sophie, das sei alles gewesen, die wunderschönen Blumen hätten ihre eigene Sprache gesprochen. Ich holte tief Luft. »Uwe … hm … also, er weiß nicht *alles*. Nur, dass du wieder … also, na ja …«, stotterte ich, weil Godzilla ja tabu war.

Sophie grinste. »Ich versteh schon. Du weißt etwas, was er nicht weiß, und du wirst deine Gründe haben, warum das so ist. Völlig klar. Aber dafür weiß Dr. Tom alles.«

Ich war baff. »Woher weißt du, was Tom weiß?«

»Weil meine Frau gestern ein Rendezvous mit ihm hatte«, schaltete sich Stefan ein. »Er rief an, und dann holte er sie zu einem Spaziergang im Park Babelsberg ab. Ich blieb allein zurück. Nein, nicht ganz allein … die selbstgemachten Pierogi, die er mitgebracht hatte, leisteten mir Gesellschaft. Der Mann kann vorzüglich kochen.«

»Was sind Pierogi?«, wollte Melanie wissen.

»Gefüllte Teigtaschen, eine polnische Spezialität«, erklärte Stefan. »Extrem lecker. Besonders die mit Hackfleisch und Sauerkraut.«

»Ich mochte die mit der Steinpilzfüllung am liebsten und kann von Glück sagen, dass mein Mann mir ein paar übrig gelassen hat«, behauptete Sophie mit klagendem Unterton.

»Glaubt ihr kein Wort«, protestierte Stefan. »Sophie ist satt geworden, was kein Wunder ist. Tom hatte genügend Pierogi im Gepäck, um eine vierköpfige Familie glücklich zu machen.«

Tom schien es sich auf die Fahnen geschrieben zu haben, positive Energie über uns regnen zu lassen. Es war keine Selbstverständlichkeit, auf eine Frau, die man nicht besonders gut kannte und von der man wusste, dass sie bald sterben würde, so zuzugehen, wie er es getan hatte.

Als hätte Sophie meinen letzten Gedanken gelesen, sagte sie: »Ich war total überrascht, dass Tom anrief und fragte, ob er mich besuchen dürfe; er habe gehört, dass ich krank sei. Das konnte er natürlich nur von dir gehört haben, Rosa, und ich dachte mir, wenn er das weiß und zum Hörer greift, dann weiß er auch bestimmt, wie es steht. Ich hab mich gefreut, dass ich ihm wichtig genug bin, um Abschied zu nehmen, es ist ja vollkommen klar, dass es darum ging, obwohl er kein Wort darüber verloren hat.« Sie überlegte einen Moment, bevor sie weitersprach: »Abschied … Ich hab mir nie klargemacht, was das wirklich bedeutet, es ist so grässlich schwer, alles loszulassen. Manchmal wünsche ich mir, dass ich völlig ahnungslos wäre. Dass ich, wenn meine Lebenszeit abgelaufen ist, einfach abends ins Bett gehen, einschlafen und morgens nicht wieder aufwachen könnte. Bum. Aus. Herzstillstand. Wie ein Blitz aus heiterem Himmel. Wie bei dem irischen Dichter John O'Donohue, ich liebe seine Bücher, besonders *Anam Cara*. Er war erst zweiundfünfzig. Und kurz davor, seine große Liebe zu heiraten.«

Stefan nahm Sophies Hand in seine, drückte einen Kuss darauf und sagte: »Ich bin sehr, sehr dankbar für jede bewusste Minute Zeit, die ich mit dir verbringen darf. Die Braut von O'Donohue konnte erst Abschied nehmen, als er schon gegangen war. Ich habe großes Glück.«

Das hätte ein Moment sein können, in dem Tränen

flossen. Aber stattdessen war es – genauso überraschend wie die Wendung, die Sophie dem Gespräch gegeben hatte ein Moment des Friedens und der Intimität, der uns einhüllte wie eine warme Decke. Sophie drückte Stefans Hand und sagte: »Aus dieser Perspektive betrachtet, habe ich sicher Glück. Und das weiß ich auch – meistens. Ich habe Zeit, um Dinge zu regeln. Ich habe Zeit, um mich mit Menschen auszusprechen; um zu klären, was mich noch beschäftigt oder schwierig war in der Vergangenheit. Ich kann Frieden schließen mit meiner Vergangenheit und Leuten, die mir wehgetan haben und denen ich wehgetan habe. Wenn ich will. Niemand zwingt mich, ich bestimme selbst, was ich tue oder lasse. Ich kann allen sagen, wie viel sie mir bedeuten. Ich kann sagen: Ich liebe dich. Ich liebe euch …« Sie seufzte. »Nächste Woche fahren wir zu meinen Eltern. Sie wissen es noch nicht. Ich wollte es ihnen nicht am Telefon sagen, ich wollte sie sehen und in die Arme schließen. Meine Schwester und mein Schwager und die Kinder wissen Bescheid.«

Sophies Eltern, beide über achtzig und ein wenig gebrechlich, lebten in Lüneburg, in einem Haus mit ihrer jüngsten Tochter und deren Familie. Ich ging davon aus, dass Sophie auch Lüneburg, die Stadt, in der sie geboren und aufgewachsen war, noch einmal sehen wollte. Sie liebte das malerische Universitätsstädtchen am Rande der Heide sehr.

Sophie, die in ihrem Stuhl zusammengesunken war, straffte den Rücken. »Aber zurück zu Tom. Möchtet ihr wissen, was wir im Park gemacht haben?« Ihre Mundwinkel hatten sich beim Sprechen nach oben gekräuselt,

und ihre Stimme klang, als gäbe es etwas Angenehmes zu
erzählen. Sie war so durchlässig für Stimmungen, das fiel
mir auf, sie schwang wie ein Pendel mit ihren Eingebungen und Themen, auch mit denen, die sie für unsere Mädels-Treffen für tabu erklärte hatte; und mir kam in den
Sinn, dass es unsere Aufgabe war, mit ihr zu schwingen.
Sie sich ausdrücken zu lassen, sie jederzeit bestimmen zu
lassen, wohin ihre Reise im Zusammensein mit den Menschen, die ihr wichtig waren, gehen sollte.

»Klar wollen wir das wissen«, sagte Melanie. »Hach,
ich mag Tom. Und ich finde ihn ziemlich sexy. Wer weiß,
wie mein Leben verlaufen wäre, unter anderen Umständen und günstigen Fügungen … vielleicht hätten wir uns
ineinander verliebt?«

Ich fand es an der Zeit zu erwähnen, dass Tom eine
Freundin hatte, mit der er auch zusammenwohnte.

Melanie spitzte die Lippen, ihre Augen funkelten amüsiert. »Wen interessiert das? Es geht doch nur um ein
paar romantische Gedanken. Ich brauche das ab und zu.
Ein Häppchen Süßes für die Seele.«

Das war nichts Neues für uns, und es brachte uns zum
Schmunzeln, was – da war ich mir ziemlich sicher – Melanie beabsichtigt hatte, auch wenn sie noch so unschuldig dreinschaute.

»Tom und ich«, sagte Sophie jetzt, »haben Krähen gefüttert.«

»Krähen?«, echote Melanie.

»Nebelkrähen und Saatkrähen«, hörten wir. »Tom hatte
eine Tüte mit altem Brot dabei. Im Park gibt es einen be-
stimmten Baum an einem Seiteneingang, auf dem sich

63

Krähen im Winter versammeln. Sie unterhalten sich angeregt und haben alles im Auge, was sich im Umkreis abspielt. Und natürlich freuen sie sich, wenn man ihnen etwas mitbringt. Tom weiß das, weil er mal ein paar Jahre in Babelsberg gewohnt hat. Wir haben also die Vögel gefüttert und uns über die Lebensgewohnheiten von Krähen unterhalten, sehr interessantes Thema übrigens.

Plötzlich, ich weiß gar nicht mehr, wie es dazu kam, habe ich über Godzilla geredet, er hat einfach nur zugehört. So wie nur jemand zuhören kann, der zwar zugewandt, aber emotional nicht beteiligt ist, das hat es mir leichtgemacht. Dann, als wir schon auf dem Heimweg waren, hat Tom mir ein Geheimnis verraten, das ihm seine Großmutter anvertraut hatte, als er klein war.« Sophie lächelte bei dem Gedanken an dieses Geheimnis, das sie jetzt für uns enthüllen würde. »Vielleicht kennt ihr die Zen-Weisheit, dass das Leben eine Schüssel voller Kirschen ist?«

Wir schüttelten die Köpfe. Sophies Lächeln vertiefte sich, und ihre Stimme klang lebhaft, als sie weitersprach, das Geheimnis gefiel ihr, kein Zweifel: »Müsst ihr auch nicht kennen. Das Leben ist nämlich keine Schüssel mit Kirschen, sondern ein prächtiger, bunter Teppich. Das wurde jedenfalls Toms Großmutter in einem Traum verraten, als sie vor vielen Jahren zur Schwarzen Madonna von Tschenstochau pilgerte. Laut *babka* Natalia könnt ihr euch das Geheimnis des Lebens ungefähr so vorstellen: Alles, was lebendig ist, hat seinen eigenen, einzigartigen Lebensfaden, und all diese unzähligen Fäden aus ganz unterschiedlichen Garnen sind miteinander verwoben zu einem unendlich großen, wunderschönen Teppich in allen Farben des Regenbogens. Wenn jemand stirbt, dann wird sein Faden nicht etwa aus diesem Teppich herausgerissen, o nein, so ist es ganz und gar nicht. Der Lebensfaden bleibt erhalten, wenn jemand geht, nur ist es so, dass er unsichtbar für die Augen der Lebenden wird. Das geschieht, weil die Seele die Farbe mitnimmt, wenn sie nach dem letzten Atemzug zum Himmel fliegt. Aber die Lebenden können den Faden nach wie vor spüren, mit dem Herzen, denn er ist aus Licht und Liebe gesponnen, die niemals vergehen. Das ist eine schöne Vorstellung, finde ich. Dass man bleibt, auch wenn man geht.« Mit leiser Ironie fügte sie hinzu: »Natürlich wäre, vom individuellen Standpunkt aus betrachtet, das Bleiben besser als das Gehen. Aber: Laut Statistik müssen einhundert Prozent der Bevölkerung gehen. Das Einzige, was variiert, sind der Zeitpunkt und die Todesursache. Sterben ist ein Naturgesetz. Es trifft uns alle. Ob es uns passt oder nicht.«

»Scheißnaturgesetz«, sagte Melanie. Niemand widersprach.

Wenig später war Stefan unterwegs zu Theo, und Melanie, Sophie und ich waren auf dem Weg zu einem kleinen Laden namens *Die Masche*, damit Sophie im Kiez Wolle und Stricknadeln kaufen konnte. Das Lädchen war ganz in der Nähe gelegen, in einer kleinen Seitenstraße, und gehörte einer jungen Frau, die nicht nur die gewünschte Ware, sondern auch Strickanleitungen für Baby-Söckchen, Schühchen und Mützchen in diversen Ausführungen führte. Sophie geriet geradezu in einen Kaufrausch, in den Melanie und ich nicht einbezogen wurden: Sophie wusste genau, dass wir, was Handarbeiten anging, zwei linke Daumen hatten. Wir saßen daher gemütlich auf einem kleinen Sofa und lauschten mit halbem Ohr der Fachsimpelei im Hintergrund, während wir das Treiben auf der Straße durch das Schaufenster betrachteten. Es waren sehr viele Eltern mit Kinderwagen unterwegs, und bald würde Melanie hier auch mit Motte entlangrollen. Wahrscheinlich würde Heiko die beiden öfter begleiten und mit liebevollem Lächeln seine kleine Tochter betrachten, so wie der junge Mann, der gerade mit einem Baby im rosafarbenen Schneeanzug auf dem Arm am Laden vorbeiging. Und vielleicht würde es sogar ein richtiges Happy End geben, wie im Film; und aus Melanie, Motte und Heiko würde doch noch eine glückliche Familie werden. Ich wünschte mir sehr, dass sich alles so fügen würde, wie Melanie es sich erträumte. Sie hatte es verdient.

»Und wohin jetzt?«, fragte Melanie, nachdem Sophie ihre Einkäufe abgeschlossen hatte.

»Ich möchte noch eine Kleinigkeit einkaufen«, erwiderte Sophie und schwenkte übermütig ihre Tüte. »Und zwar in einem richtig schönen Kindergeschäft. Die müsste es hier doch in rauen Mengen geben, oder?«

In rauen Mengen kamen sie nicht vor, die Kindergeschäfte, aber es gab im Umkreis der *Masche* doch einige. Wir pilgerten schließlich um zwei Ecken zu *Anna Apfelkuchen*, weil Sophie der Name des Ladens so gut gefiel und weil man, wie Melanie sagte, dort nicht nur wunderhübsche Kinderklamotten fand, sondern auch einen Flyer mit Rezepten für Apfelkuchen mit nach Hause nehmen konnte.

»Was hast du dort gekauft?«, wollte Sophie wissen.

»Einen rosa Overall mit lila Kühen drauf. Zu süß. Ich konnte nicht widerstehen.«

Sophies Augen leuchteten auf, und ich witterte Kaufrausch Nummer zwei, als sie sagte: »Lila Kühe. Das klingt einfach toll …«

Auch *Anna Apfelkuchen* war ein kleiner Laden, und er war fast bis unter die azurblaue, mit Sonne, Mond und Sternen bepinselte Decke mit leuchtend bunter Kinderkleidung gefüllt. Das Geschäft war gut besucht, aber Sophie schaffte es, eine Verkäuferin zu kapern, die hinter der Ladentheke mit Aufräumarbeiten beschäftigt war.

»Wir möchten eine Babyausstattung für das erste Lebensjahr kaufen«, sagte sie zu der Frau, die ein kurzes, rot-weiß geringeltes Kleid, das wie ein Kinderkleid aussah, über blickdichten schwarzen Strumpfhosen und roten Wollstulpen trug. »Alles, was ein kleines Mädchen so braucht, vom ersten Lebenstag bis zum ersten Geburtstag. Unterwäsche, Strampler, Jeans, Kleidchen, Jacken, Schlafanzüge. Von allem etwas, in den entsprechenden Größen. Ich kenne mich da nicht aus.«

Über das Gesicht der Verkäuferin hatte sich ein geradezu seliges Lächeln gebreitet: »Aber gerne! Möchten Sie sich erst ein bisschen umschauen, damit Sie einen Eindruck von unseren Kollektionen bekommen?«

Nein, Sophie wollte sich nicht umschauen, sie bat die Verkäuferin, eine Auswahl der allerschnuckeligsten Sachen für uns zusammenzustellen, damit wir einen besseren Überblick hatten. Melanie hatte mit großen Augen zugehört. Kaum war die Verkäuferin davongeeilt, um Sophies Wunsch zu erfüllen, sagte sie entsetzt: »Mensch, Sophie, bist du wahnsinnig? Hast du eigentlich eine Ahnung, was die Klamotten hier kosten? Du kannst mir doch nicht einfach eine Ausstattung für ein Jahr …«

»Kann ich doch«, fiel ihr Sophie ins Wort. »Ich kann meiner Nichte alles schenken, was ich will. Wir leben in einem freien Land.« In ihrer Stimme schwang etwas mit, das mir mit einem Schlag klarmachte, wie viel Anstrengung sie die Freude dieses Shoppingausflugs kostete und wie wild entschlossen sie war, ihren Sonntag, der diesmal ein Samstag war, in vollen Zügen zu genießen. Und dazu gehörte eben auch, Motte reich zu beschenken.

»Aber …«, kam es schwach von Melanie.

Sophie legte eine Hand auf ihre Schulter. »Kein Aber. Bitte. Lass uns einfach Spaß haben, okay?«

»Aber wir können doch auch anders Spaß haben. Ich meine, ohne dass du ein Vermögen ausgibst für …« Melanie schaute mich hilfesuchend an. »Rosa. Sag mal, dass ich recht habe.«

Ich schüttelte den Kopf und hielt einen Finger vor den Mund. Dann klappte ich die Hände kurz über die Augen, um sie sodann über die Ohren zu legen. Melanie schaute mich an, als hätte ich den Verstand verloren, aber Sophie fing an zu lachen. »Rosa hält es mit den drei weisen Affen, die sich aus anderer Leute Angelegenheiten heraushalten, das ist ganz schön schlau. Komm, Mella, gib deinem Herzen einen Stoß. Sag einfach ja und mach dir mal keine Sorgen um mein Vermögen. Dem geht es super.«

Melanie gab sich geschlagen. »Also gut. Ich sag ja. Und … Danke! Das ist wahnsinnig großzügig von dir.«

»Ach was. Es ist der totale Ego-Trip«, protestierte Sophie fröhlich. »Ihr wisst ja, dass ich mir immer Kinder gewünscht habe, am liebsten drei oder vier. Ich wäre auch mit einem einzigen Baby überglücklich gewesen, egal ob Junge oder Mädchen. Aber im tiefsten Herzen habe ich von einer kleinen Tochter geträumt. Ich wollte ihr Zöpfe flechten und Kleider für sie nähen und Pullover und Schals und Strümpfe stricken und Haarspangen basteln und sie so richtig niedlich anziehen. Und jetzt darf ich in Babysachen schwelgen. Das ist einfach herrlich!«

Die nächste Zeit verbrachten wir damit, Berge von absolut zauberhaften, mehr oder weniger winzigen Kleidungsstücken zu bewundern und uns in die Geheimnisse der Säuglingsbekleidung einweihen zu lassen, was gar nicht so einfach war.

Strampler, erklärte uns die Verkäuferin, nachdem sie einen Stuhl für Sophie geholt hatte, die erklärte, dass sie gerade eine OP am Knie hinter sich habe, seien out, Babys trügen heutzutage Overalls. Und keine Unterwäsche, sondern Bodys. Wir nickten, völlig fasziniert von den bunten Sächelchen, die auf einem eigens aus dem Hinterzimmer herbeigeschleppten Klapptisch für uns ausgebreitet wurden. Ein Kleid hatte es uns besonders angetan: Es war ein Trägerkleid, bedruckt mit einer bunten Sommerwiese, über die Libellen schwirrten.

»Oh … Libellen für Motte! Zuckersüß, oder?«, sagte Sophie. »Wollen wir das nehmen?«

Melanie hielt das Kleidchen vor ihren runden Bauch und schaute an sich herunter. Ihre Bedenken waren vergessen, sie glühte vor Begeisterung und schwang die Hüften, als ob sie Hula tanzen würde. »Ja! Es steht ihr phantastisch!« Als wir anfingen zu lachen, sah sie uns verständnislos an. »Was gibt's zu lachen?«

Sophie und ich lachten noch lauter, wir konnten einfach nicht anders. »Och, nichts«, japste Sophie. »Wir freuen uns nur, dass Motte das Kleid so gut steht. Nicht wahr, Rosa?«

»Genau, wirklich spannend, das durch die Gebärmutterwand zu beobachten.«

»Und dein Hula war auch cool.«

»Das war Samba. Ihr seid albern, ihr zwei«, sagte Melanie hoheitsvoll und schaffte es tatsächlich, noch eine Sekunde ernst zu bleiben, bis sie auch losprustete. Es dauerte ein bisschen, bis wir uns wieder beruhigen konnten. Nachdem das Libellen-Kleid auf den Stapel mit den Einkäufen gewandert war, sagte Sophie: »Rosa, Melanie und ich machen hier die ganze Arbeit. Willst du nicht auch mal was Schönes für unsere Motte aussuchen?«

»Ich?«, fragte ich erstaunt.

»Ja, du«, kam es von Sophie. »Wir machen hier Teamwork. Wo bleiben deine Ideen? Bisher haben wir immer nur so was wie ›ach, wie niedlich‹ von Tante Rosa gehört.«

»Es ist ja auch alles so niedlich. Ihr wisst doch, dass ich mich schrecklich schlecht entscheiden kann, wenn mir etwas gefällt …«

»Ach ja, stimmt … ich erinnere mich dunkel. War da nicht irgendwas mit einem Brautkleid?« Sophies unschuldiger Augenaufschlag konnte mich nicht täuschen. Sie erinnerte sich sehr wohl, kein Wunder, es war ja nicht das erste Mal, dass sie mich damit aufzog. Melanie grinste von einem Ohr zum anderen. Sie liebte diese Geschichte, eine wochenlange, verzweifelte Entscheidungsschlacht in allen Geschäften, die Berlin und Potsdam zu bieten hatten, mit gefühlt tausend Modellen, die ich anprobierte, mir zurücklegen ließ, erneut anprobierte, um sie dann doch nicht zu nehmen, und damit nicht nur meine Freundinnen, sondern auch die armen Verkäuferinnen beinahe in den Wahnsinn getrieben hatte. Die Jagd mündete darin, dass ich mir gar nichts Neues gekauft hatte, sondern in dem cremefarbenen Chanel-Kostüm geheiratet hatte, das meine Mutter bei ihrer Hochzeit getragen hatte. Nach dem Unfall hatte ich es nicht übers Herz gebracht, es wegzugeben. Melanie und Sophie waren entzückt und sich einig gewesen, dass ich die Eleganz in Person sei.

Das hatte ich auch gefunden, und ich fand es immer noch, wenn ich mir unser Hochzeitsfoto auf dem Sideboard im Wohnzimmer anschaute. In meinen Haaren, die ich damals kurz getragen hatte, steckte eine rosa Schmetterlings-Orchidee, ich sah jung und glücklich aus und schaute Uwe verliebt an.

Plötzlich hatte ich eine Idee. »Okay. Hier ist meine Idee zur Modeberatung: Für eine Motte fände ich etwas mit Schmetterlingen toll!«

Wie sich herausstellte, gab es das Libellen-Kleid auch mit einem anderen Aufdruck: Zitronenfalter tanzten auf kobaltblauem Grund. Damit war unser Einkaufsglück perfekt.

»Eigentlich wollte ich euch jetzt auf einen Latte Macchiato einladen«, sagte Sophie, nachdem wir, mit Tüten beladen, *Anna Apfelkuchen* den Rücken gekehrt hatten. »Aber ich schaff's nicht. Mir ist nicht so gut. Ich muss mich erst ein bisschen bei dir hinlegen, Melanie.«

Melanie und ich wechselten einen schnellen Blick, ich sah meine eigene Angst in ihren Augen widergespiegelt, bevor sie sie wegschob und sagte: »Ja, klar. Wir gehen heim und machen es uns gemütlich. Oder sollen wir ein Taxi nehmen?«

Aber Sophie wollte zu Fuß gehen, ein Taxi für die paar Meter, so schlapp sei sie nicht, es sei eine Sache der Disziplin. Wir gingen sehr langsam, Sophies Kopf war in ständiger Bewegung. Sie schaute in jeden Kinderwagen, auf jeden Baum, in jedes Schaufenster, streichelte einen Hund, der schwanzwedelnd auf sie zukam, warf ein paar Euro in den Hut eines verfroren aussehenden Straßenmusikanten, der Gitarre spielte. Sie war – wie immer, wenn man mit ihr unterwegs war – auf Entdeckungsreise, sie hatte ein unglaubliches Talent, kleine und große Schätze zu finden, die ich nicht registriert hätte, wenn ich allein gewesen wäre. Sophie entging nichts, und wir freuten uns immer, wenn sie ihre Beobachtungen mit uns teilte, ob das nun ein Duft nach frischgebackenem Hefekuchen aus einer kleinen Bäckerei war, ein in einer Hecke verstecktes Vogelnest, eine Kleinigkeit in einem Schaufenster, die Stefan gefallen würde und die sie ihm dann mitbrachte; oder eine Zinkwanne auf einem Trödelmarkt, die, mit Löwenmäulchen bepflanzt, später einen Platz auf der Terrasse bekam. Eben im Laden war Sophie noch voller Fröhlichkeit und Energie gewesen, jetzt aber war sie still. Die Schätze, die sie auf dem Weg entdeckte, behielt sie für sich, sie behielt auch alle Worte für sich. In Schweigen gehüllt setzte sie langsam einen Fuß vor den anderen. Sie nimmt Abschied, Abschied von Prenzlauer Berg, dieser Gedanke blitzte plötzlich in mir auf, als ich die Traurigkeit in ihrem blassen Gesicht sah, und er fuhr mir wie ein Messer ins Herz.

In der Wohnung verschwand Sophie erst mal so lange im Bad, dass wir schon anfingen, uns Sorgen zu machen. Als sie wieder auftauchte und unsere Gesichter sah, beruhigte sie uns: Sie habe etwas genommen, Theo habe ihr »Bonbons« für die Handtasche zusammengestellt, alles sei okay, sie müsse sich jetzt nur ein bisschen auf dem Sofa ausruhen. Als Melanie ihr einen Becher Yogi-Tee mit Honig brachte, war sie schon eingeschlafen. Melanie hatte Tränen in den Augen, als sie zurück in die Küche kam. »Im Schlaf sieht sie aus wie zwölf. Und so, als könnte ein Windstoß sie wegpusten. Am liebsten würde ich sie festbinden.«

Ich streichelte stumm Melanies Hand. Sie verschränkte die Arme über ihrem Bauch, es sah aus, als hielte sie sich daran fest. »Dabei ist irgendetwas in mir felsenfest davon überzeugt, dass Sophie gesund wird. Bescheuert, oder? Das denkt jedenfalls Heiko. Obwohl er das Wort bescheuert nicht in den Mund genommen hat. Er sprach von magischem Wunschdenken, und dass das vermutlich bei manchen Menschen ganz normal sei, ein Schutz für die Seele, die sich weigere, die traurigen Tatsachen zu akzeptieren ... aber er hat mich angeguckt, als hätte ich sie nicht mehr alle.«

»Für mich klingt das überhaupt nicht bescheuert. Es ist doch wahr, dass manchmal Dinge passieren, die man rational nicht erklären kann. Und manchmal tritt tatsächlich ein, was man sich am allersehnlichsten wünscht.«

Melanie war plötzlich ganz aufgeregt. »Ja! Genau das denke ich auch. Ich bin so froh, dass du mich verstehst. Glaubst du auch daran, dass Sophie wieder gesund wird? Dass etwas ganz Besonderes passieren wird?«

›Etwas ganz Besonderes‹ ... mein Herz schlug auf einmal schneller, und ich nestelte die Kette unter meinem Pullover hervor. »Hier, schau mal, was Tom mir geschenkt hat. Auf dem Anhänger ist die Schwarze Madonna von Tschenstochau zu sehen, von der Sophie vorhin erzählt hat. In Polen ist sie für Wunder aller Art berühmt. Tom sagt, die Menschen nennen sie ›die Königin der Herzen‹. Ich hoffe so sehr, dass die Madonna ein Wunder für Sophie aus dem Ärmel zaubert. Genau genommen hoffe ich nicht nur, ich bitte sie darum ...«

Melanie schaute mich aus großen Augen an. »Oh ... du also auch! Und wieder Tom, das ist schon eigenartig ... mir läuft es gerade heiß und kalt den Rücken runter. Etwas Geheimnisvolles ist im Gange, das spüre ich genau.«

Dazu fiel mir erst mal nichts ein. Es war mir nicht ganz leichtgefallen, ausgerechnet vor Melanie zuzugeben, dass ich eine himmlische Macht um etwas bat; ich hatte eigentlich mit einer ironischen Bemerkung gerechnet, dass man sich Gebete schenken könne, weil es niemanden gab, der sie hörte. Melanie war in einem streng katholischen Elternhaus aufgewachsen, und diese Erfahrungen hatten ihr alles, was mit Religion allgemein und speziell mit der katholischen Kirche zusammenhing, verleidet. Ich erinnerte mich noch genau, wann wir das letzte Mal darüber gesprochen hatten: Das war vor acht Jahren gewesen, an dem Abend, als wir meinen Abschied vom Junggesellinnen-Dasein gefeiert hatten.

Ich hatte Melanie und Sophie ins *Teehaus im Englischen Garten* im Tiergarten zum Essen eingeladen. Als wir uns über die standesamtliche Trauung unterhielten, war die Rede auch auf den Sinn von kirchlichen Trauungen gekommen, und Melanie hatte sich einiges über ihre Kindheit und ihre Teenagerjahre mit Eltern, denen ihre Frömmigkeit wichtiger war als ihre einzige Tochter, von der Seele geredet. Kein Wunder, dachte ich, dass sie seit vielen Jahren kaum Kontakt zu ihnen hatte. Anschließend gingen wir in einem Club in Kreuzberg tanzen. Es war Sommer, und wir machten uns erst auf den Heimweg, als die Sonne schon aufgegangen war. Es war das letzte Mal, dass wir drei zusammen eine Nacht durchgefeiert hatten. Ich wusste noch genau, wie ich mich damals gefühlt hatte: Ein bisschen beschwipst, müde, aber glücklich; und ganz sicher, dass eine herrliche Zukunft mit Uwe und zwei wunderbaren Kindern und einer florierenden eigenen Praxis vor mir lag. Als wir zum U-Bahnhof gingen, in einer Hand einen Pappbecher mit Kaffee aus einem Kiosk, der gerade seine Tür geöffnet oder sie erst gar nicht geschlossen hatte, streifte Melanie ihre hochhackigen Sandaletten von den schmerzenden Füßen und lief barfuß weiter, der Rock ihres Sommerkleids schwang im Morgenwind um ihre nackten Beine. Sie hatte noch wilder getanzt als Sophie, und ein schöner, blonder Tourist aus Norwegen war so hin und weg von ihr gewesen, dass er uns allen dreien einen *Sex on the Beach* ausgegeben hatte. Melanie flirtete ein bisschen mit ihm, aber sie dachte gar nicht daran, ihre Handynummer rauszurücken, als er sie darum bat.

»Also, ich finde ihn nett«, sagte Sophie. »Du könntest ihm Berlin zeigen. Und vielleicht entwickelt sich eine nette E-Mail-Freundschaft daraus.«

E-Mail-Freundschaft … ich verschluckte mich vor Lachen beinahe an meinem Cocktail. Melanie grinste von einem Ohr zum anderen. »Mr. Norway hat Urlaub und will nicht nur Berlin sehen, er will auch was zwischen den Laken erleben. So was ist wie Junkfood. Sieht lecker aus, schmeckt fad, liegt schwer im Magen und macht trotzdem nicht satt.«

Ihren etwas eigenwilligen Vergleich hatte ich damals gut nachvollziehen können, denn ich war auf Nestbau und Brutgeschäft und Nachhaltigkeit und gemeinsame Werte programmiert. Mittlerweile hatte ich ein Geheimnis, von dem nicht mal Sophie und Melanie etwas wussten und das ich am liebsten auch vor mir selbst geheim gehalten hätte, denn es verstieß gegen eines meiner Prinzipien: Man steigt nicht in fremde Betten, wenn man verheiratet ist. Punkt. Aber ich tat es. Ab und zu gönnte ich mir das, was Männer in ihren Anzeigen in den Stadtmagazinen *zitty* und *tip* ungefähr so formulierten: *M., attr., sportl. geb. su. diskr. kl. Abenteuer m. attr. F., gern geb.* Diese kleinen Abenteuer, die ich ein paar Mal im Jahr suchte, betrachtete ich als ein Arrangement zwischen Uwe und mir, von dem nur ich etwas wusste.

Seit feststand, dass ich keine Kinder bekommen konnte, schlief er nicht mehr mit mir. Er habe, so hatte er mir erklärt, nicht mehr das Bedürfnis danach. Sex habe nie eine wichtige Rolle in seinem Leben gespielt. Da waren wir gerade einmal drei Jahre verheiratet gewesen. Es hatte mich sehr getroffen, ich hatte mich ungeliebt und zurückgestoßen gefühlt, nicht begehrenswert. Auch wenn Uwe versicherte, dass es nicht an mir oder meinem Aussehen läge. »Ja, und ich? Was ist mit meinen sexuellen Bedürfnissen?«, hatte ich fassungslos gesagt. Uwe erklärte mir gelassen, dass jeder nach seiner Fasson leben müsse, auch in einer Ehe. Es ergab doch keinen Sinn, Sexualität erzwingen zu wollen, wenn ein Partner einfach kein Interesse daran hatte. Das sei so, als wolle man jemanden, der keinen Spinat mochte, dazu verdonnern, ihn zu essen, weil die Partnerin ihn gerne aß. Ich weinte viel in dieser Zeit. Weil mein Herzenswunsch nicht in Erfüllung gehen würde, weil für Uwe eine Adoption nicht in Frage kam, weil er meine Gefühle überhaupt nicht nachvollziehen konnte, nicht aus Bosheit, sondern weil es ihm nicht gegeben war. Nach drei Jahren Ehe sah ich der Erkenntnis ins Auge, dass man mit Uwe angenehm leben konnte, wenn man nicht versuchte, etwas von ihm zu bekommen, was er in seinem Gefühlsleben schlicht nicht vorrätig hatte. Zum ersten Mal in der Geschichte unserer Freundschaft zog ich Melanie und Sophie nicht ins Vertrauen.

Ich konnte einfach nicht, ich stand wie unter einem Zwang, alles, was Uwe und mich betraf, so zu regeln, dass unsere Ehe für mich irgendwie funktionierte, damit ich vor mir selbst nicht als Versagerin dastand. An einem Abend, als ich mich besonders einsam fühlte, hatte ich eine Mail an einen sportlichen, gebundenen Mann geschickt, der in der *zitty* nach einer diskreten Affäre, gerne auf Dauer, mit einer ebenfalls gebundenen Frau inseriert hatte. »Auf Dauer« war bei mir nicht zu haben, ich hatte Angst, Gefühle für einen Mann zu entwickeln, dem es, genau wie mir, nur um ein paar sinnliche Stunden ging. Ein, zwei Treffen, das war okay, da konnte mir nichts passieren, und sie erfüllten ihren Zweck: Sie waren Balsam für meinen Körper und mein Selbstbewusstsein, und ich hatte den Kopf wieder frei für meine Arbeit, die ich liebte.

Melanies Stimme unterbrach meine Gedanken: »Ich habe letzte Woche fast jeden Abend im Internet recherchiert. Das Phantastische ist, dass geheimnisvolle Dinge wirklich passieren. Es gibt sie wirklich, die Menschen, die geheilt wurden, obwohl die Schulmedizin sie aufgegeben hatte. Allein im Wallfahrtsort Lourdes wurden achtundsechzig Heilungen als Wunder von der katholischen Kirche anerkannt; und es gibt rund siebentausend Heilungen, die als »unerklärlich« eingestuft wurden. Die Grotte *Massabielle* bei Lourdes, wo der heiligen Bernadette angeblich die Muttergottes erschienen war, um ihr eine Quelle mit heilkräftigem Wasser zu zeigen, ist ja nur ein Beispiel für einen Ort, an dem sich solche Begebenheiten häufen. Aber natürlich geschehen sie auch anderswo. Manche Menschen sind gesund geworden, nachdem ihnen ein Heiler die Hände aufgelegt hat. Andere schwören, dass bestimmte Kräuter, Amulette, eine besondere Ernährung oder verschiedene alternative Heilweisen ihnen geholfen haben; manche hatten ihr Leben komplett umgekrempelt. Ich habe sehr berührende Geschichten von verzweifelten, vom Tod gezeichneten Menschen gelesen, denen das Leben wiedergeschenkt wurde. Es ging nicht um Willenskraft, und sie kämpften auch nicht.« Melanie beugte sich vor und schaute mir fest in die Augen. »Rosa … hältst du es für möglich, dass Motte das Wunder ist, das Sophie rettet?«

Ich starrte sie verdutzt an. »Motte? Wie kommst du denn darauf?«

»Vorletzte Nacht habe ich geträumt, dass Sophie mit Motte auf dem Arm über eine mit großen Bäumen bestandene, grüne Wiese geht. Motte war noch ganz klein, höchstens ein paar Wochen alt. Es war ein herrlicher Tag, und es war Frühling, die Blätter der Bäume waren zart und hellgrün und bewegten sich leicht im Wind. Sophie hatte die gleiche Frisur wie früher, und sie trug ihr Lieblingssommerkleid, das rote mit dem tiefen Ausschnitt. Sie sah genauso aus wie damals, bevor sie krank wurde. Beim Aufwachen war ich sicher, dass ich einen Blick in die Zukunft geworfen hatte, in eine Zukunft, in der Sophie gesund ist. Wusstest du, dass es prophetische Träume gibt? Sie sind sogar ziemlich weit verbreitet. Jung und Freud haben darüber geforscht, sie nannten sie Wahrträume.«

»Über Wahrträume höre ich heute zum ersten Mal«, gab ich zurück. »Was du erzählst, klingt total spannend, aber leider kann man erst im Nachhinein mit Sicherheit wissen, ob ein Traum wirklich ein prophetischer Traum war – nämlich dann, wenn das angekündigte Ereignis eingetreten ist. Aber okay, nehmen wir jetzt einfach mal an, du hast im Schlaf einen Blick in die Zukunft geworfen, und in dieser Zukunft war Sophie gesund und hatte bei einem Spaziergang dein Baby auf dem Arm. Jetzt zurück zu deiner Frage, ob ich es für möglich halte, dass Motte das Wunder ist, das Sophie rettet. Ich denke mir, wenn es um Wunder geht, ist alles möglich, auch, dass es zwischen der Geburt eines Kindes und dem Gesundheitszustand einer Person eine Verbindung gibt. Aber wieso glaubst du, dass es bei Motte und Sophie so ist?«

»Weil es einfach Sinn macht! Sophie freut sich doch so sehr auf das Baby. Ich deute diesen Traum so, dass Godzilla keine Chance gegen dieses neugeborene Leben hat. Motte kommt, die Krankheit muss gehen.«

»Das wäre einfach wunderbar, im wahrsten Sinne des Wortes«, sagte ich leise. Vor meinem inneren Auge tauchten Bilder auf, die die Hoffnung in bunten Farben malte: Sophie, wie sie die neugeborene Motte küsste. Ihr Gesicht leuchtete, ich konnte förmlich sehen, wie die Schatten von Godzilla in ihrem Körper sich auflösten. Dann Melanie, Sophie und ich, wie wir Motte im Park im Kinderwagen spazieren fuhren. Der erste Geburtstag der Kleinen, den wir bei Stefan und Sophie im Garten feierten. Motte trug das Schmetterlingskleid, das wir vorhin ausgesucht hatten, und Sophie schoss ein Foto nach dem anderen … Melanies eifrige Stimme unterbrach meine Träumerei: »Und noch was: Fällt dir nicht auf, wie perfekt sich meine … sagen wir, Intuition, was Motte betrifft, mit der wundertätigen Schwarzen Madonna ergänzt? Die Madonna hat doch auch ein Kind! Und auch bei diesem Kind ging es um das Wunder des Lebens. Wenn ich mich richtig erinnere, steht in der Bibel, dass Jesus Kranke geheilt hat.«

Während ich versuchte, Melanies Gedankengänge in meinem Kopf zu ordnen, kam Sophie herein und fragte, ob außer ihr noch jemand Lust auf Latte Macchiato und Waffeln mit heißen Kirschen und Schlagsahne hätte. Hatten wir, aber alle drei keine Lust, uns in ein Café zu setzen. Also zauberte Melanie Cappuccino mit ihrer tollen Maschine und rührte schnell einen Waffelteig zusammen, sie hatte sogar Schattenmorellen im Glas und Schlagsahne vorrätig. Mittlerweile war es dunkel geworden. Die Stimmung war beinahe weihnachtlich in der ganz in Rot und Weiß gehaltenen Küche. Rote Kerzen brannten in dem fünfarmigen, weißen Kandelaber, den ich Melanie einmal zum Geburtstag geschenkt hatte, und auf der Fensterbank blühten Weihnachtssterne und weiße Christrosen. Sophie seufzte glücklich, als sie ihre Waffel mit Kirschen und Sahnehäubchen betrachtete. »Oh, sieht das lecker aus! Und dieser Duft! Das erinnert mich an unsere Sonntagskaffeekränzchen in der WG. Wisst ihr noch, wie wir reihum gebacken haben? Am leckersten waren deine Bergischen Waffeln, Melanie.«

»Das Rezept ist ja auch von meiner Oma. Gebacken haben aber immer nur du und ich. Rosa hat sich geweigert.«

»Dafür habe ich gekocht. Ihr wart total scharf auf meine

Rosa-Spezial-Pasta mit frischen Kräutern, Olivenöl und viel Knoblauch.«

Sophie lachte. »Ach ja, der Knoblauch. In der Buchhandlung hat man am nächsten Tag immer einen Bogen um mich gemacht, wenn du für uns gekocht hattest. Ich denke so oft daran, wie schön wir es hatten. Auch wenn es ab und zu ein bisschen Zoff gab. Selbst unser Zoff war irgendwie nett.«

»Na ja …«, sagte ich. »Ich erinnere mich, dass ich öfter drauf und dran war, Melanies dreckige Teebecher und die Gläser, die sie überall rumstehen ließ, aus dem Fenster zu werfen.«

»Netterweise hast du sie stattdessen auf meinem Bett deponiert«, warf Melanie ein. »Dabei sind sie wenigstens nicht kaputtgegangen. Du hattest nicht nur was gegen mein Geschirr, du warst auch sonst ganz schön pingelig.«

»Nie im Leben!«, protestierte ich. »Ich war und bin ordnungsliebend, das ist was völlig anderes.«

Sophie gab ein schnaubendes Geräusch von sich, das ich als unterdrücktes Lachen diagnostizierte.

»Pingelig!«, sagte Melanie mit sichtlichem Genuss. »Auch sonst hatten wir es nicht so leicht mit dir, wie du vielleicht denkst. Besonders in der Phase, als du Liebeskummer hattest und ständig volle Kanne Udo Lindenberg und Grönemeyer hören musstest, damit du nicht vor Verzweiflung in die Spree springst, jedenfalls hast du uns das so verkauft … also, das war die Hölle! Noch schlimmer, als dir dabei zuzusehen, wie du die Fußleisten abgestaubt hast. Wie meine Mutter!«

»Ich fand die Musik gar nicht mal so nervig«, bemerkte

Sophie. »Jedenfalls nicht nervig genug, um deshalb mit der armen Rosa Streit anzufangen. Sie war so traurig damals.«

»Da hörst du's!«, trumpfte ich auf. »Von dieser Haltung hättest du dir mal eine dicke Scheibe abschneiden können.«

Melanie winkte ab. »Von unserem Friedensengel? Dann hättest du ja niemanden gehabt, mit dem du dich kreativ zoffen konntest. Was glaubst du, wie schnell du dich gelangweilt hättest.«

»Friedensengel?«, sagte Sophie mit vor Erstaunen hochgezogenen Augenbrauen. »Das höre ich heute zum ersten Mal. Ich erinnere mich aber an Beschwerden meiner Mitbewohnerinnen über Bemutterungs-Versuche, zum Beispiel, als ich dezent darauf hinwies, dass es nicht schaden kann, sich bei minus achtzehn Grad einen Schal um den Hals zu wickeln. Ein paar Mal fiel sogar das Wort ›Glucke‹ …«

Sophies vor Vergnügen funkelnde Augen hefteten sich auf mich, aber da schaute sie in die falsche Richtung, ich hatte mein unschuldigstes Gesicht aufgesetzt. »Das ist ja schrecklich! Typisch Melanie. *Ich* würde so ein böses Wort wie Glucke niemals in den Mund nehmen.«

Melanie klopfte mir mit ihrer Kuchengabel auf die Finger. »Noch so eine infame Lüge, Frau Doktor, und du bist auf Waffel-Entzug.«

Wir kicherten und prusteten wie die albernen Hühner, in die wir uns gerade zurückverwandelt hatten. Zwanzig Jahre waren von uns abgefallen, die alten Zeiten waren wieder lebendig, und wir schwelgten in Erinnerungen.

Wisst ihr noch, als die Polizei an Rosas Geburtstagsparty vor der Tür stand, weil der Drachen von Nachbarin sich beschwert hatte, dass wir zu laut gefeiert haben? Wisst ihr noch, wie Sophie beinahe die Wohnung abgefackelt hätte, als die Zeitung auf dem Tisch neben der Kerze Feuer fing? Wisst ihr noch, als Melanie so dünn sein wollte wie Kate Moss und es in der Wohnung bestialisch nach Kohlsuppe stank?

Wir hatten drei Jahre zusammengewohnt, bis Melanie und mich der Beruf für einige Zeit in ein anderes Bundesland geführt hatte. Alles hatte an einem verregneten, bitterkalten Novemberabend angefangen, als Melanie und ich uns in Sophies Wohnung zu einem Besichtigungstermin einfanden. Sophie lebte damals in Scheidung, ihr Mann war vor kurzem ausgezogen, und sie hatte, wie sie in der Zeitung inseriert hatte, zwei wunderhübsche Zimmer an nette Mitbewohnerinnen zu vermieten. Und da waren wir nun, die quirlig wirkende Studentin mit den braunen Kulleraugen, die sich mit Melanie vorstellte, und ich, die eher zurückhaltende, strebsame, frischgebackene Dr. med. vet. Sophie war mir auf Anhieb sympathisch, ich mochte ihr Lächeln und ihren warmen, festen Händedruck, und die Wohnung war ein Traum, ich wäre am liebsten auf der Stelle in diesen hell erleuchteten, warmen, freundlichen Hafen eingezogen. Sophie zeigte uns die leeren Zimmer, beide ungefähr gleich groß, mit Dielenboden; und das kleine, schweinchenrosa geflieste Bad. Dann durften wir einen Blick in Sophies Zimmer werfen. Es war etwas größer als die beiden anderen Räume und strahlte etwas Ländliches aus mit der bunten, selbstgenähten Patchworkdecke auf dem Bett, den geblümten Vorhängen, dem niedersächsischen Dielenschrank aus massivem Eichenholz, den Sophie von ihren Großeltern geerbt hatte, dem Schaukelstuhl neben einem Tischchen, auf dem sich Bücher türmten, und den vielen Grünpflanzen.

In die Küche verliebte ich mich rettungslos auf den ersten Blick, weil sie die gemütlichste war, die ich je gesehen hatte. Auf der Fensterbank standen Töpfe mit Kräutern, auf dem kleinen, runden Esstisch mit den vier zusammengewürfelten Stühlen vom Trödelmarkt leuchtete ein pinkfarbenes Alpenveilchen. Es gab ein Küchenbuffet aus Weichholz aus den zwanziger Jahren und Regale voller Geschirr, Gläser mit Gewürzen, Weinflaschen, Kochbücher, Kerzenständer, Vasen und bunter Teedosen. An einer Wand entdeckte ich alte Backformen aus Gusseisen: Ein Lamm, ein Herz und eine Gugelhupf-Form. Eine Waschmaschine sei vorhanden, erklärte Sophie, was fehlte, sei die Spülmaschine, die hatte der Ex mitgenommen.

»Oh, das macht nichts«, sagte ich schnell. »Ich spüle gern.«

»Ich nicht«, gab Melanie nach einem schockierten Blick in meine Richtung unumwunden zu. »Dafür bin ich total unkompliziert und fast immer gut drauf, backe supertolle Waffeln und würde furchtbar gern hier einziehen! Diese Wohnung ist einfach ein Traum!«

»Ich würde auch furchtbar gerne hier einziehen«, sagte ich, mit vor Aufregung piepsiger Stimme. Normalerweise schlief ich eine Nacht über wichtigen Entscheidungen, aber bei dieser Traumwohnung, die auch noch verkehrsgünstig gelegen war, musste man schnell sein, das war mir klar. Mit Sophie würde ich mich bestimmt vertragen. Und egal, wer sonst noch einziehen würde, ob nun Melanie oder eine andere Frau, ich war WG-erprobt und hatte einfach ein gutes Gefühl.

»Schön«, sagte Sophie und strahlte uns an. »Freut mich, dass euch die Zimmer gefallen. Wie wär's, wenn wir ein Glas Wein zusammen trinken und uns ein bisschen unterhalten? Setzt euch doch.«

Wir tranken ein Glas Wein, und dann noch eins, und ich weiß noch, wie schnell sich bei mir Vertrautheit einstellte, so als würde ich die beiden schon lange kennen. Sophie hatte es in die Hauptstadt verschlagen, weil sie im Urlaub auf La Gomera einen Mann aus Berlin kennengelernt hatte. Eine Zeitlang führten sie eine Fernbeziehung, dann hatte sie einen Job in einer Buchhandlung in Schöneberg angenommen und sich mit ihrem Freund zusammen eine Wohnung gesucht. Kurz darauf hatten sie geheiratet, und nun, wenige Jahre später, sei man in gegenseitigem Einvernehmen auseinandergegangen. Mehr sagte Sophie nicht dazu, aber ihr trauriges Gesicht erzählte seine eigene Geschichte.

Melanie sagte, dass sie staatlich geprüfte Übersetzerin sei. Zurzeit studiere sie Jura und jobbe nebenbei in einem Laden, der Souvenirs verkaufe. Sie habe immer davon geträumt, mal in Berlin zu studieren, es sei ein tolles Gefühl, es geschafft zu haben. Wenn Berlin und das Studium auch anders seien, als sie sich das vorgestellt hatte. Und ich? Mich hatte es aus einem kleinen Nest in Hessen hierher verschlagen, ich hatte nie von Berlin geträumt.

Im Gegenteil, ich hatte Angst vor der großen Stadt gehabt und hätte viel lieber in Gießen oder Hannover studiert. Aber das Schicksal hatte anderes mit mir vorgehabt, und inzwischen hatte ich mich nicht nur an die Hauptstadt gewöhnt, ich hatte sie sogar in mein Herz geschlossen. Irgendwann legte Sophie Teller und Besteck sowie Brot, Butter und Käse auf den Tisch und sagte beiläufig: »Greift zu. Ach ja, und … ehe ich es vergesse: Ihr könnt die Zimmer haben.«

Später erfuhren Melanie und ich, dass vor uns über zwanzig potentielle Mitbewohnerinnen die Wohnung besichtigt hatten, und bis auf drei hatten alle auf der Stelle einziehen wollen. Als wir Sophie fragten, warum ausgerechnet wir das Rennen gemacht hatten, antwortete sie nur schlicht und ergreifend: »Weil ich mit euch zusammenwohnen wollte und nicht mit den anderen.«

Als die letzte Waffel verspeist war, brachte uns ein durchdringender Hahnenschrei aus der Vergangenheit wieder in Melanies Küche zurück: Stefan hatte eine SMS geschickt. Sophie las vor: *Meine Süße, ich bin unterwegs und ungefähr in einer halben Stunde bei euch. Schicke dir schon mal einen Kuss auf die Nasenspitze und Bussis für Rosa und Melanie.*

»Warum schickt er Rosa zuerst ein Bussi und dann erst mir?«, erkundigte sich Melanie mit hochgezogenen Augenbrauen.

»Bestimmt, weil er mich lieber mag als dich«, antwortete ich todernst.

Sophie, der Friedensengel, wedelte gleich mit den Flügeln. »Was für ein Unsinn. Er hat euch beide gleich lieb. So. Aber ihr könnt ihn zur Sicherheit ja gleich mal selbst fragen. Und jetzt will ich Mottes Kinderwagen sehen und das Himmelbett! Und ich will mir noch mal in Ruhe all die süßen Klamotten anschauen, die wir heute gekauft haben!«

Unser Mädels-Sonntag, der ein Samstag gewesen war, endete damit, dass ich mich mit Sophie und Stefan auf den Heimweg machte; sie würden mich in Zehlendorf absetzen. Als wir an einer roten Ampel hielten, drehte sich Sophie, die vorne saß, plötzlich zu mir um und sagte: »Die Ärzte im Krankenhaus haben mir noch maximal vier Wochen gegeben. Theo war stinkwütend auf die Kollegen, er findet solche Vorhersagen anhand von Statistiken unethisch. Ärzte, die sich anmaßen, zu wissen, wie lange ein Mensch noch lebt, seien Scharlatane, denn jeder erkrankte Organismus folge seinen eigenen Gesetzmäßigkeiten und ließe sich weder in ein Schema noch in Zahlen pressen. Ich habe ihm gesagt, dass ich erst von diesem Planeten verschwinden werde, wenn Motte auf der Welt ist, also frühestens im April. Dieses Kind werde ich in den Armen halten! Ich will, dass ihr das wisst. Und daran denkt, wenn Godzilla nicht draußen vor der Tür bleibt, wenn wir drei zusammen sind. So wie heute. Er war von Anfang an mit dabei.«

Ich musste wohl ziemlich fassungslos ausgesehen haben, denn sie fügte hinzu: »Eigentlich wollte ich gar nicht darüber sprechen. Ich wollte einfach so lange wie möglich am Leben bleiben und um bestimmte Themen einen

Bogen machen. Seit heute ist mir klar, dass es so nicht funktionieren wird. Manches muss ausgesprochen werden, wenn man nicht daran ersticken will. Jetzt ist raus, was mich beschäftigt hat, und es fühlt sich richtig an. So wie ein Versprechen, das ich mir selbst noch mal gegeben habe. Danke.«

Jetzt war ich völlig perplex. »Danke? Wofür?«

»Fürs Da-sein, Rosa. Und fürs Zuhören. Und dafür, dass du gerade keine Worte findest und nicht versuchst, trotzdem etwas zu sagen.«

Sophie drehte sich wieder nach vorn. Ihre Worte wirbelten in meinem Kopf herum und vermischten sich mit den Tränen, die mir in die Augen geschossen waren, und mit dem, was Melanie mir über ihren Traum erzählt hatte. Sophie hatte so viel lebendige Kraft ausgestrahlt, als sie davon gesprochen hatte, dass sie dieses Kind in den Armen halten würde. War das ein Zeichen, dass Melanie tatsächlich einen Blick in die Zukunft geworfen hatte? In eine Zukunft, in der Sophie wieder gesund war? Die Ampel schaltete auf Grün. Grün ist die Hoffnung, hatte mein Vater gerne gesagt, wenn meine Mutter ihre grüne Bluse trug. Stefan fuhr mit einem Ruck an. Unsere Augen begegneten sich im Rückspiegel, das Fenster zu seiner Seele stand für einen Augenblick weit offen, und ich fühlte seinen Schmerz, als wäre es mein eigener.

4

Die Woche fing turbulent an mit mehreren Notoperationen und schweren Erkrankungen; Tom, Julia, Kathrin und ich hatten alle Hände voll zu tun. Ich merkte, dass ich dem Stress nicht so gut gewachsen war wie sonst, mein Herz und meine Gedanken waren bei Sophie, die zu ihrer Familie nach Lüneburg gefahren war. Sie hatte am Montag eine kurze Mail an Melanie und mich geschickt, sie und Stefan seien unterwegs, sie habe Angst vor den kommenden Tagen, sie sei so froh, dass Stefan bei ihr war.

Melanie und ich schickten liebe Worte und eine Umarmung zurück. Wenigstens das konnten wir aus der Entfernung tun; und ich war zutiefst dankbar, dass Stefan Tag und Nacht für Sophie da war und sie in seine Liebe und Fürsorge hüllte wie in einen warmen Mantel.

Am Mittwoch erreichte die Welle von Katastrophen in der Praxis ihren Höhepunkt. Am Donnerstag entspannte sich die Lage endlich, und wir konnten aufatmen. Es war eine Erleichterung, sich um kleine Verletzungen und Impfungen zu kümmern und meinem alten Freund, dem schwarzweißen Kater Tonto, die Krallen zu schneiden. Die Dackelhündin Trixi kam auch vorbei, diesmal wegen einer Entzündung am Ohr, und ich unterhielt mich sehr nett mit Mutter und Sohn Schnitzer. Auch Herr Meyerling und Prinz spazierten in die Praxis. Der Jack-Russell-Rüde war quietschfidel und brauchte nur eine Wurmkur, die Julia seinem Herrchen am Empfangstresen aushändigte. Als ich auf dem Weg zum Wartezimmer mit einem Gruß an ihm vorbeiging, dröhnte Herr Meyerling: »Frau Doktor! Jetzt gucken Sie sich mal den Prinz an! Richtig schlank ist er geworden! Das haben Sie uns nicht zugetraut, stimmt's?«

Ich schaute genau hin, was Prinz veranlasste, mich anzuknurren. Das hatte aber nichts zu bedeuten, er knurrte immer, wenn ich mich mit ihm beschäftigte, es war seine persönliche Note und durchaus freundschaftlich gemeint. Tatsächlich hatte der kleine Hund abgenommen, er hatte jetzt beinahe eine Taille, und ich lobte den alten Herrn, was er sehr genoss. Als er stolzgeschwellt mit seinem Liebling die Praxis verließ, wirkte er zwanzig Zentimeter größer.

Kurz nach sieben machte ich mich auf den Heimweg. Draußen war es kalt, aber ich hatte ein warmes Gefühl in der Herzgegend. Tom und ich hatten, nachdem Julia und Kathrin gegangen waren, noch einen Tee zusammen getrunken. Ihm hatte ich erzählt, was ich Uwe nicht erzählen konnte, weil ich wusste, dass er kein Verständnis gehabt hätte für Wunder, das Gefühl, dass etwas Geheimnisvolles im Gange war und Hoffnungen und Versprechen, die eine todkranke Frau sich selbst und vielleicht auch einem ungeborenen Kind gegeben hatte. Tom hörte einfach nur zu, das blaue und das braune Auge waren aufmerksam auf mich gerichtet.

»Solange mich die Gegenwart nicht vom Gegenteil überzeugt, glaube ich daran, dass die Zukunft Gutes bereithält«, sagte er irgendwann. Das war der Satz, der mich auf dem Heimweg wärmte, weil darin so viel Zuversicht lag. Ich würde ihn aufschreiben, beschloss ich, damit ich ihn nicht vergaß.

Zu Hause aß ich mit Uwe zu Abend. Er hatte etwas von unserem Lieblings-Chinesen mitgebracht, dazu einen Stapel Reiseprospekte, einen Strauß Tulpen, und war bestens gelaunt. Eine Gehaltserhöhung stand an; ein guter Grund, um Urlaubspläne zu schmieden. Begeistert machte er Vorschläge: »Was hältst du davon, wenn wir Ostern auf Ischia verbringen? Die Thermen und Schwefelquellen müssen ein Erlebnis sein. Sizilien wäre auch interessant: Temperaturen um zwanzig Grad im April und durchschnittlich acht Sonnenstunden pro Tag. Oder lieber Ägypten? Ich wollte ja immer schon mal eine Kreuzfahrt auf dem Nil machen, um die Sehenswürdigkeiten zu besichtigen. Andererseits … die politische Lage im Land muss man natürlich berücksichtigen, vielleicht also doch lieber die Kanaren?

Da weiß man immer, was man hat. Wir könnten mal wieder auf Teneriffa wandern, den letzten Urlaub dort habe ich noch in sehr guter Erinnerung. Lanzarote kennen wir noch nicht, das wäre doch auch ein interessantes Ziel, ein Kollege hat neulich von den schwarzen Lava-Stränden geschwärmt. Die Insel wurde übrigens wegen ihrer einmaligen Landschaft von der UNESCO zum Biosphärenreservat erklärt. Aber ich bin auch ganz offen für deine Ideen. Hauptsache, warm, Sonne und nicht zu weit weg.«

Er strahlte mich erwartungsvoll an, so fröhlich hatte ich ihn lange nicht gesehen. Es tat mir richtig leid, seiner

Vorfreude einen Dämpfer verpassen zu müssen, aber es ging nicht anders. »Das klingt alles toll«, sagte ich. »Bis auf den Termin. Melanies Baby wird um Ostern herum zur Welt kommen, da will ich unbedingt in Berlin sein.«

Uwe reagierte gelassen. »Okay, das verstehe ich. Dann mache ich allein Urlaub, ich will auf jeden Fall ein paar Tage verreisen«, meinte er. »Ich muss einfach mal raus aus Berlin und Wärme tanken. Wir können ja dann im Herbst zusammen wegfahren, wenn du Lust und Zeit hast. Was hältst du von September?«

»September ist fein«, gab ich zurück. »Ich bespreche das mit Tom.«

Während ich den Tisch abräumte, blätterte Uwe in den Katalogen. Als er plötzlich aufschaute und unsere Blicke sich trafen, hatte ich den Eindruck, als säße ein völlig fremder Mensch auf Uwes Platz; ein Unbekannter, den ich nie zuvor gesehen hatte und der nicht zu bemerken schien, dass ich mich erschrocken hatte. Er senkte den Kopf und blätterte eine Seite um. Im nächsten Moment verschwamm das Bild vor meinen Augen, kein Wunder, denn ich blinzelte hektisch wie eine Eule im Sonnenlicht, und ich erkannte den Mann wieder, mit dem ich seit acht Jahren verheiratet war. Trotzdem blieb ein ungutes Gefühl zurück, das ich mir nicht erklären konnte.

»Uwe?«

»Mmh?«, machte er, ohne aufzusehen. Er klang geistesabwesend, aber allein schon durch sein »mmh« ganz nach Uwe.

»Ach, nicht so wichtig«, murmelte ich. Eigentlich hätte ich einen Vermerk im Kalender machen müssen: Zum

ersten Mal, seit wir zusammen waren, fand ich sein »mmh«
beruhigend.

»Madeira. Die Blumeninsel. Der Garten Portugals«,
murmelte Uwe jetzt vor sich hin. »Genießen Sie die zau-
berhafte Blütenpracht in den ersten Monaten des Jahres,
wenn es in Deutschland noch stürmt und schneit …«

Auch das war vertraut. Wenn er in etwas vertieft
war, konnte ihn so schnell nichts aus seiner Konzentra-
tion reißen. Ich merkte, dass mein Herz immer noch ein
bisschen schneller klopfte, und auf einmal war mir klar,
was mit mir los war. Die Diagnose war so naheliegend,
dass ich mich fragte, warum ich nicht sofort darauf gekommen war: Stress. Wenn man unter großer Anspan-
nung stand, so wie ich in der letzten Zeit, atmete man
flacher, wodurch der Körper schlechter mit Sauerstoff
versorgt wurde. Da konnte es unter Umständen schon
mal zu einer optischen Täuschung, verrückten Gedanken und Herzklopfen kommen. Besorgniserregend war
das nicht.

Ich atmete ein paar Mal extra tief ein und aus, dann
schaute ich wieder hinüber zum Tisch. Beinahe hätte ich
laut gelacht. Uwe bewegte mit gerunzelter Stirn die Lippen beim Lesen und rieb sich dabei die Nase mit dem
linken Zeigefinger. Auch das war mein Mann, wie er
leibte und lebte, kein Fremder. Melanie hätte sich wahrscheinlich halb totgelacht über meine »Vision« und mich
noch in zwanzig Jahren damit aufgezogen.

Ich überließ Uwe seinen Prospekten und ging ins Arbeitszimmer. Sophie hatte aus Lüneburg gemailt:

Liebe Melanie, liebe Rosa, wir sind hier zu zwölft, meine Schwester Linda ist mit ihrem Mann aus Baden-Baden angereist, mein Neffe Lukas aus Freiburg und meine Nichte Paula aus Nürnberg. Ich bin so glücklich, dass alle gekommen sind! Stefan und ich haben uns in einer kuscheligen, kleinen Ferienwohnung in der Altstadt eingemietet. Es hört sich jetzt vielleicht völlig verrückt an, wenn man bedenkt, warum ich nach Lüneburg gefahren bin, aber diese Tage haben für mich ganz viel von einem Weihnachtsbesuch. Das liegt einmal daran, dass wir so viele sind, wie früher, wenn wir aus allen Himmelsrichtungen anreisten, um mit den Eltern zu feiern. Nur Theo und Laura sind nicht da, sonst wäre die Familie komplett versammelt. Und das Wetter passt auch. In meinem Herzen ist Weihnachten, weil es für mich das Fest der Liebe und der Familie ist, an dem wir uns besonders nahe sind. Es ist eine besondere Zeit, in der ein Licht die tiefste Dunkelheit erhellt. Ich bin immer wieder tief berührt von der Liebe, die mir von meiner Familie geschenkt wird.

Gestern haben Linda und ich so sehr gelacht, dass mir die Tränen kamen. Linda hat uralte Fotos von uns mitgebracht. Ich war dreizehn, Linda fünfzehn. Unfassbar, wie jung, zum Schreien komisch und gleichzeitig unendlich rührend wir aussahen! Wir hatten uns geschminkt und in unsere ausgefallensten Klamotten geworfen. Theo, damals neun, musste uns fotografieren, wir stellten uns vor, er wäre Helmut Newton, mit ein paar Schlückchen Amaretto aus der Likörflasche für Besuch klappte das ganz gut. Linda und ich wollten aussehen wie Jerry Hall (nur mit dunklen Haaren), als Models in der Weltgeschichte herumjetten und eine heiße Affäre mit Mick Jagger haben. Das heißt, Linda stand auf Mick Jagger, ich nicht.

Aber nicht nur auf diesen Bildern und in den gemeinsamen Erinnerungen mit der Familie ist die Vergangenheit präsent. Ich habe alle Orte in und um Lüneburg besucht, zu denen ich eine besondere Verbindung habe. Als Stefan und ich unter den beiden Zierkirschen im Park (der übrigens Liebesgrund heißt) standen, deren Kronen miteinander verflochten sind (man nennt sie deswegen »Liebesbäume«), habe ich mich bei den Bäumen bedankt.

Denn genau hier hat Stefan mir zum ersten Mal gesagt, dass er mich liebt ... Ich stelle mir vor, dass die Liebesbäume ihre Hand, pardon, ihre Äste im Spiel hatten, sie blühten so üppig in diesem Frühling, ich erinnere mich genau. Während wir uns küssten, regneten zartrosa Blütenblätter auf unsere Köpfe. Stefan erzählte mir später, dass er bei diesem Kuss genau wusste, dass wir ein Leben lang zusammenbleiben werden. Und ich erzählte ihm später, dass ich bei diesem Kuss genau wusste, dass wir füreinander bestimmt sind. Manchmal dauert es einfach schrecklich lange, bis man sich findet. So lange, dass ich schon beinahe die Hoffnung aufgegeben hatte.

Morgen fahren wir wieder nach Babelsberg. Gerade denke ich, dass ich am liebsten hierbleiben würde, mit allen meinen Lieben, wie in einer Hängematte ruhend, bis die Liebesbäume wieder blühen. Im April habe ich aber viel zu tun und leider keine Zeit, um Stefan unter den Kirschbäumen zu küssen. Ich werde ja dringend in Berlin gebraucht, um Motte auf dieser Welt zu begrüßen. Immer wenn ich an unsere Kleine denke, fühlt sich mein Herz ganz warm an –

tolles Gefühl, wie eine eingebaute Heizung! Apropos Herz,
darin geht es in diesen Tagen drunter und drüber. Ich lache
oft und weine viel, über alles und nichts, was irgendwie
kein Widerspruch ist, und gleichzeitig sage ich mir, dass
Abschied nehmen, wenn man als Erwachsene zu Besuch in
der alten Heimat ist, so ist wie zu Weihnachten; das macht
mir den Gedanken, diese Stadt und meine Lieben hinter
mir zu lassen, ein bisschen leichter. Meine Mutter ist sehr
tapfer und hofft auf ein Wunder. Von ihrer besten Freundin
Gerti, die nebenan wohnt, hat sie die Adresse eines angeb-
lich sehr fähigen Heilers in Berlin bekommen, sie hat mich
angefleht, ihn zu konsultieren. Mein Vater ist, seit er weiß,
dass er mich wohl überleben wird, immer stiller und blas-
ser geworden. Gestern Abend nach dem Essen (ich werde
natürlich unendlich verwöhnt) begleitete Papa uns wie im-
mer bis zur Ferienwohnung. Diese Spaziergänge (wir gehen
Hand in Hand, sehr langsam durch die Altstadt) tun mir so
gut, ich bin wieder ein kleines Mädchen, nichts kann mir
passieren, wenn mein Papa bei mir ist, dieses Gefühl ist
ganz stark. Vor der Haustür haben wir uns lange umarmt,
und dann brummte er, er stünde in Verhandlungen. Wenn
sein Plan aufginge, dann würde der liebe Gott ihn mit-
nehmen und mich dafür hierlassen. Er sei alt und würde
von Tag zu Tag tüdeliger und klappriger, das Leben und
sein Körper würden ihm immer mehr zur Last, er sei im
Jenseits gut aufgehoben, aber ich sei noch viel zu jung
fürs Paradies. Ich musste so schrecklich weinen, als er das
sagte. Eltern sollen nicht vom Sterben reden, sie sollen un-
sterblich sein und ewig alterslos und gesund und glücklich,
weil alle Kinder, auch wenn sie schon lange erwachsen

sind, sich das wünschen. Papa weinte auch. Er gehört einer Generation an, die gelernt hat, dass Männer nicht weinen, aber darum hat er sich nie geschert. Er war und ist der beste Vater der Welt. Ich habe so viel Glück mit den Menschen, die ich liebe und die mich lieben, dafür bin ich zutiefst dankbar.

Bis Sonntag! Ich melde mich noch wegen wann und wo.

Es umarmt Euch Eure Sophie

Ich weinte auch. Ich saß vor dem Rechner und heulte Rotz und Wasser, während ich Toms Anhänger umklammerte. Ich sah Sophies Eltern vor mir, ein liebenswertes Paar, das seit fast sechzig Jahren glücklich verheiratet war und seine gesundheitlichen Einschränkungen mit Würde trug. Und jetzt baten sie um ein Wunder für ihre Tochter: Sophies Vater wollte sein Leben gegen ihres tauschen. Und die Mutter setzte alle Hoffnungen auf einen Geistheiler in Berlin. Sophie hatte nichts darüber geschrieben, wie ihre Geschwister und Neffen und Nichten die Nachricht aufgenommen hatten, dass sie nicht mehr lange zu leben hatte. Sie hatte nur von der Liebe geschrieben, von geteilten Erinnerungen, vom Lachen und vom Weinen, aber das sagte schon genug.

Alle gaben ihr Bestes, damit Sophie sich so wohl wie möglich fühlen konnte. Ich stellte mir vor, wie die Familie, genau wie Melanie und ich und wohl alle Menschen, die Sophie kannten und lieb hatten, ein Wunder herbeiflehten und sich dadurch mit einer geheimnisvollen Kraft verbanden, die Sophie in Sicherheit tragen würde.

Um kurz vor elf, als ich gerade eine Mail an Sophie verschickt hatte, rief Melanie an. Sie hatte geweint, ich hörte es sofort an ihrer Stimme.

»Eigentlich wollte ich dich gar nicht anrufen …«, sagte sie.

»Oh, okay. Wen denn?«

»Ich wollte Sophie anrufen, nachdem ich ihre Mail gelesen hatte. Aber ich konnte nicht, ich wollte ihr doch nicht die Ohren vollheulen … Also hab ich ihr geschrieben. Hast du mit ihr gesprochen?«

»Nein. Ich habe auch gemailt. Mir ging es genau wie dir.«

Ich hörte, wie Melanie sich die Nase putzte. Dann sagte sie: »Rosa. Hast du einen Moment Zeit und ein Ohr frei? Obwohl es schon so spät ist?«

»Aber klar.«

»Danke. Heute war Heiko bei mir, den ganzen Tag, er hatte sich extra heimlich frei genommen, um wie versprochen Mottes Zimmer zu streichen und mir beim Umräumen zu helfen. Er war total lieb, alles war super harmonisch. Anschließend sind wir eine Kleinigkeit essen gegangen. Im Restaurant rückte er dann damit heraus, dass Ines Verdacht geschöpft hätte, sie stelle unbequeme Fragen, weil er seit Wochen so wenig Zeit zu Hause verbringen würde, und er könnte es nicht ausschließen, dass sie auf die Idee käme, ihm nachzuspionieren. Ich meinte, dass ich es gut fände, dass sie Fragen stellt. Das sei doch die perfekte Gelegenheit, ihr endlich die Wahrheit zu sagen. Er starrte mich an, als wäre ich eine Schnecke, die sich in seinen italienischen Salat verirrt hatte.

Das käme nun überhaupt nicht in Frage, Ines sei besonders schwierig, labil und sehr misstrauisch zurzeit, und das sei für ihn sehr unangenehm. Es ist so: Er möchte nicht dafür verantwortlich sein, dass sie sich vielleicht etwas antut, wenn sie erfährt, dass eine andere Frau ein Kind von ihm erwartet. Deshalb hat er beschlossen, den Ball erst mal flach zu halten. Er meint, es ist besser, wenn wir uns eine Zeitlang nicht sehen. Weil Ines ihm auch vorwirft, dass er abwesend ist, wenn er zu Hause ist. Und da habe sie recht. Seit Monaten sei er intensiv mit mir und der Schwangerschaft beschäftigt. Sein eigenes Leben sei dabei auf der Strecke geblieben. Wie du dir denken kannst, saß ich da wie vom Donner gerührt. ›Versteh ich das richtig?‹, hab ich ihn gefragt, ›ich bin ein Störfaktor in deinem Leben?‹ Er sah ganz erschrocken aus und meinte, das sei doch Unsinn. So wäre es überhaupt nicht gemeint. Er möchte nur bis zu unserem nächsten Treffen mehr Zeit als sonst verstreichen lassen, ein, zwei Wochen, vielleicht drei. Damit Ines zur Ruhe kommen kann. Und damit er zur Ruhe kommen kann, ich hätte ja keine Ahnung, wie sehr ihm die ganze Situation zu schaffen mache, selbst im Büro sei er unkonzentriert. Ich sagte: ›Ist dir eigentlich klar, dass in ungefähr neun Wochen unser Kind geboren wird und ich dich brauche? Mehr denn je brauche? Du tauchst zum denkbar ungünstigsten Zeitpunkt ab!‹ Von Abtauchen könne keine Rede sein, antwortete er, es ginge doch nur darum, wieder in ein Gleichgewicht zu kommen. Er könne aber verstehen, dass ich zurzeit sehr emotional reagiere, eine Schwangerschaft verändere ja nicht nur den Körper, sondern auch das Gefühlsleben.«

Ich hörte, wie Melanie tief ein- und wieder ausatmete.

»Ich weiß, was du jetzt denkst. Du denkst, er ist ein Arsch. Sag es ruhig.«

»Okay. Wenn dir das weiterhilft: Er ist ein Arsch. Kannst du damit leben oder nicht?«

»Es sieht nur nach außen so aus. Ich weiß, dass er innerlich hin- und hergerissen ist zwischen seiner Liebe zu mir und dem, was er für seine Pflicht hält. Damit muss ich leben, wenn ich ihn behalten will, und das will ich. Ich kann meine Gefühle für ihn nicht einfach zudrehen wie einen Wasserhahn. Und, seien wir ehrlich, die Welt geht nicht unter, wenn wir uns ein, zwei Wochen nicht sehen. Wir bleiben in telefonischem Kontakt, und wir können mailen.«

Ich hatte geahnt, dass Melanie nicht nur Heikos Kröte schlucken, sondern sie auch noch mit einer rosaroten Schleife schmücken würde. Dagegen anzureden war sinnlos, deshalb versuchte ich es erst gar nicht. Das Wichtigste wollte ich aber trotzdem nicht unerwähnt lassen. »Und dann? Wie soll es weitergehen mit euch? Hat er dazu was gesagt?«

»Wie meinst du das?«

»Wird er sich nun in absehbarer Zeit von der Frau trennen oder nicht? Das ist doch die entscheidende Frage, um die sich alles dreht.«

»Natürlich will er sich trennen, darüber haben wir auch noch mal gesprochen. Ines ist in Therapie und grundsätzlich auf einem guten Weg, es ist nur eine Frage der Zeit, bis sie – auch dadurch, dass Heiko sich entsprechend verhält – so stabil ist, dass er sich trennen kann. Es braucht nur noch etwas Geduld.«

»Und was ist, wenn sie nie gesund wird? Nicht jeder, der krank ist, wird wieder gesund. Das gilt auch für psychische Erkrankungen, Therapie hin oder her. Wie viele Jahre willst du mehr oder weniger geduldig warten?«

Einen Moment herrschte Schweigen am anderen Ende der Leitung. Dann sagte Melanie müde: »Ich weiß es nicht, Rosa. Wir haben ja schon öfter darüber gesprochen. Ich weiß nur, dass ich nicht ohne Heiko leben will. Und meine innere Stimme sagt mir, dass alles anders wird, wenn Motte auf der Welt ist.«

So viele Erwartungen und Hoffnungen ruhten auf diesem Baby, das sich auf so ungewöhnliche Weise ins Leben geschmuggelt hatte. Ob Motte ahnte, was auf sie zukam?

Ich schlief schlecht in dieser Nacht. Immer wieder wachte ich aus Träumen auf, in denen ich von dunklen Gestalten verfolgt wurde. Im Nachbarbett schnarchte Uwe friedlich vor sich hin, während ich mich von einer Seite auf die andere wälzte. Am nächsten Morgen fühlte ich mich wie zerschlagen, schleppte mich durch den Arbeitstag und ging früh ins Bett, in der Hoffnung, eine ruhige Nacht verbringen zu können, was auch gelang.

Sophie hatte sich noch nicht gemeldet. Auch der Samstag, an dem ich eine schier endlose Liste von Erledigungen abarbeitete, verging ohne ein Lebenszeichen von ihr. Ich sagte mir, dass Sophie nach den Tagen mit ihrer Familie, die bestimmt in mehr als einer Hinsicht an ihren Kräften gezehrt hatten, Zeit und Ruhe für sich brauchte, um wieder zu Hause anzukommen. Sie würde sich melden, wenn sie so weit war. Am Samstagabend wurde ich unruhig, Sophie war nicht der Mensch, der Verabredungen auf die letzte Minute traf. Gerade als ich beschlossen hatte, bei ihr anzurufen, klingelte das Telefon. Das Display zeigte Sophies Nummer. Aber es war nicht Sophie, die anrief. Es war Stefan.

Mein Herz machte einen wilden, schmerzhaften Satz, als ich seine Stimme hörte; ich wusste sofort, dass etwas nicht stimmte, und so war es auch. Sophie hatte nach der Rückkehr aus Lüneburg einen Zusammenbruch erlitten, verbunden mit starken Schmerzen und Fieber. Theo war seit Freitagabend im Haus, er hatte alles getan, was medizinisch getan werden konnte. Körperlich ging es Sophie jetzt ein wenig besser, die Schmerzen waren unter Kontrolle und das Fieber war gesunken. Sie war aber sehr schwach und seelisch in ganz schlechter Verfassung. An dieser Stelle brach Stefans Stimme, er brauchte eine Weile, bis er leise sagen konnte: »Ich habe sie noch nie so erlebt. Nie. Auch nicht damals im Krankenhaus, als wir alle Angst hatten, es könnte jeden Moment zu Ende gehen. Sie liegt apathisch im Bett. Sie sagt *ja* oder *nein* oder *weiß nicht*, wenn wir sie etwas fragen, ansonsten kein Wort. Von dem, was sie zu sich nimmt, könnte man keinen Spatz satt kriegen. Sie war so tapfer, so voller Lebensfreude und Energie, auch in Lüneburg, trotz allem … aber jetzt … ich komme einfach nicht an sie heran, ich kann ihr nicht helfen.

Zum ersten Mal, seit sie krank ist, verschließt sie sich vollkommen, auch gegenüber Theo. Wir können sie nicht erreichen, wir sind wie durch eine Mauer von ihr getrennt. Für mich ist das die Hölle. Es macht mir Angst.

Und ich finde es zum Kotzen, dass es so schwer für mich ist. Ich sollte gelassen sein und positiv und zuversichtlich und alles akzeptieren, genau so, wie es gerade ist. Sophie braucht Menschen um sich, die ihr Kraft und Liebe und Geborgenheit geben. Was sie nicht braucht, ist ein Jammerlappen ...«

Ich presste eine Hand auf meine linke Seite, um mein panisch vor sich hin klopfendes Herz zu beruhigen. »Jammerlappen? Was ist das denn? Vielleicht eine neue Gemüsesorte?« Es war ein sehr kläglicher Versuch, diese herzzerreißende Situation mit Galgenhumor ein wenig erträglicher zu machen, denn ich kannte Stefan lange genug, um zu wissen, dass ihm das mehr helfen würde als offen gezeigtes Mitgefühl.

Er gab einen Laut von sich, der irgendwo zwischen Lachen, Weinen und einem Schnauben lag. »Knapp vorbei ist auch daneben. Ich gebe dir einen Tipp: Du telefonierst gerade mit einem Prachtexemplar. Zu besichtigen ist es in Babelsberg, es trägt Dreitagebart und ein blaues Hemd. Ich kann den Typen nicht ausstehen. Ich setze ihn heute noch vor die Tür.«

»Sei nett zu ihm. Er ist auch nur ein Mensch, genau wie wir. Du kennst doch bestimmt Clark Kent, das Alter Ego von Superman? Also, wenn Clark Kent in seinem Kostüm als Superman unterwegs war, um die Welt zu retten, war er auch nicht immer in Höchstform. Kaum waren ein paar Gramm Kryptonit in der Nähe, verwandelte er sich blitzschnell in einen Wackelpudding.«

Innerlich schüttelte ich den Kopf über das wirre Zeug, das ich da von mir gab, aber meinem Herzschlag schien es gutzutun, er kam langsam wieder ins Lot. Was auch daran liegen mochte, dass Stefan auf meinen Unsinn einstieg: »Krypto… was? Superman ist, um es vorsichtig auszudrücken, nicht so mein Thema.«

»Kryptonit. Wenn Superman mit diesem Mineral von seinem Heimatplaneten Krypton in Kontakt kommt, verliert er vorübergehend seine Super-Kräfte.«

»Aha. Wieder was gelernt. Und woher weißt du das alles?«

»Ich bin ein Fan von Superman«, gestand ich. »Seit meiner Kindheit. Clark Kent war meine erste Liebe, und ich wollte Reporterin werden, so wie seine Freundin Lois Lane.«

Stefan hatte dafür vollstes Verständnis. Er erzählte, dass er Wildwest-Heftchenromane geliebt hatte, vor allem die Geschichten um Lassiter und Wyatt Earp. Und Lucky Luke. Er hatte nicht genug bekommen können von Cowboys, die für Gerechtigkeit sorgten und anschließend auf ihrem treuen Pferd in den Sonnenuntergang ritten.

Ganz unvermittelt wechselte er dann das Thema: »Du, Rosa. Morgen ist ja Sonntag. Euer Mädels-Sonntag. Ich habe Sophie vorhin gefragt, ob ihr etwas ausgemacht habt. Sie hat nein gesagt. Mehr konnte ich nicht erfahren. Sie … sie spricht einfach nicht. Theo kann damit besser umgehen als ich. Er sagt: Lass sie. Wird schon. Ich würde ihm gerne glauben, aber ich kriege es einfach nicht hin.«

»Ach, Stefan. Das kann ich gut verstehen, mir ginge es an deiner Stelle bestimmt genauso … was hältst du denn davon, wenn Melanie und ich morgen gegen drei einfach mal vorbeikommen?«

Stefan zögerte, dann sagte er: »Du weißt, dass ich mich immer freue, euch zu sehen. Aber möglicherweise geht es Sophie morgen nicht gut genug für Besuch.«

»Dann gehen wir eben wieder. Kein Problem. An unseren Mädels-Sonntagen möchte ich aber zumindest in Sophies Nähe gewesen sein. Auch wenn Godzilla Randale macht.«

Ich hörte ein schwaches Glucksen am anderen Ende der Leitung, es hörte sich an wie ein Lachen. »In Ordnung. Ich werde das an Sophie weiterleiten. Darf ich ihr sonst noch etwas ausrichten?«

»Ganz, ganz liebe Grüße und einen Kuss von Melanie und mir.«

Einen Moment war es still am anderen Ende der Leitung, dann sagte er: »Ich habe keine Ahnung, wie Sophie reagieren wird. Aber auf jeden Fall werde ich einen Kuchen backen.«

Auf jeden Fall werde ich einen Kuchen backen ... Er hatte es beinahe feierlich gesagt. Ich sah ihn vor mir, wie er in der Küche hantierte und mit ganz viel Liebe, Leidenschaft und Sorgfalt und den allerbesten Bio-Zutaten einen seiner köstlichen Kuchen zauberte. Für Stefan war das Backen eine Herzensangelegenheit. Darüber hatten wir einmal gesprochen, als wir in Babelsberg auf der Terrasse gesessen und frischgebackenen Zwetschgenkuchen verspeist hatten. Es war ein sonniger Nachmittag Anfang September, am Vortag war Sophie nach einer längeren, erbitterten Schlacht zwischen Godzilla und dem Chemo-Gigantosaurus aus dem Krankenhaus entlassen worden. Stefan erzählte, dass seine besten Rezepte von seiner

Oma stammten. Von ihr hatte er alles gelernt, was wirklich wichtig war – für einen Kuchenteig und im Leben. Ich erinnerte mich noch genau an den Moment, als er mit einem nachdenklichen Lächeln die Arme im Nacken verschränkte und zum Himmel emporschaute, der in einem geradezu unwirklichen Blau leuchtete. Dann sah er Sophie direkt in die Augen und sagte mit einer Zärtlichkeit, die mir den Atem nahm: »Backen hat etwas von honigsüßer Sinnlichkeit mit der Frau, die man liebt.«

Sophies strahlendes Sophie-Lächeln ging in ein Kichern über, dann in ein glückliches Lachen, das so ansteckend war, dass wir alle mitlachten. Es war ein goldener Moment, leicht wie ein Schmetterling. Sophie trug den Sonnenhut, den Stefan ihr geschenkt hatte, als er sie aus dem Krankenhaus abgeholt hatte: Einen Glockenhut, an dessen Band eine rote Rose aus dem Garten befestigt war. Dazu ein geblümtes Kleid, das er in Sophies Lieblingsboutique für sie ausgesucht hatte. Mit Tränen in den Augen hatte uns Sophie erzählt, dass sie zum ersten Mal, seit sie ihre Haare und weiblichen Rundungen verloren hatte, sich wieder im Spiegel anlächeln konnte, weil ihr gefiel, was sie sah.

Sophie und Stefan Mehring stand in geschwungener Schreibschrift auf dem blank polierten Messingschild. Neben dem smaragdgrünen Eingang blühten Stiefmütterchen in einem großen Kübel. Der kleine Tannenbaum auf der anderen Seite – vom Weihnachtsschmuck war ihm nur noch die Lichterkette geblieben – erinnerte mich an die Silvesterparty, als die Welt noch in Ordnung gewesen war, und ich musste schlucken. Der Kloß, der mir seit Stefans Anruf im Hals steckte, bewegte sich keinen Zentimeter nach unten. Wie auch – ich war innerlich wie zugeschnürt vor Angst, Sorge, Kummer, Traurigkeit. Es war Sonntagnachmittag, kurz vor drei. Obwohl es kalt draußen war, hatte ich vor Aufregung feuchte Hände und hielt mich an dem riesigen Strauß mit Frühlingsblumen fest, den wir mitgebracht hatten. Melanie, rund wie ein Buddha und zumindest nach außen beinahe so gelassen wirkend, hatte die Hände über ihrem Bauch gefaltet.

Ich hatte damit gerechnet, dass Stefan die Tür öffnen würde, aber es war Theo, der uns zuerst begrüßte. Seine Haare waren verwuschelt, und er sah müde aus und dünner, als ich ihn in Erinnerung hatte. Aber sein Lächeln – Sophies Lächeln – war so strahlend und herzerwärmend wie immer. »Hey! Melanie, Motte und Rosa! Wie schön, dass ihr da seid! Kommt rein!«

Auch das kleine Haus, das uns so vertraut war, schien sich zu freuen, uns zu sehen. Frau Dr. Berns hätte vielleicht gesagt, dass die Aura des Hauses uns zur Begrüßung in die Arme schloss, genau wie die beiden Männer.

Während Stefan in der Küche die Blumen in eine Vase stellte, damit wir sie mit nach oben zu Sophie nehmen konnten, fragte Melanie ängstlich: »Wie geht's ihr, Theo?«

»Den Umständen entsprechend besser. Sie ruht sich nur noch ein bisschen im Bett aus, um Kräfte zu sammeln.« Das klang unerwartet erfreulich! Über Nacht schien sich viel Gutes getan zu haben. Dankbarkeit stieg in mir auf, dass Theo Sophies Bruder und so ein verdammt guter Arzt war. In meiner Phantasie sah ich ihn gerade in einem blütenweißen, gestärkten Kittel vor mir, mit einem Stethoskop um den Hals. Herr Dr. Theodor Bergström in Halbgott-in-Weiß-Montur wirkte so kompetent und beruhigend, dass sich der schmerzhafte Knoten in meinem Magen lockerte. Theo, der im echten Leben in seiner Praxis fröhlich bunte Hawaiihemden zu Jeans trug, war neben Frau Dr. Berns und meinem Zahnarzt der einzige Humanmediziner, zu dem ich absolutes Vertrauen hatte.

»Und die Seele? Ich meine ... möchte sie ... möchte sie uns denn sehen?«

Theo legte einen Arm um Melanies Schultern und drückte sie an sich. »Sophies Seele freut sich sehr auf euch«, sagte er herzlich. »Die Tür zum Schlafzimmer steht offen. Klopft kurz an und geht dann einfach rein.«

Wir hatten das Schlafzimmer zum letzten Mal bei der Einweihungsfeier gesehen, als Sophie uns voller Stolz und Glückseligkeit durch das Traumhäuschen geführt hatte, in das sie kurz nach der Hochzeit gezogen waren. Melanie und ich hatten den Parkettboden bewundert, den niedersächsischen Dielenschrank– ein guter Bekannter aus unseren WG-Zeiten – und das zwei Meter breite Bett, das ein Schreiner aus Kirschbaumholz angefertigt hatte. Es war ein Hochzeitsgeschenk von Sophies und Stefans Familien gewesen, alle hatten zusammengelegt. »Die Matratze hat Übergröße«, erklärte Sophie. »Das heißt: Es gibt keine Besucherritze. Noch nie war Kuscheln so schön.« Sie war ein bisschen rot geworden. »Natürlich liegt es in der Hauptsache an Stefan, dass es so besonders schön ist ...«

»Darauf wäre ich jetzt nicht gekommen«, gab Melanie trocken zurück. »Man merkt kein bisschen, dass ihr euch liebt und total aufeinander steht. Ehrlich nicht.«

Sie ließ sich rücklings auf den Patchwork-Überwurf fallen, der Sophie schon ihr ganzes Erwachsenenleben begleitete, und wälzte sich genüsslich herum. »O wie toll! Eine richtige Spielwiese ist das. So etwas möchte ich auch haben!«

»Ich auch. Und einen Mann, der gerne kuschelt«, sagte ich, ohne nachzudenken. Sophie und ich ließen uns auch aufs Bett plumpsen. »Was war das Weiche, Flauschige da eben unter meinen Füßen?«, fragte ich.

»Ein Schaffell, Herzchen«, kam es von Melanie.

Das Fell war neu. Sophie erzählte, dass es in der Familie ihrer Mutter schon lange Brauch war, dass Eltern ihren Kindern zur Hochzeit zwei Schaffelle schenken; eins für die Braut, eins für den Bräutigam. Schafe brachten Glück, so hieß es; sie zogen Gesundheit, Segen und Wohlstand ins Haus.

Melanie war entzückt. »Ich finde diesen Brauch total romantisch. Wenn ich heirate, müsst ihr mir unbedingt auch Schaffelle schenken!«

»Bevor du heiratest, fahren wir drei nach Bleckede«, schlug Sophie vor. »Das ist ein kleines Städtchen an der Elbe, nicht weit von Lüneburg. Wir machen einen Spaziergang zur Schäferei und kaufen im Hofladen zwei herrliche Schaffelle für unsere Mella.« Melanie war sofort Feuer und Flamme und plante ein spontanes Freundinnen-Wochenende. Man konnte doch schon mal Spaß haben, bevor ein Heiratsantrag eingegangen war! Und wenn man schon mal in der Gegend war, könnte man gleich auch noch … Während Melanie aus dem Stegreif ein atemberaubendes Programm rund um Elbe und Heide abspulte, ließ ich meine Augen im Raum spazieren gehen. Bunte Schmetterlinge tummelten sich auf den cremefarbenen Vorhängen am Fenster, über dem Bett leuchtete eine großformatige phantastische Landschaft in kräftigen, klaren Farben, die ein befreundeter Künstler gemalt hatte. Auch Sophies altehrwürdiger Schaukelstuhl und das Tischchen aus unserer WG hatten einen Platz gefunden.

»Na. Ihr habt's euch ja gemütlich gemacht«, sagte plötzlich eine amüsierte Stimme. In der Tür stand Theo, mit einem breiten Grinsen im Gesicht, und verkündete, dass das Essen gleich fertig sei. »Ich würde mich ja gerne zu euch gesellen, wann hat man schon mal die Gelegenheit, das Bett mit drei schönen Frauen zu teilen. Aber leider werde ich in der Küche gebraucht.« Ehe wir uns aufgerappelt hatten, war er schon wieder verschwunden.

»Wenn du mich jetzt fragen würdest, was mir im Haus am allerbesten gefällt, würde ich glatt antworten: Das Bett! Am liebsten würde ich es zusammenfalten, in die Tasche stecken und mitnehmen«, sagte Melanie und strich verliebt den Patchwork-Überwurf glatt

Sophie lachte. »Und du, Rosa? Was gefällt dir am besten?«

»Ach, ihr kennt mich doch: Ich kann mich mal wieder nicht entscheiden. Ich finde euer Häuschen rundherum schnuckelig.«

Ein Ausdruck, den ich nicht deuten konnte, zog über Sophies schmales Gesicht. »Ich fühle mich hier ganz und gar zu Hause. So tief verwurzelt, als hätte ich schon mein ganzes Leben lang mit Stefan hier gewohnt. Es klingt ein bisschen verrückt, aber als wir es zum ersten Mal besichtigt hatten, wusste ich sofort, dass wir hierhergehören. Ich bin so unendlich dankbar für alles, was das Leben mir geschenkt hat, und für jeden Tag, den ich erleben darf.«

Sie war sehr krank zu dieser Zeit, hatte aber bis auf diese Andeutung kaum ein Wort über Godzilla verloren. Die Hochzeit im Mai hatte im engsten Kreis stattgefunden, auf einem Schloss in der Uckermark, unter uralten Rotbuchen, deren zarte, frühlingsgrüne Blätter sich im Wind wiegten. Von irgendwoher mischte sich immer wieder ein Kuckuck in die zahlreichen Vogelstimmen. *Früh-ling, Früh-ling,* rief er. Uwe, wie er es als kleiner Junge in seinem Heimatdorf gelernt hatte, klimperte lächelnd mit dem Kleingeld in der Hosentasche, denn wenn man das tat, hatte man das ganze Jahr genug Geld. »Buchendorn« nannte sich der Hain im Schlosspark, und er war genauso romantisch wie sein Name, Sophie, in einem zartroséfarbenen Kleid und einem entzückenden Hut, und Stefan, sehr elegant im dunkelblauen Anzug, saßen Hand in Hand auf ihren Stühlen, während der Standesbeamte die Worte sprach, die sie für immer verbinden würden. Der Tag war warm und sonnig, ein Maitag, der einem das Herz aufgehen ließ. In der Woche davor hatte es bei Temperaturen unter zehn Grad tagelang in Strömen geregnet, aber Stefan und Sophie waren entspannt geblieben, fest davon überzeugt, dass an »ihrem« Tag die Sonne scheinen würde. Außer dem Standesbeamten gab es wohl niemanden bei der schlichten Zeremonie, der keine Tränen vergoss. Oder – wie Stefans Schwester Susanne es in ihrer Rede später so poetisch ausdrückte: Perlen der Seele. Wir weinten Perlen der Rührung, der Liebe, der Freude und der Dankbarkeit, dass diese beiden in einer Welt, in der man leicht an der großen Liebe vorbeiirren konnte, zueinandergefunden hatten.

Wie es dazu kam, dass diese Hochzeit überhaupt stattfand, hatte uns Sophie natürlich erzählt: Als Stefan sie zum ersten Mal gefragt hatte, ob sie seine Frau werden wolle, hatte sie kategorisch abgelehnt. Auf gar keinen Fall würde sie ihn heiraten! Sie war schwer krank und wusste nicht, ob sie wieder gesund werden würde. Sie wollte keine Last sein, Stefan hatte ein unbeschwertes Glück verdient, eine gesunde Partnerin, auf die er nicht dauernd Rücksicht nehmen musste. Der Kampf gegen Godzilla war kritisch. Was, wenn sie ihn bald verlor? Es war unmoralisch und egoistisch, eine Ehe zu schließen, wenn zu befürchten war, dass der Mann, den man liebte, in Kürze Witwer sein würde.

Sophie musste sehr weinen und verhaspelte sich andauernd, als sie versuchte, ihm alles zu erklären: Im Grunde hätte sie sich sofort nach der schlimmen Diagnose trennen müssen. Sie hatte es versucht, aber es hatte nicht funktioniert, Stefan ließ sich nicht trennen, und sie war einfach nicht konsequent genug gewesen, weil sie ihn so schrecklich lieb hatte und so glücklich mit ihm war.

Stefan hörte ihr geduldig zu, ohne sie ein einziges Mal zu unterbrechen. Dann sagte er: »Wenn ich in den fünfzig Jahren, die ich auf diesem Planeten verbracht habe, etwas gelernt habe, dann das: Das Leben ist zu kurz, um nein zum Glück zu sagen. Und: Liebe ist nichts für Feiglinge. Warum? Weil schon Erich Kästner wusste, dass Leben immer lebensgefährlich ist. Stell dir vor, ich, ein kerngesunder Mann in den besten Jahren, rutsche demnächst auf einer Bananenschale aus, falle hin und bin tot … dann möchte ich wenigstens mit deinem Ring an meinem Finger diese Welt verlassen. Es könnte auch sein, dass ich den Bananenschalen-Sturz überlebe, wenn auch so schwer verletzt, dass ich bis ans Ende meiner Tage im Rollstuhl sitzen muss. Das Leben ist, wie es ist: Jederzeit kann etwas Schreckliches passieren, und jederzeit etwas, das uns glücklich macht. Ich frage dich einfach morgen noch mal, ob ich dir ganz offiziell, vor Gott und allen Menschen, mein Herz schenken darf.«

Er nahm die tränenüberströmte Sophie in die Arme und wiegte sie sanft, bis sie sich beruhigt hatte. Dann flüsterte er in ihr Ohr: »Wenn es um die Liebe meines Lebens geht, schrecke ich vor nichts zurück. Ich werde dich jeden Tag fragen, so lange, bis du ja sagst. Und wenn es zehn Jahre dauert.«

Es dauerte achtzehneinhalb Tage, bis Sophie ja sagte.

Das Schlafzimmer sah noch genauso aus, wie ich es in Erinnerung hatte. Auf den ersten Blick wirkte das riesige Bett leer; erst auf den zweiten erkannte ich eine schmale, reglose Gestalt, die ganz am Rand lag. Eine Gestalt, die uns aus großen, braunen Augen, die tief in den Höhlen lagen, anschaute.

»Wir haben dir Blumen mitgebracht, Süße«, sagte Melanie. »Und Neuigkeiten von Motte.«

»Freesien, Ranunkeln, Tulpen. Alle deine Lieblingsblumen.« Ich stellte die Vase auf den Nachttisch.

Die braunen Augen füllten sich mit Tränen. Wie in Zeitlupe krampfte sich Sophies Gesicht zusammen, ihr Mund öffnete sich und entließ einen Laut, den ich weder bei einem Menschen noch bei einem Tier je gehört hatte. Es war ein Schrei voller Qual, der in verzweifeltes Schluchzen überging.

Wären Stefan und Theo jetzt ins Zimmer gekommen, hätten sie eine Frau neben dem Bett knien sehen, die eine Hand streichelte, die sich in eine Bettdecke krallte. Und eine sehr schwangere Frau, die über eine breite Matratze robbte, bis sie ganz dicht bei der Freundin lag, die von einem Weinkrampf geschüttelt wurde. Die Zeit schien stillzustehen. Sophie weinte und weinte. Irgendwann merkte ich, dass ich eine kleine, wortlose Melodie summte, die von irgendwoher in mir aufgestiegen war und seltsam tröstlich klang. Als ich auf einmal Sophies Stimme hörte, heiser und fremd, schreckte ich zusammen, so tief war ich in unser Miteinander eingetaucht.

»Ich will nicht!«

Es dauerte lange, bis wir erfuhren, was Sophie sagen wollte. Da hatte sie sich leer geweint, und wir lagen zu dritt im Bett, Sophie in unserer Mitte. »Ich habe alles«, sagte sie irgendwann in die Stille hinein. »Alles, wonach andere Menschen sich vergeblich sehnen. Einen wunderbaren Mann, eine glückliche Ehe, eine tolle Familie, wunderbare Freundinnen und Freunde, einen Beruf, der mir Spaß macht, genug Geld, ein kuscheliges Zuhause.« Sie fing wieder an zu weinen, sehr leise »Ich liebe mein

Leben so sehr, es ist ganz genauso, wie ich es mir immer gewünscht habe. Es tut so weh, es herzugeben. In meinem Kopf schreit es die ganze Zeit: Nie mehr. Nie mehr. Nie mehr. Nie mehr werde ich ...« Sie verschluckte sich und fing an zu husten. »Taschentuch?«

Ich reichte die Kleenex-Schachtel, die auf dem Nachttisch stand, herum und nahm mir selbst auch eine Handvoll. Sophie war nicht alleine mit ihren Tränen. »Möchtest du auch etwas trinken?«

Sie trank etwas Wasser in kleinen Schlucken und ließ sich dann wieder erschöpft aufs Kopfkissen sinken. »Und ich habe Angst. Theo hat mir versprochen, dass er es hinbekommt mit den Schmerzen ... aber Freitag war die Hölle, es ist besser jetzt, ich habe trotzdem Angst. Und ich hatte Angst, wenn ich ein Wort zuviel zu Stefan oder Theo sage, fange ich an zu schreien und kann nicht mehr aufhören.« Ich hielt ihre rechte Hand, Melanie ihre linke. Ihre Augenlider flatterten, dann schlossen sie sich, sie fiel in einen leichten Schlaf. Ich musste auch eingenickt sein, denn ich zuckte zusammen, als Sophie sagte: »Mella ... erzähl uns was von Motte.«

»Okay. Lass mich nachdenken ... also, wir sind jetzt in der einunddreißigsten Woche. Motte wiegt um die anderthalb Kilo, ist ungefähr einundvierzig Zentimeter groß und sieht schon aus wie ein richtiges Baby. Und stell dir vor: Sie kann Pipi machen! Sie pinkelt ins Fruchtwasser, kein Witz. Und sie trinkt Fruchtwasser! Ich weiß, das klingt ein klitzekleines bisschen eklig, aber faszinierend ist es schon, wie sie für die Zeit nach der Geburt übt, Babys machen ja über weite Strecken des Tages nichts anderes als trinken und ausscheiden, wenn man es mal aufs Wesentliche reduziert betrachtet. Wie du sehen und fühlen kannst ...«, Melanie legte Sophies Hand auf ihren Bauch, »bin ich rund wie eine Seekuh. Ich denke mir, es liegt daran, dass Motte so viel pinkelt, das schwemmt auf. Vielleicht sind Bananen-Milkshakes und Cashewnüsse auch nicht ganz so kalorienarm, wie ich gehofft hatte. Motte zeigt immer noch Talent zum Kickboxen, wenn sie zutritt, denkst du, du hast ein Brauereipferd im Bauch. Sie ist aber insgesamt ruhiger geworden. Frau Dr. Berns sagt, es liegt daran, dass sie nicht mehr so viel Platz hat, um sich auszutoben.«

Ein leises Lächeln zeigte sich auf Sophies Gesicht, sie streichelte Melanies Bauch.

»Deine Eltern freuen sich bestimmt wahnsinnig auf ihr Enkelkind.«

Eine leichte Röte breitete sich auf Melanies Gesicht aus. »Na ja ... Fakt ist, sie wissen noch nichts von ihrem Glück.«

Sophie und ich mussten wohl ziemlich erstaunt ausgesehen haben, denn sie fuhr eilig fort: »Eigentlich wollte ich ja über Weihnachten hinfahren. Aber dann ist mein Vater krank geworden. Norovirus ... Erbrechen und Durchfall. Sehr ansteckend. Das war also nicht die richtige Zeit für einen Besuch. Und am Telefon wollte ich nicht darüber reden. Um ganz ehrlich zu sein: Am liebsten wäre es mir, wenn sie nie erfahren würden, dass sie ein Enkelkind haben.«

»Sind deine Eltern denn wirklich *so* schlimm?«, fragte Sophie leise.

»Was heißt schon schlimm? Sie baden in Weihwasser, rennen jeden Tag in die Messe, haben über nichts und niemanden etwas Gutes zu sagen. Mein Vater schneidet die Rasenkanten mit der Nagelschere, meine Mutter verbringt den halben Tag mit Putzen und dreht jeden Cent dreimal um, obwohl sie es nicht müsste. Ich konnte es ihnen von Geburt an nie recht machen. Ich passe einfach nicht in ihre Welt. Vielleicht wurde ich in der Klinik vertauscht und bin in der falschen Familie gelandet. Was glaubt ihr wohl, was ich zu hören bekomme, wenn ich sie in … wie sagt man so schön … meinem Zustand besuche? Sie wären entsetzt und würden mir Löcher in den Bauch fragen. Nach dem Kindsvater, dem Hochzeitstermin und wann ich endlich wieder in die Kirche eintrete und das Baby taufen lasse.« Seufzend strich sie sich eine widerspenstige Haarsträhne aus der Stirn. »Glaubt mir, es hat seine Gründe, warum wir so wenig Kontakt haben, und das gilt für beide Seiten.«

»Es könnte doch aber sein, dass sie sich freuen«, sagte ich.

»Das wird sich ja dann irgendwann herausstellen«, gab Melanie trocken zurück. »Spätestens dann, wenn sie auf die Idee kommen, mich in Berlin zu besuchen. Was alle Jubeljahre tatsächlich passiert.«

»Warte nicht zu lange, bis du hinfährst und es ihnen sagst. Auch Eltern sind nicht unsterblich.« Sophie hustete ein bisschen, dann senkte sich Schweigen über den Raum. Draußen wurde es langsam dunkel. Plötzlich sagte Sophie: »Die allerletzte Hoffnung ist immer die Hoffnung auf ein Wunder.«

Mein Herz klopfte schneller. Melanie und ich hatten überlegt, ob wir mit Sophie über die wundertätige Madonna und Melanies Traum sprechen sollten. Aber es hatte sich nicht richtig angefühlt. Auf gar keinen Fall wollten wir sie mit unseren Theorien und Mutmaßungen oder gar unseren Ängsten belasten.

»Manchmal erfüllen sich Hoffnungen«, kam es vorsichtig von Melanie. Sophie überlegte lange, bis sie zurückgab: »Wenn ihr an meiner Stelle wärt, würdet ihr zu diesem Geistheiler gehen, von dem ich euch geschrieben habe? Ich habe mir seine Seite im Internet angeschaut. Er wirkt seriös und sympathisch, und seine Preise sind in Ordnung. Er arbeitet mit Handauflegen.«

Melanie antwortete als Erste. »Na klar. Anschauen würde ich ihn mir auf alle Fälle.«

Sophie nickte. »Und du, Rosa?«

»Ich würde auch hingehen. Ich würde mir sagen, dass ich nichts zu verlieren habe.«

»Und damit hättest du verdammt recht«, murmelte Sophie. Ihre Augen schlossen sich. »Und jetzt … schmeiße ich euch raus.«

Sie war wahrscheinlich eingeschlafen, noch bevor wir das Zimmer verließen.

5

Im Wohnzimmer warteten sechs Augenpaare und eine Sachertorte auf uns. Das neu hinzugekommene Augenpaar war grün und gehörte Theos Tochter Laura, die vom Sofa aufsprang, um uns zu umarmen. Was wir erzählten, war genug, um Stefan, Theo und Laura zu beruhigen: Sophie ging es besser, auch ihrer Seele. Aber wir gingen nicht ins Detail. Worüber wir genau gesprochen hatten, blieb unter uns, denn es war ein Mädels-Geheimnis. In zwanzig Jahren Freundschaft hatte es viele Mädels-Geheimnisse gegeben; Dinge, die unter sechs Augen besprochen und zuverlässig gehütet wurden, ohne dass wir je darüber ein Wort verloren. Bei Licht betrachtet, gab es fast nichts in meinem Leben, in das Melanie und Sophie nicht eingeweiht waren. Wenn man von dem wahren Zustand meiner Ehe und den *zitty*-Männern mal absah. Das war etwas, worüber ich nicht reden wollte, mein dunkles, unwichtiges Geheimnis. Wichtig waren die Tränen, die Sophie vorhin geweint hatte, und das, was sie sich von der Seele geredet hatte, und die Liebe in Stefans Augen, als er nach oben ging, um nach seiner Frau zu schauen.

Sie schliefe wie ein Murmeltier, sagte er, als er kurz darauf wieder ins Wohnzimmer kam. Wie erleichtert er war, brauchte er nicht zu erwähnen, sein Gesicht war wie verwandelt.

Wir saßen zusammen und tranken Tee. Stefans Sachertorte zerging auf der Zunge und entführte mich zurück zu einem Mädels-Wochenende, das wir in Wien verbracht hatten. Eine Erinnerung tauchte wie ein Schnappschuss vor meinem inneren Auge auf: Wir drei, zehn Jahre jünger, im Café Sacher. Wir trugen Sommerkleider und Florentinerhüte, die wir uns in einem feinen Hutgeschäft in der Mariahilfer Straße ausgesucht hatten, und teilten uns schwesterlich ein Stück der weltberühmten Sachertorte, als kleine Nascherei nach einem opulenten Mittagessen. Später ließen wir uns von einem Passanten auf dem Rathausplatz fotografieren. Diese Fotos gehörten zu meinen Lieblingsbildern: Wir drei, wie wir unter unseren strohgeflochtenen Hüten in die Kamera strahlten. Die Bilder gab es noch in unserem Leben, ordentlich in unsere Mädels-Alben geklebt, die Hüte nicht mehr. Meiner war beim Umzug nach Zehlendorf verlorengegangen. Er hatte in meiner alten Wohnung an der Wand neben meinem Bett gehangen, bewacht von einem im Lotussitz meditierenden goldenen Frosch auf dem Nachttisch. Der Frosch war wohlbehalten in der neuen Heimat gelandet, der Hut blieb unauffindbar. Melanie hatte ihren bei einer Schiffstour auf dem Wannsee eingebüßt. Eine kräftige Brise wehte ihn von ihrem Kopf auf die Wasseroberfläche, und weg war er. Ihr Begleiter erklärte galant, dass er leider Nichtschwimmer sei, sonst wäre er selbstverständlich hinterhergesprungen, um ihn zu retten. Sophies Florentiner fiel im Italien-Urlaub einem Diebstahl zum Opfer: Sie hatte ihn auf ihrem Strandlaken deponiert, und als sie vom Schwimmen zurückkam, war der Hut verschwunden. Schon seltsam, fanden wir, dass alle drei Hüte verschwunden waren, nach Zufall sah es nicht aus. Aber was wollte uns das Schicksal damit sagen? Nachdem Melanie beim Friseur einen Artikel über die berühmtesten Flohmärkte von Paris gelesen hatte, stand für sie fest, dass das Leben uns für ein Wochenende in die französische Hauptstadt rief, um nach neuen bezaubernden Hut-Kreationen zu stöbern. Sophie und ich fanden die Idee auch toll, aber irgendwie hatten wir es nie bis an die Seine geschafft.

Wir redeten nicht viel in dieser blauen Stunde am Spätnachmittag, während Sophie schlief. Alle waren mit ihren Gedanken beschäftigt. »Hey, Leute«, sagte Laura nach einer ganzen Weile, in der das lauteste Geräusch im Zimmer das Klirren von Löffeln, die in Teetassen rührten, war. »Wisst ihr was? Ihr hängt herum wie die Trauerklöße. Krass. Was für ein Glück, dass Sophie nicht sieht, wie mies ihr drauf seid. Sie würde den Schock ihres Lebens bekommen.«

Theo zog eine Augenbraue hoch und gab spöttisch zurück: »Trauerklöße? Wer? Wir? So, so. Und mein Töchterchen ist demnach also ganz blendend gelaunt ... hmhm. Ist mir gar nicht aufgefallen. Wie konnte ich das nur übersehen?«

»Schon okay, Papa. Das liegt bestimmt daran, dass du eine neue Brille brauchst«, tröstete ihn seine Tochter und tätschelte seine Hand. Ich schaute in die Runde. Laura, dieses wunderbare zweiundzwanzigjährige Wesen, hatte es tatsächlich geschafft: Die Trauerklöße hatten sich zusammengerissen. Theos Haltung war auf einmal kerzengerade, in seinen Augen lag ein verschmitztes Funkeln. Stefan und Melanie grinsten. Und ich? Ich lächelte in mich hinein. Wir waren schon ein tolles Team: Niemand hier am Tisch würde schuld daran sein, dass Sophie, sollte sie plötzlich die Treppe herunterkommen, den Schock ihres Lebens bekäme, weil wir so mies drauf waren.

Theo zog seine Lesebrille aus der Hemdtasche und beäugte sie gespielt kritisch von allen Seiten. »Hm. Ich glaube, du hast recht. Die Gläser sehen ja ganz trüb aus. Ich brauche definitiv eine neue …«

»Mal im Ernst jetzt: Sophie geht es besser. Oder etwa nicht?« Laura warf mit einer energischen Kopfbewegung ihre dunklen Locken zurück. »Ich will jetzt nicht hören: Ja, *aber* … Wir könnten uns einfach alle ein bisschen freuen. Darüber würde Sophie sich freuen.«

Theo zog seine Tochter in die Arme und gab ihr einen Kuss auf die Wange. »Du hast vollkommen recht.«

»Ich weiß«, sagte Laura zufrieden. »Und jetzt geh ich mal eine rauchen. Kommt jemand mit?«

Theo und ich tauschten einen Blick und waren schneller aufgestanden, als man Nikotin buchstabieren konnte. Laura grinste von einem Ohr zum anderen. »Immer dieselben Schnorrer«, kommentierte sie liebevoll.

Wie zu Silvester standen wir in der Dunkelheit auf der Terrasse. Es war ein milder Abend, und der Himmel war bedeckt. Damals hatte Schnee gelegen, jetzt war der kleine Garten nackt. Kaum vorstellbar, dass er je wieder üppig und grün in der Sommersonne liegen würde. Laura bot uns Zigaretten aus einem Päckchen an und gab uns Feuer. Theo zog einen Fünfer aus seiner Hosentasche und reichte ihn seiner Tochter. »Für dein Sparschwein. Es wird dick und rund werden, wenn du dir das Rauchen abgewöhnst.«

123

»Du meinst, ich soll keine Zigaretten mehr kaufen, damit du mich nicht mehr anschnorren kannst?«, erkundigte sich Laura unschuldig und steckte den Geldschein in ihre Jeanstasche.

Theo nahm einen tiefen Zug und blies ihn in einem Rauchkringel wieder aus. »So ungefähr.«

Laura, die fast so groß war wie ihr Papa, legte den Arm um seine Schulter. »War das zu krass eben? Das mit den Trauerklößen?«

»Nein. Du hast uns den Kopf zurechtgerückt, und das war genau richtig. Sophie geht es besser. Und das ist wahrhaftig kein Grund, um Trübsal zu blasen. Auch wenn wir wissen, dass … nichts bleibt, wie es ist.«

»Du kannst es ruhig aussprechen, Papa: Auch wenn wir wissen, dass Sophie bald sterben muss.« Laura zog heftig an ihrer Zigarette. »Glauben kann ich es aber immer noch nicht. Ich kann mir einfach nicht vorstellen, dass Sophie auf einmal nicht mehr da sein soll … Sie war immer da. Mein ganzes Leben lang.« Die Finger, die die Zigarette hielten, zitterten. »Ich weiß, dass es dumm ist, zu hoffen, dass doch noch alles gut wird. Aber ich tu's trotzdem.« Diesmal sog sie den Rauch so tief ein, dass sie husten musste. Theo klopfte ihr sanft auf den Rücken und sagte: »Ich bin seit vielen Jahren Arzt, ich kenne die Krankheit und die Prognose. Ich weiß, was ich weiß, und trotzdem hoffe ich im tiefsten Herzen auf ein Wunder. Das tue ich immer. Es ist eine innere Entscheidung für das Leben.«

»Es ist total widersprüchlich«, sagte Laura. »Irgendwie gaga.«

»Wir sind doch alle voller Widersprüche. Das heißt, jeder Mensch auf diesem Planeten ist gaga«, sagte ich. »Und es steht nirgendwo geschrieben, dass man nicht auf Wunder hoffen darf. Ich tu's auch.«

Wir drückten unsere Kippen in einem Blumentopf aus, demselben Blumentopf, den wir zu Silvester benutzt hatten. Die aufgeweichten Stummel lagen noch drin.

Am Dienstagabend, nach zwei anstrengenden Tagen in der Praxis, fand ich eine Mail in meinem Postfach. Sie stammte von einem *zitty*-Mann namens Robert, mit dem ich im Spätsommer letzten Jahres zwei Nächte verbracht hatte. Dass er sich nach einem halben Jahr meldete, war eine Überraschung. Er schrieb, er habe öfter an mich gedacht und sich gewünscht, dass wir nicht nur das Bett, sondern auch den Frühstückstisch miteinander geteilt hätten. Jetzt habe er sich einfach mal ein Herz gefasst: Er würde sich freuen, wenn sich meine Einstellung in puncto Wiedersehen geändert hätte, denn er würde mich gerne näher kennenlernen … Spontan klickte ich auf »antworten«, ein nettes Nein, danke; ein netter Gruß zurück und fertig. Aber meine Gedanken und meine Finger machten sich im Handumdrehen selbstständig und schrieben:

Lieber Robert,

das finde ich ja irgendwie süß: wir haben zwei Nächte miteinander verbracht, und nun, nach einem halben Jahr, möchtest Du mich also wiedersehen, womöglich mit mir frühstücken und mich näher kennenlernen. Was soll ich dazu sagen? Die Nächte mit dir haben mir gefallen, und wenn es meine Art wäre, zum Frühstück zu bleiben, wäre ich geblieben. Ich mochte deine Küche mit den bunten Berlin-Bildern an den Wänden und deinen Kühlschrank, in dem sich deutlich mehr befand als die bei zitty-Männern obligatorische verschimmelte Zitrone neben dem Flaschenarsenal. Ich wette, du hättest Brötchen geholt und perfekt wachsweich gekochte Eier serviert. Mir gefielen auch dein frisch überzogenes Bett, das blitzblanke Badezimmer und, last but not least, dein sehr gepflegter Körper und deine Zärtlichkeiten. Der Sex war gut, und wenn ich auch nur im Traum an eine Daueraffäre denken würde, würde ich zuerst an dich denken. Aber auch wenn ich bestimmte Prinzipien über Bord geworfen habe, halte ich an anderen eisern fest: Sex ja (aber nur ab und zu, es gibt wichtigere Dinge im Leben), Gefühle und Bindung, nein. Ob ich mir eine dritte Nacht mit dir vorstellen könnte? Denn darauf liefe es hinaus, machen wir uns doch nichts vor. Im Prinzip spricht ja nichts dagegen. In Anbetracht der Tatsache, dass Männer, die eine Affäre suchen, gern viel versprechen, was sie nicht halten können, ist geprüfte Qualität eine Menge wert. Das klingt jetzt so, als ob ich mich schon durch halb Berlin geschlafen hätte, aber glaub mir, es fehlen noch ein paar hunderttausend Männer. Es ist aber so, dass ich zurzeit ganz andere Sorgen habe, als den richtigen Mann für erotische Abenteuer zu finden. Meine beste Freundin ist sterbenskrank. Ich meine es wörtlich: Wenn kein Wunder geschieht, ist sie in ein paar Wochen tot. Ich kann es nicht fassen, dass ich diese Mail schreibe (ich werde sie natürlich nicht abschicken, sondern löschen!), sie klingt echt zum Kotzen, aber ehrlich gesagt, ist mir auch zum Kotzen, zum Heulen und zum Schreien zumute, alles gleichzeitig, und anschlie-

ßend würde ich gerne mit einem Betonklotz am Bein in die Krumme Lanke springen und nie mehr auftauchen. Ungefähr so fühlt es sich an. Wenn kein Wunder geschieht, wird die Frau, mit der ich zwanzig Jahre meines Lebens geteilt habe, die ich liebe wie die Schwester, die ich nie hatte, nicht mehr da sein. Bald werden wir nie mehr zusammen ins Kino gehen, lachen, weinen, reden, zanken, feiern, spazieren gehen, kochen, essen, Wein trinken, shoppen, übers Wochenende wegfahren. Bald werde ich sie nie mehr umarmen, ihre Stimme hören, sie anschauen, ihr Parfüm riechen. Sie ist erst vierundfünfzig. Erst ist natürlich relativ, das weiß ich, es gibt viele Menschen, die sehr viel früher sterben. Irgendwie ist es immer zu früh, egal, wie alt jemand ist. In den seltensten Fällen legt sich wohl jemand freiwillig aufs Totenbett und sagt: Ach, ich habe lange genug gelebt, nun reicht es, ich mache mich mit Freuden auf ins Paradies … oder wohin auch immer er glaubt, dass die Reise geht.

Es gibt ja auch Menschen, die niemanden zurücklassen, der sie vermisst. Sie haben keine Familie (mehr), keine Freunde, einfach niemanden, der ihnen nahesteht, außer vielleicht ein Usambaraveilchen auf dem Fensterbrett. Manche haben nicht einmal das. Man könnte vermuten, dass sie keine Lücke hinterlassen: Eben waren sie noch da, haben im Supermarkt eingekauft, sind zur Arbeit gegangen, haben vor dem Fernseher gesessen. Nun sind sie tot und begraben, ihr Leben ist vorbei, in der Erinnerung von Kollegen und Nachbarn spielen sie bald keine Rolle mehr. Tot sei nur, wer vergessen wird, da waren sich Seneca und Kant einig, wer im Gedächtnis seiner Lieben lebe, der sei

*nur fern. Dieser feine Unterschied leuchtete mir noch nie
ein. Er hat für mich den Beigeschmack, dass manche Ver-
storbene, pardon, in der Ferne Weilende, mehr wert und
weniger tot sind, weil es Menschen gibt, die sich an sie erinnern. Erinnerung ist relativ. Irgendwann wird sowieso jeder
vergessen, es ist alles eine Frage der Zeit. Wenn ich heute
Nacht einschlafen und nicht mehr aufwachen sollte, wird
sich in – sehr großzügig gerechnet – hundert Jahren kein
Mensch mehr an mich erinnern.*

*Für die Todesanzeige meiner Eltern hatte ich ein Zitat
von Albert Schweitzer ausgewählt: »Das einzig Wichtige
im Leben sind die Spuren der Liebe, die wir hinterlassen,
wenn wir gehen.«*

*Meine Eltern haben viele offenkundige Spuren der Liebe
hinterlassen, eine Fährte, die leicht zu lesen war: Da war
ich, ihre einzige Tochter, sie waren wunderbare Eltern.
Außerdem: Beruflich viel bewegt, eingebunden in einen
großen Freundeskreis, ehrenamtliches Engagement, um ein
paar Stichworte aufzuzählen. Damals, vor zwölf Jahren,
wollte ich mit diesem Zitat zum Ausdruck bringen, dass sie
liebevolle Menschen waren, die ihrem Leben durch liebevolle Handlungen Wichtigkeit und Wert verliehen haben.
Während ich dies schreibe, wird mir klar, dass wir alle
wichtig und wertvoll sind, einfach weil wir in diese Welt
hineingeboren wurden, wir sind ein einzigartiger, lebendi-
ger Teil eines großen, lebendigen Ganzen. Ich behaupte
ganz frech: Wir alle hinterlassen Spuren der Liebe, wir können gar nicht anders; sie tröpfelt, tropft, trieft, rinnt, fließt
oder sprudelt aus uns heraus. Wir sind so etwas wie un-
dichte Container (mit unterschiedlichem Fassungsvermö-*

gen) für eine universale Energie, die sich einfach nicht unterkriegen lässt. Auch Leute, die irrwitzige Schneisen der Verwüstung schlagen, hinterlassen irgendwo und irgendwann Spuren der Liebe, vielleicht sogar unfreiwillig oder unwissentlich. Oft haben wir doch gar nicht den Überblick und den Durchblick, wo und wie die Liebe durch uns ihren Fußabdruck im Leben der anderen hinterlässt. Ein richtiges Wort zur richtigen Zeit – zum Beispiel – kann Handlungen nach sich ziehen, die einen Menschen einen neuen, günstigeren Kurs einschlagen lassen. Ein Baum, den ich heute pflanze, spendet, wenn alles gutgeht, noch in zweihundert oder fünfhundert Jahren Schatten und Sauerstoff und ist Lebensraum für viele Tiere.

Meine Freundin sprudelt über vor Liebe, Tröpfeln ist nicht ihr Ding. Neben tausend anderen Kleinigkeiten liebt sie ihr Leben, ihren Mann, ihre Familie, ihre Freunde und Freundinnen, ihren Beruf, ihr kuscheliges Häuschen, ihren Garten, Pilates und lange Spaziergänge, ihre Bücher, Buletten, Kartoffelsalat, Ingwertee und Crémant de Loire, Ranunkeln, Freesien und Tulpen, Frühling und Weihnachten und die Krähen im Park Babelsberg. Sie weiß, dass sie in ein paar Wochen alles hergeben muss, wenn kein Wunder geschieht. Sie nimmt Abschied, obwohl sich alles in ihr dagegen sträubt. Sie kämpft nicht mehr, aber sie hat beschlossen, dem Unerklärlichen eine Chance zu geben.

Warum ist Loslassen nur so schwer? Sollte die Menschheit diese Technik nicht langsam mal draufhaben, so nach ein paar Millionen Jahren Übung? Ich meine, wir wissen doch, was abläuft. Es ist ein ständiges Kommen und Gehen auf diesem Planeten. Wer geht, bricht sich das Herz beim

Abschied, was danach geschieht, wissen wir nicht. Die, die zurückbleiben, brechen sich auch das Herz beim Abschied und legen Gipsverbände an. Das Leben ist gaga. Und es geht weiter, wenn meine Freundin stirbt, natürlich tut es das, es ist seine Natur. Es ist auch weitergegangen, nachdem das Flugzeug, in dem meine Eltern saßen, vom Himmel gestürzt ist. Das Problem ist: Es geht weiter, ohne Rücksicht auf Verluste zu nehmen. Wie heilt man ein gebrochenes Herz? Die Zeit, sagt man, heilt alle Wunden. Ich habe gerade die Stimme meiner Mutter im Ohr, wenn sie mich als Kind getröstet hat, mit selbstgekochtem Kakao und den Worten: »Das wird schon wieder gut ...« Es wäre super, wenn ich wieder zehn Jahre alt wäre und es glauben könnte.

Wenn ich zehn Jahre alt wäre, würde ich mir keine Gedanken über Leben und Sterben und Sex machen, ich würde Hanni und Nanni und Superman lesen, Kakao trinken und wäre glücklich. Natürlich ist das Leben mit zehn nicht für jeden Menschen so einfach, aber ich bin soeben sechsunddreißig Jahre zurückgewandert zu einem kleinen Mädchen mit Rattenschwänzen, das in Clark Kent verknallt war, das ist etwas anderes. Ich säße jetzt auch nicht am Rechner und würde den Kopf über mich selbst schütteln, weil ich mein Herz einem Mann ausgeschüttet habe, der überhaupt keine Rolle in meinem Leben spielt. Du würdest zu Recht einwenden, dass ich nicht dir geschrieben habe, sondern mir selbst. Das ist die halbe Wahrheit, es hat mir gleichzeitig sehr gutgetan, in Gedanken ein Gegenüber zu den Buchstaben auf dem Monitor zu haben. Du hast schöne blaue Augen, und mir fällt gerade ein, dass du mir erzählt hattest, dass deine Haare schon mit Anfang dreißig schlohweiß wa-

ren. Wenn du jetzt zur Tür hereinkämst, würde ich dich vielleicht fragen, ob du mich einmal fest in die Arme nimmst. Brüderlich, versteht sich. So wie Tom, Theo, Stefan und mein Mann.

Gute-Nacht-Grüße von Rita, die ein bisschen anders heißt, als sie damals behauptet hat.

Ich konnte nicht fassen, was ich da – völlig gaga, kein Zweifel – getippt hatte. Sophie hatte mal erzählt, dass sie als Kind einen unsichtbaren Freund namens Habakuk hatte, dem sie alle ihre Kümmernisse anvertraute. Er wohnte im Apfelbaum im Garten ihrer Großeltern und konnte fliegen. Sophie unterhielt sich nicht nur mit ihm, sie schrieb ihm auch Briefe und Gedichte und erfand kleine Geschichten für ihn. Es schien, als ob auf einmal auch bei mir ein Habakuk aufgetaucht sei, bloß hieß er Robert und wohnte in Berlin. Ihm war es zu verdanken, dass der Drang, mich in die Krumme Lanke zu stürzen, sich verflüchtigt hatte, zusammen mit den anderen unschönen Symptomen. Für heute jedenfalls. Ich leitete die Mail an mich selbst weiter, an einen ebenfalls anonymen E-Mail-Account, den ich nur für Dates nutzte. Dann ging ich schlafen. Es war spät, Uwe lag schon im Bett.

»Schläfst du schon?«, fragte ich, nachdem ich unter die Decke geschlüpft war.

»Noch nicht. Aber bald«, murmelte Uwe zurück. »Warum?«

»Darf ich mich ein bisschen an dich kuscheln?«

»Ist etwas passiert?« Das klang hellwach. Und ziemlich alarmiert.

Plötzlich war mir nach Ehrlichkeit. »Ich bin traurig und möchte, dass du mich in den Arm nimmst.«

Uwe drehte sich auf den Rücken, rutschte ein Stück zur Seite, damit ich Platz auf der Matratze hatte, und lupfte mit einem verlegen klingenden *mmhm* seine Bettdecke.

Es war ein merkwürdiges Gefühl, in Uwes Arm zu liegen, seine Wärme zu spüren, seinen Atem, seinen kräftigen Körper. Er roch ein bisschen nach Wein und Knoblauch und Aftershave. Wann hatten wir zuletzt so unter einer Decke gelegen? Es wollte mir nicht einfallen. Viele Leute würden es sicher merkwürdig finden, wenn ein Paar sich körperlich so fremd war wie Uwe und ich. Ganz ungewöhnlich war es nicht. Ich kannte mehrere Paare, die es so hielten wie wir. Die Frauen (die es mir erzählt hatten) berichteten, dass ihnen nichts fehle, die Ehe sei glücklich, sie seien wie Bruder und Schwester; ein gutes, seit vielen Jahren aufeinander eingespieltes Team. Was die Männer dazu sagten, wusste ich nicht. Vielleicht inserierte der eine oder andere gelegentlich im *zitty*, und ich konnte mich glücklich schätzen, dass ich ihn nicht versehentlich kontaktiert hatte.

Uwes Räuspern riss mich aus meinen Gedanken. »Warum bist du traurig, Rosa? Ist es wegen Sophie?«

In der dunklen Wärme, mit geschlossenen Augen konnte ich ihm endlich erzählen, dass Sophie, wenn kein Wunder geschah, bald sterben würde. Uwes Körper versteifte sich sofort. »Das tut mir sehr leid. Kann man denn wirklich gar nichts mehr tun? Es gibt doch hervorragende onkologische Kliniken und Ärzte in Deutschland, und nicht nur dort. Die Mayo-Klinik in Rochester, USA, ist ja zum Beispiel eine hervorragende Adresse.« Ich hörte die Panik in seiner Stimme. Das Thema Krankheit war schon schlimm genug für Uwe, der Tod völlig indiskutabel. Seine Eltern waren Anfang siebzig, relativ fit, und lebten immer noch in dem Dorf in der Nähe des Bodensees, in dem Uwe aufgewachsen war. Uwes Schwester wohnte mit ihrem Mann und der Tochter im Teenageralter im Nachbarhaus. Wir sahen die Familie ein- oder zweimal im Jahr. Uwe telefonierte regelmäßig und war zufrieden, darauf vertrauend, dass es ewig so weitergehen würde.

Diplomatisch erklärte ich Uwe, dass für Sophie hier in Berlin alles getan würde, was getan werden könne. Uwe entspannte sich ein bisschen. »Man darf sich nicht aufgeben, auch wenn es schlimm aussieht, das ist essentiell! Beste medizinische Versorgung, von mir aus auch zusätzlich dieser alternative Kram, man hat ja nichts zu verlieren, und ein eiserner Lebenswille – dadurch sind schon viele Menschen, die als austherapiert galten, gerettet worden.«

»Irgendwann erwischt uns der Tod. Uns alle, ohne Ausnahme. Wir müssen alle sterben. Das ist dir schon klar, oder?« Diese Sätze waren mir zugeflogen, ich wusste nicht woher, plötzlich hatte ich sie ausgesprochen. Uwe zuckte zusammen, als hätten die Worte an einem empfindlichen Körperteil zugebissen.

»Natürlich ist mir das klar. Aber ich habe schon mit zwanzig beschlossen, dass ich hundert werde. Und zwar bei guter Gesundheit und im Vollbesitz meiner geistigen Kräfte. Bis dahin hat die Wissenschaft bestimmt ein Medikament entwickelt, mit dem man zweihundert Jahre alt werden kann. Mit dieser Aussicht kann ich leben.«

»Meinst du das ernst?« Ich musste nachfragen, denn diese Sicht der Dinge schien mir für einen intelligenten Mann, der Jura studiert hatte, ein wenig naiv.

»Natürlich meine ich das ernst, sonst würde ich es nicht sagen. Ich bin davon überzeugt, dass wir alle sehr, sehr lange leben können, mit nur wenigen Alterserscheinungen. Forschungen bestätigen das. Schon jetzt beträgt die durchschnittliche Lebenserwartung von Neugeborenen in den Wohlstandsländern hundert Jahre, Tendenz steigend. Vielleicht ist der Tod sogar irgendwann ausgerottet, jedenfalls beinahe, so wie Cholera und Pest«, sagte er hoffnungsvoll.

»Ich bin da skeptisch«, warf ich ein. »Ich glaube nicht an die Pille der Unsterblichkeit.«

»Damit stehst du nicht allein da. Den meisten Leuten fehlt die visionäre Kraft. Es gab Zeiten, da konnte sich auch niemand vorstellen, dass es einmal Autos, Glühbirnen, Zentralheizungen und Flugzeuge geben würde. Ich glaube fest daran, dass eine Wunderwaffe gegen das Alter und den Tod keine Utopie ist.«

Es ging nicht mehr um Sophie, es ging um Ideen. Das war die Welt, in der Uwe zu Hause war, ich konnte es ihm nicht zum Vorwurf machen. Für seine Verhältnisse hatte er sich viel Mühe gegeben, auf mich einzugehen. Ich gab ihm einen Kuss auf die Wange. »Wir werden es erleben. Oder auch nicht. Ich rutsche jetzt wieder rüber auf meine Seite. Danke, dass du mir zugehört hast.«

»Gern geschehen. Geht es dir ein bisschen besser?«

»Ich glaube schon«, gab ich zurück. Das klang vielleicht merkwürdig, war aber die Wahrheit: Ich wusste es noch nicht so genau.

Als ich mich in meine Decke eingekuschelt hatte, hörte ich Uwes Stimme: »Morgen bestelle ich noch mal einen schönen Strauß für Sophie. Sie hat sich ja sehr über die Frühlingsblumen gefreut.«

»Das ist eine gute Idee. Sophie liebt Blumen.«

Schweigen senkte sich über das Schlafzimmer. Nach wenigen Minuten verriet mir ein gleichmäßiges Atmen, dass Uwe eingeschlafen war. Irgendwann schlief ich auch ein. Und wachte am Morgen tränenüberströmt auf, ohne dass ich mich daran erinnern konnte, was ich geträumt hatte.

Am Abend erzählte Uwe, dass ein Bouquet namens »Frühlingstraum« aus Zierlauch, Magnolien, Rosen, Mimosen und Flieder bei Sophie eintreffen werde. »Schau mal«, sagte er stolz und hielt mir einen Ausdruck der Beschreibung mit Foto hin.

»Wunderschön, wirklich!«, lobte ich.

Das fand auch Sophie, als sie anrief, um sich zu bedanken. Uwe war unsicher am Telefon, es gab viele »Mhms«, aber er brachte es tatsächlich fertig, ihr zu sagen, dass es ihm sehr leidtäte, wie es um ihre Gesundheit bestellt sei, und dass wir uns freuten, dass wir ihr mit den Blumen eine kleine Freude machen konnten. Er wünschte alles, alles Gute und reichte dann hektisch an mich weiter, mit der Behauptung, dass ich schon ungeduldig neben ihm stehen würde, weil ich es nicht erwarten könne, mit Sophie zu sprechen. Ich hatte friedlich auf dem Sofa gesessen, nahm ihm jetzt aber das Telefon ab und verzog mich ins Arbeitszimmer.

»Das Haus ist voller Blumen, und das ist einfach herrlich«, sagte Sophie. »Ich habe Blumenfee gespielt und alles ein wenig umarrangiert. Jetzt steht in jedem Zimmer eine Vase, sogar im Badezimmer. Es ist so lieb von euch, mich so zu verwöhnen. Vielen, vielen Dank.«

»Aber gerne! Allerdings muss ich zugeben: Ich habe gar kein Dankeschön verdient. Uwe hat wieder alles in die Hand genommen.«

»Das hab ich mir schon gedacht«, sagte Sophie mit einem leisen Glucksen in der Stimme. »Wegen der Karte.«

»Was stand diesmal drauf?«

»*Liebe Sophie,*

wenn du glaubst, es geht nicht mehr, kommt von irgendwo ein Lichtlein her. Das hat meine (Uwe) Großmutter immer gesagt. Sie wusste, wovon sie sprach, denn als Bäuerin auf der Schwäbischen Alb hatte sie ein entbehrungsreiches Leben mit vielen Schicksalsschlägen und daher viele Lichtlein nötig.

Viele liebe Grüße und alles Gute von Rosa und Uwe

Ich gehe mal davon aus, dass Uwe inzwischen weiß, was wir wissen?«

Ohne meine Antwort abzuwarten, fuhr Sophie fort: »Tatsächlich ist von irgendwoher ein Lichtlein gekommen, auch wenn es ein bisschen seltsam klingt. Morgen hab ich einen Termin bei dem Heiler. Das, was er macht, nennt er ›Lichtarbeit‹. Ich hörte ein Kichern. »Uwe hat also voll ins Schwarze getroffen.«

Am kommenden Abend folgte dann ein ausführlicher Bericht. Sophie schrieb:

Liebe Melanie, liebe Rosa,

Ihr seid bestimmt neugierig, wie es bei Hajo war, dem Heiler, den mir meine Mutter beziehungsweise ihre Freundin Gerti ans Herz gelegt hat. Er wohnt allerdings nicht mehr in Berlin, sondern neuerdings im Havelland. Hajo heißt eigentlich Hans-Joachim, ist so Ende sechzig und sieht aus wie der nette Rentner von nebenan. Genau genommen sieht er Gertis Mann ziemlich ähnlich – ein kluges Eulengesicht, Brille, Glatze mit einem Haarkränzchen über den Ohren und eine etwas rundliche Figur, vielleicht hatte ich deshalb gleich Vertrauen zu ihm. Zu Beginn der Sitzung sagte er mir, dass er nichts versprechen könne und nicht wisse, was geschehen wird. Wir könnten es einfach versuchen, und ich sollte entscheiden, ob es mir guttut.

Sein Behandlungszimmer ist ein kleiner, weißgestrichener Raum in seiner Wohnung. Darin gibt es eine Liege, einen Hocker mit Rollen für Hajo, zwei Stühle und ein Tischchen, an dem wir uns unterhalten und Tee getrunken haben. Auf einer Kommode steht eine große Bronzefigur von Äskulap, das Geschenk eines dankbaren Patienten, wie er mir erzählte. Der Gott der Heilkunst schaut ziemlich finster drein und balanciert in der linken Hand eine Schale, in der rechten hält er einen Stab, an dem sich eine Schlange emporringelt. Vor jeder Behandlung zündet Hajo eine Kerze an, und er spricht ein Gebet, in dem er die heilende göttliche Kraft und Licht und Liebe einlädt und sich für alles bedankt, was geschehen wird.

Ich machte es mir auf der Liege gemütlich, und Hajo

*deckte mich mit einer Wolldecke zu. Da lag ich also, er-
staunlich entspannt, wenn man bedenkt, dass ich den
Mann eben erst kennengelernt hatte. Er bat mich, einige
tiefe Atemzüge zu nehmen und die Augen zu schließen.
Wenn mir eine Berührung unangenehm sei, möge ich das
bitte sofort sagen. Er werde manchmal die Hände leicht
auflegen, manchmal aber nur mit dem Energiefeld, wenige
Zentimeter über dem Körper, arbeiten. Als Erstes berührten mich seine Hände am Rücken, auf Höhe des Steiß-
beins. Sie blieben lange dort liegen und verbreiteten eine
herrliche Wärme. Irgendwann legte er sie ein Stück höher
auf. Und dann war ich weg, abgetaucht unter ein Gefühl
der Geborgenheit, und wachte erst auf, als Hajo mich sanft
weckte und mich bat, mich auf den Rücken zu drehen. Das
war keine leichte Übung, weil ich so tiefenentspannt wie
ein Wackelpudding war. Und dann dauerte es nicht lange,
bis ich wieder einnickte. Hajo meinte nach der Behandlung, es käme öfter vor, dass Klienten auf der Liege einschlafen. Stefan, der im Wohnzimmer auf mich gewartet
hatte, meinte, ich sähe aus wie Dornröschen nach dem
Kuss des Prinzen, wunderbar rosig und erholt wie nach
hundertjährigem Schlummer. Das hat mir natürlich gefallen!*

*In der nächsten Woche werde ich mich alle zwei Tage be-
handeln lassen, um zu sehen, wie mein Körper reagiert.
Wenn ich möchte, kommt Hajo auch zu uns nach Babelsberg und bringt seine Liege mit. Aber erst mal werde ich
weiterhin mit Stefan zu ihm fahren, nach Ketzin. Das Städtchen liegt direkt an der Havel, und was wir auf dem Weg
zu Hajo davon gesehen haben, lässt sich mit einem Wort*

zusammenfassen: »malerisch«. Das nächste Mal bin ich hoffentlich nicht so müde, dann können mein Prinz und ich ein bisschen am Wasser entlangspazieren.

Zu Hause angekommen, habe ich den Rest des Tages auf dem Sofa gelegen und geschlafen oder gedöst und zwischendurch brav Kräutertee getrunken, wie Hajo es mir ans Herz gelegt hatte.

Stefan hat sich Sorgen gemacht und wollte schon Theo alarmieren, aber alles ist im grünen Bereich, das spüre ich. Wie es weitergeht, weiß ich nicht. Ich glaube nicht an Wunder. Aber wenn unter Hajos Händen (er sagt, sie sind einfach nur ein Übertragungsmedium für eine heilsame Energie, die ihren eigenen Gesetzen folgt) eines für mich bestimmt sein sollte, werde ich mich nicht dagegen sträuben. Wäre ja schön blöd von mir. Es hat ja einen Grund, warum ich mich auf Hajos Liege begeben habe.

Was haltet Ihr davon, wenn wir Sonntag ins Kino gehen? Das haben wir gefühlte hundert Jahre nicht gemacht. Im Babelsberger Programmkino läuft »Ziemlich beste Freunde«. Den haben wir uns zwar schon mal angeschaut, aber ich würde ihn so gerne noch mal sehen. Allein schon wegen Driss' umwerfendem Lächeln.

Es küsst Euch Euer Dornröschen

Melanie schrieb zurück:

Liebes Dornröschen (und liebe Rosa ohne Dornen),

… wunderbar rosig und erholt wie nach hundertjährigem Schlummer, das klingt romantisch und absolut nach einem frühlingsgrünen Bereich. Ich traue mich fast nicht, es zu schreiben, aber ich glaube an Wunder, einfach weil es *zu allen Zeiten welche gegeben hat. Liebend gern schaue ich mir noch mal Driss alias Omar Sy im Kino an. Nicht nur sein Lächeln ist umwerfend. Wow ... Ich wünschte, er käme mal nach der Entbindung (wenn ich blitzartig ganz von selbst wieder zu einem schlanken Schwan mutiert bin, so wie sämtliche Hollywood-Stars) nach Prenzlauer Berg und würde mit Motte und mir einen Latte Macchiato trinken. (Um ehrlich zu sein: Ich wünschte, Tante Sophie und Tante Rosa würden Motte hüten, während Omar und ich irgendwo – vielleicht in meiner Küche? – ein paar Sex on the Beach schlürfen ...)*

Seid umarmt und geküsst von Eurer Melanie, die sich schon total auf Euch freut.

Ich schrieb:

Liebes Dornröschen, liebe Schwanenprinzessin,

apropos Wunder: Das Lieblingslied meiner Mutter war: Wunder gibt es immer wieder. *(Falls Ihr Euch nicht mehr erinnert: mit diesem Song war Katja Ebstein vor gefühlt hundert Jahren überaus erfolgreich.) Dornröschen, ich sehe gerade dein wundervoll strahlendes Gesicht nach dem Kuss des Prinzen vor mir, und mir ist ganz warm ums Herz. Tom hat mal bei einem Spaziergang an der Krummen Lanke gesagt, dass alles im Universum ein einziges Wunder ist. Wir müssten nur mit dem Herzen hinschauen, dann würden wir die Magie erkennen, die alles zusammenhält. Vielleicht sieht Tom deshalb so klar, weil er ein blaues und ein braunes Auge hat? Ich fände es toll, wenn es eine Brille für mein Herz gäbe, durch die es immer genau erkennen könnte, worauf es wirklich ankommt im Leben.*

Omar Sy ist wirklich lecker. Und den Film schau ich mir gerne noch mal an!

Eure ziemlich beste Freundin Rosa

Am Sonntag trafen wir uns kurz vor halb fünf vor dem Kino. Sophie war wild entschlossen, Godzilla heute auszusperren. Diesen Abend würden wir nur zu dritt verbringen, Monster hatten keinen Zutritt. Sophie fühlte sich im grünen Bereich, das war das Einzige, was zählte.

Als wir nach der Vorstellung in der Kneipe zwei Häuser weiter saßen – Stefan hatte in weiser Voraussicht einen Tisch für uns reserviert –, waren wir uns einig, dass uns der Film beim zweiten Mal noch besser gefallen hatte. Sie hatte etwas Märchenhaftes, die Geschichte von Driss und dem vom Hals abwärts gelähmten Millionär Philippe, der ihn als seinen Pfleger einstellt, weil Driss kein Mitleid mit ihm hat, sondern das Leben in vollen Zügen genießt und dafür sorgt, dass Philippe es auch tut. Wir waren abwechselnd zu Tränen gerührt und kringelten uns vor Lachen.

Sophie redete nicht viel. Sie hörte uns zu und nippte an dem Getränk, das sie hier nach Kinobesuchen mit uns immer bestellte: Ein großes, helles Hefeweizen mit einem Eiswürfel. Melanie und ich orderten Pizza, Sophie schüttelte nur lächelnd den Kopf, als die Bedienung nach ihren Wünschen fragte. Das war so typisch für sie; Melanie und ich konnten uns ein Grinsen nicht verkneifen. Sophie behauptete seit zwanzig Jahren, nach dem Kino einfach keinen Appetit zu haben, sie sei gesättigt von all den visuellen und akustischen Eindrücken. Nachdem wir so unsere Erfahrungen gemacht hatten, bestellten Melanie und ich irgendwann einfach einen dritten Teller und Besteck mit, denn Sophies Sättigung ließ immer noch Raum für ein paar Häppchen.

Das Lokal war gut besucht. Sophie hatte sich den Platz ausgesucht, von dem man am besten alles überblicken konnte. Nachdem sie sich nach Herzenslust umgeschaut hatte, sagte sie zufrieden: »Alles ist wie immer. Rammelvoll, die Beleuchtung reicht kaum aus, um die Speisekarte lesen zu können, es ist total überheizt und saugemütlich. Ich liebe diese Kneipe. Prost. Auf uns. Auf unseren Kino-Sonntag!«

Wir stießen miteinander an. »In welcher Woche sind wir jetzt, Melanie?«, erkundigte sich Sophie feierlich, nachdem sie ein Schlückchen getrunken hatte.

Buddha Melanie faltete die Hände über ihrem beeindruckenden Bauch: »Wir sind in der zweiunddreißigsten Woche. Motte ist jetzt ungefähr zweiundvierzig Zentimeter lang und wiegt um die eins Komma acht Kilogramm. Sie ist jetzt schon ein ziemlich großes Mädchen. Frau Dr. Berns hat festgestellt, dass sie sich bereits in die Geburtsposition gedreht hat, sie liegt jetzt mit dem Kopf nach unten, und wenn sie zutritt, donnert sie gegen mein Zwerchfell: kein angenehmes Gefühl. Ich komme schnell aus der Puste, muss noch öfter aufs Klo als sonst und bewege mich insgesamt so dynamisch wie ein Dreizehenfaultier.

Außerdem habe ich Dehnungsstreifen am Busen und am Bauch entdeckt, als ich mich gestern nackt im Spiegel angeschaut habe. Fragt mich bitte nicht, wie ich auf diese Idee gekommen bin. Nach diesem Schock musste ich erst mal eine Rhabarberschorle trinken, mein neuestes Laster.

Den Spiegel habe ich anschließend mit einer Tischdecke verhängt. Er ist nämlich defekt, sonst würde ich nicht aussehen wie eine Kreuzung zwischen einem Flusspferd und einem Pottwal.

Leider kann ich das Teil nicht aus dem Fenster werfen, weil sieben Jahre Pech das Letzte sind, was ich gebrauchen könnte. Ich warte jetzt einfach ab. Vielleicht funktioniert der Spiegel ja irgendwann wieder.«

»Du siehst wunderbar aus«, sagte Sophie. »Sehr weiblich. Ein bisschen wie die Mona Lisa, aber hübscher.«

»Viel hübscher«, bestätigte ich. »Du bist die entzückendste Schwangere, die ich je gesehen habe.«

Melanie schaute uns ungläubig an. »Wollt ihr mich auf den Arm nehmen? Nicht, dass ihr das schaffen würdet. Ich wiege gefühlte hundertfünfzig Kilo! Und meinen Bauchumfang verrate ich erst gar nicht!«

»Wunderschön!«, sagte Sophie sanft. »Wie eine kostbare, bauchig geschwungene Ming-Vase.«

»… mit einer Motte drin«, ergänzte ich, und da war es um uns geschehen. Wir lachten so laut, dass die Leute an den Nachbartischen sich zu uns umdrehten.

Als wir uns wieder beruhigt hatten, kramte Sophie zwei in rotes Geschenkpapier gewickelte Päckchen aus ihrer Handtasche. Eins war für Melanie bestimmt, eins für mich. Während ich vorsichtig die Tesastreifen löste, machte es neben mir ritsch-ratsch, geduldiges Auspacken war noch nie Melanies Ding gewesen. Zum Vorschein kam eine mit roten Rosen bedruckte Schachtel, in der sich Babyschuhe und Mützchen befanden. Melanie hielt stumm ein winziges weißes, mit pinkfarbenen Blumen verziertes Stiefelchen aus Wolle hoch und eine passende Mütze – und plötzlich liefen ihr Tränen über die Wangen.

»'tschuldigung«, stotterte sie. »Ich … oh … ich kann gerade nicht anders. Wie wunderschön. Danke!«

Sophie kramte wieder in ihrer Tasche und förderte Papiertaschentücher zutage. Eins reichte sie Melanie, eins mir. Wir betupften unsere Augen und putzten uns die Nase. Rührung machte ehrfürchtiger Bewunderung Platz, als wir uns den Inhalt der Schachtel genauer ansahen. Sophie hatte vier Paar Schühchen und vier Mützen in verschiedenen Größen gestrickt. Es waren fein gearbeitete Kunstwerke, denen man auf den ersten Blick ansah, wie viel Liebe sie hineingesteckt hatte.

»Nie, nie im Leben würde ich so was Wunderschönes hinbekommen«, sagte Melanie und hielt ein fliederfarbenes Schühchen mit kleinen Bommeln hoch. Rosa auch nicht.«

»Stimmt«, sagte Sophie. »Ich erinnere mich an unsere erste und letzte Strick-Stunde in der WG. Sie endete damit, dass wir eine Flasche Wein aufgemacht haben, weil ihr der Meinung wart, dass Gläser besser in der Hand liegen als Stricknadeln.«

»Hach ja, ich erinnere mich«, sagte Melanie. »Das war ein witziger Abend. Später hat Rosa noch Spaghetti gekocht. Mit einer sehr merkwürdig schmeckenden Soße.«

»Meine Soßen schmecken grundsätzlich delikat«, sagte ich beleidigt. »Du musst da was verwechseln.«

»Wer etwas verwechselt hat, das warst du«, krähte Melanie. »Und zwar das Salz mit dem Zucker.«

»Die Nudeln waren trotzdem lecker«, warf Sophie, der

Friedensengel, ein. »Butter und Parmesan bringen das Aroma im Grunde viel besser zur Geltung als jede Soße …«

Es fehlte nicht viel, und wir hätten vor Lachen unter dem Tisch gelegen.

Auch mein Geschenk versteckte sich in einer mit roten Rosen bedruckten Schachtel, in der ein brombeerfarbenes Tuch aus einem spinnwebzarten, weichen Garn mit einem filigranen Spitzenmuster lag.

»Oh … ein Lace-Tuch! Ist das schön! So eins wünsche ich mir schon seit Ewigkeiten. Vielen, vielen Dank! Du musst ja Tag und Nacht gestrickt haben! Die Schühchen, die Mützen und dann noch dieses herrliche Stück!« Ich legte es mir um, es war leicht wie ein Hauch und trotzdem wärmend.

Sophie lächelte, aber ihre Augen waren ernst. »Ich hab das Tuch schon lange fertig. Eigentlich sollte es ein Weihnachtsgeschenk sein. Aber ich hatte es so gut versteckt, warum auch immer, dass ich es erst vor ein paar Tagen zufällig wiedergefunden habe. Im ersten Moment dachte ich: oh, super, dann habe ich schon etwas Schönes für Rosas Geburtstag. Aber dann fiel mir ein, dass ich zu deinem Geburtstag höchstwahrscheinlich nicht mehr hier sein werde. Ich kann nichts mehr aufschieben. ›Jetzt‹ heißt das Zauberwort.«

In der Woche darauf schrieb uns Sophie aus Ketzin. Es war ein ungewöhnlich warmer und sonniger Tag für Ende Februar. Dieser Mittwoch war ganz erdiger Frühlingsduft und Schäfchenwolken, die über einen vergissmeinnichtblauen Himmel segelten. Auf dem Weg zur Praxis freute ich mich an den ersten Krokussen, Schneeglöckchen und Haselkätzchen in den Gärten.

Es war so schön in K., schrieb Sophie. *Ich habe ein paar Tage hinter mir, die ich lieber nicht hinter mir gehabt hätte, aber ich will mich nicht beschweren, es gibt immer noch einen grünen Flecken im Katastrophengebiet, den ich hart-näckig verteidige. Außerdem schenkt mir jeder Tag vier-undzwanzig Stunden, von denen ich keine Sekunde verpas-sen will. Mein Prinz und ich sind nach der Behandlung ein wenig an der Havelpromenade entlangspaziert und haben auf einer Bank in der Sonne gepicknickt. Es gab leckere Brötchen mit Räucherfisch, die wir in einer Fisch-Stube ge-kauft haben. Und rote Fassbrause mit Himbeergeschmack, die habe ich schon seit Jahren nicht mehr getrunken. Auf Hajos Liege war ich heute die meiste Zeit wach. Glaube ich jedenfalls. Die Berührungen tun mir sehr gut, ich fühle mich warm eingehüllt und zufrieden. Und müde. Über-morgen kommen Hajo und die Liege zu uns nach Babels-berg. Wenn das Wetter am Sonntag so toll ist wie heute, wollen wir dann bei uns im Garten Kaffee trinken. Stefan will eine Lüneburger Buchweizentorte für uns backen, nach dem Rezept meiner Oma.*

Küsse von Eurer Sophie

Müde. Sophie war müde, zu müde, um weiterhin nach Ketzin zu fahren, zu müde, um am Sonntag etwas außer Haus zu unternehmen. War das ein gutes Zeichen? Ein Zeichen, dass das Wunder der Heilung im Gange war und Sophies Körper ganz viel Ruhe und Schlaf brauchte, um sich zu regenerieren? Oder breitete sich das, was sie neuerdings »Katastrophengebiet« nannte, immer weiter aus und nahm ihr die Kräfte?

In der Mittagspause, als wir an der Krummen Lanke entlangspazierten, fragte ich Tom. Er blieb stehen und schaute mich aufmerksam an. Sein blaues Auge spiegelte die Farbe des Himmels, das braune hatte die gleiche Farbe wie das Laub, das die Bäume im Herbst abgeworfen hatten. Es bildete eine schützende Decke auf dem Waldboden, an einigen Stellen zeigte sich bereits das erste zarte Grün dazwischen.

»Wir können es nicht wissen, Rosa«, sagte Tom. »Es wird sich zeigen.«

»Ja. Natürlich. Das war eine ziemlich blöde Frage«, gab ich zurück.

»Es ist eine völlig normale Frage.« Tom nahm meine Hand in seine große, warme; und wir gingen weiter, vorbei an einer fröhlich schnatternden Entenschar. Der junge Schwan war nicht zu sehen, vielleicht hatte er irgendwo eine Schwanengesellschaft gefunden.

»Wir hören sie doch täglich in unserer Praxis. Menschen, die ihre kranken Tiere lieben, wollen natürlich, dass sie ganz schnell wieder gesund werden, und möchten über Symptome und Verhaltensweisen und die Aussichten informiert werden. Wir können vieles deuten und erklären, wir haben studiert und sind erfahren, aber letztendlich können wir nichts mit Bestimmtheit vorhersagen. Es gibt immer Raum für Überraschungen und das Wunderbare.«

»Solange mich die Gegenwart nicht vom Gegenteil überzeugt, glaube ich daran, dass die Zukunft Gutes bereithält«, sagte ich. »Ein gewisser Dr. Tom hat das mal zu mir gesagt.«

Tom blinzelte mir zu. »Gar nicht mal so ganz dumm, der Spruch von Dr. Tom.«

Wie immer hatte Dr. Tom es geschafft, dass mein Herz sich ein bisschen leichter anfühlte. Spontan drückte ich ihm einen Kuss auf die Wange.

Pünktlich zum Wochenende verabschiedeten sich die frühlingshaften Temperaturen. Es fing an zu regnen, und ein eisiger Wind pfiff durch die Stadt. Es blieb dabei, dass wir uns bei Sophie treffen wollten. Es würde allerdings nicht nur Lüneburger Buchweizentorte geben, sondern auch eine Überraschung, die Melanie und ich ausgeklügelt hatten. Stefan, der am Sonntag mit Freunden in der Schorfheide wandern wollte (»Es gibt kein schlechtes Wetter, Rosa, nur die falsche Kleidung!«) war eingeweiht. Wir wollten ja nicht, dass er einen Schreck bekam, falls er früher nach Hause kommen sollte.

Als Sophie uns die Tür öffnete, geriet mein Herz ins Stolpern. Nur eine Woche war vergangen, seit wir uns das letzte Mal gesehen hatten. Doch über die Veränderungen, die ich gegen meinen Willen registriert hatte, würde ich jetzt nicht nachdenken. Es war Sonntag, unser Sonntag mit Sophie. Wir drei waren zusammen, das war das Einzige, was zählte.

Wäre Stefan eine Stunde später ins Wohnzimmer gekommen, hätte sich ihm folgendes Bild geboten: Kerzen und Windlichter tauchten den Raum in ein weiches Licht.

Überall standen kleine Vasen mit Frühlingsblumen. Es duftete verführerisch nach einem japanischen Räucherstäbchen, das sich *Der Garten des Glücks* nannte. Die Stereoanlage spielte die neueste CD von Dido. Auf dem großen grauen Sofa saß eine Frau mit grünem Gesicht, in der er Sophie erkannt hätte, während Rosa, ebenfalls grüngesichtig, ihr die Fußnägel lackierte. Melanie, im gleichen Look, thronte neben Sophie und pustete den Lack auf ihren Fingernägeln trocken. Ihre nackten Füße, die Rosa soeben mit einer Creme massiert hatte, ruhten auf einem Hocker. Stefan hätte wohl gegrinst, seiner Liebsten und ihren Freundinnen einen Kuss gegeben und sich gespielt entsetzt erkundigt, was denn passiert sei. Ob er sich etwa Sorgen machen müsse, dass die Damen so grün um die Nase aussähen, weil sie die Buchweizentorte nicht vertragen hatten?

Sophie hätte ihm erklären können, dass nicht der Kuchen an allem schuld war, sondern Melanie und Rosa. »Du befindest dich derzeit im exklusiven Wellness-Bereich unseres Hauses, mein Schatz«, hörte ich sie in meiner Phantasie sagen. »Die neuesten CDs meiner Lieblingsinterpreten liegen bereit, und die aktuellen Ausgaben aller Zeitschriften, die wir beide gerne lesen, aber nur selten kaufen. Soeben verwöhnen Melanie, Rosa und ich unseren Teint mit einer Algenmaske. Wenn wir dann noch die Ampullenkur hinter uns haben, sehen wir zwanzig Jahre jünger und noch schöner aus als sonst. Möchtest du ein Glas Champagner? Oder lieber frisch gepressten Orangensaft? Oder darf ich dir eins von deinen belgischen Lieblingspralinés anbieten? Deine Buchweizentorte – wir gönnen uns immer mal ein Häppchen zwischen den Anwendungen, damit wir bei Kräften bleiben – ist übrigens köstlich. Die Wellness-Oase ist so konzipiert, dass wir beide uns auch darin aufhalten können, jeden Tag, wenn uns danach ist. Was hältst du von ein paar Tropfen Lavendelöl auf dem Kopfkissen? Wir könnten uns nachts zurückträumen in unseren ersten gemeinsamen Urlaub. Die Camargue, Avignon, Arles, Orange … und die Rosenfelder bei Placassier. Erinnerst du dich an die Ansichtskarte, die wir Melanie und Rosa geschickt haben? Das Motiv war ein Esel mit Sonnenhut, seine Packkörbe waren mit Blumen gefüllt. Rosa hat die Karte in ihr Mädels-Album geklebt. Wenn sie nachts aufwacht und nicht wieder einschlafen kann, was in der letzten Zeit ein paar Mal vorgekommen ist, dann trinkt sie in der Küche einen Becher Kakao und blättert im Album. Es tut ihr gut, sich zu erinnern. Mit den Bildern, Ansichtskarten und Briefen aus zwanzig gemeinsamen Jahren sind die Gefühle wieder da; Lachen, Verständnis, Verbundenheit, Wärme auf der Achterbahn des Lebens, durch alle Höhen und Tiefen hindurch.

Stefan, riech doch mal an dieser Flasche … köstlich, oder? Das ist Wildrosenöl. Es wäre herrlich, wenn du mich nachher ein bisschen massieren würdest, ganz sanft … Wir haben auch noch ein Öl zur Auswahl, das nach Zitronen duftet … *kennst du das Land, wo die Zitronen blühn?* Von Goethe ist das … *Im dunklen Laub die Goldorangen glühn. Ein sanfter Wind vom blauen Himmel weht, die Myrte still und hoch der Lorbeer steht …*

Ich hatte mich, begleitet von der leisen Musik, in eine Oase der Entspannung geträumt. Im vorletzten Frühling – es war ein nasskalter, höchst ungemütlicher gewesen – hatten wir ein Mädels-Wochenende in einem feinen Spa-Hotel im Spreewald verbracht. Mit allen Schikanen: Gesichtsbehandlung, Massagen, Sauna, Hamam, Pool, Maniküre, Pediküre. Wie auf Wolken waren wir nach diesem Verwöhn-Programm wieder Richtung Berlin geschwebt. Als ich gerade Sophies linke kleine Zehe mit Lack bepinselte, hörte ich sie fragen: »Bist du glücklich mit Uwe, Rosa?«

Ein Eimer eiskaltes Wasser über den Kopf hätte mich nicht schneller aus meiner Versenkung reißen können als dieser Satz.

»Äh ... was meinst du damit?«

Geduldig wiederholte Sophie ihre Frage. Ich suchte nach Worten, denn es war nicht so einfach, ihr zu erklären, dass Glück nicht nur ein philosophisches Konzept, sondern etwas Individuelles war und dass Uwe und ich eine individuelle Form des Miteinanders ...

»Bitte lüg mich nicht an«, sagte Sophie leise.

»Warum willst du das denn auf einmal wissen?«, platzte es aus mir heraus. »Wir können uns nicht alle auf Wolke sieben häuslich eingerichtet haben, so wie du und Stefan.«

»Danke für die ehrliche Antwort«, sagte Sophie. In ihren Augen entdeckte ich ein rötliches Funkeln, und ich bildete mir ein, dass es plötzlich brenzlig im Zimmer roch.

»Es tut mir leid«, murmelte ich, peinlich berührt von meiner Taktlosigkeit, und schraubte mit zitternden Fingern das Nagellackfläschchen zu.

»Kein Problem. Sicher war dir vorübergehend entfallen, dass, wenn kein Wunder geschieht, für Stefan und mich die Vertreibung von Wolke sieben unmittelbar bevorsteht.« Sophies leise Stimme war voller Ironie, und ich schämte mich so, dass ich am liebsten im Boden versunken wäre. »Aber darum geht es nicht. Du hast gefragt, warum ich auf einmal wissen will, ob du glücklich mit Uwe bist. Kannst du es dir vielleicht denken, wenn du dir ein bisschen Mühe gibst?«

War es zu fassen? Unter Sophies glühendem Blick hatte ich tatsächlich angefangen zu schwitzen, obwohl es nicht übermäßig warm im Zimmer war. »Weil ... weil ...«

»Weil ich seit Jahren spüre, dass etwas nicht stimmt, ganz genau«, unterbrach Sophie. »Weil ich dich lieb habe, weil ich will, dass du glücklich bist. Weil keine Zeit mehr bleibt, weiterhin einen Bogen um das Thema zu machen. Weil die Binsenweisheit, dass das Leben zu kurz ist, um Situationen und Menschen und Beziehungen auszuhalten, die einen unglücklich machen, so verdammt wahr ist.«

»Uwe macht mich nicht unglücklich«, sagte ich wahrheitsgemäß. »Es ist ... schon okay mit uns. Wir streiten selten. Unser Leben verläuft in, äh, ruhigen Bahnen.«

Melanie, die bisher still dagesessen hatte, schien plötzlich einen Frosch im Hals zu haben. Sie gab ein krächzendes Geräusch von sich und trank einen Schluck von ihrem Orangensaft.

Sophie war noch nicht durch mit ihrem Verhör. »Liebst du ihn?«

Während ich meinen Cardigan auszog, weil ich es keine

Minute länger darin aushielt, gab ich zurück: »Ich schätze vieles an ihm. Das ist eine solide Grundlage für eine Ehe. Sex kann ich mir woanders holen, das ist kein Thema.«

Mein Gesicht brannte, bestimmt war es feuerrot unter der grünen Maske. Was plapperte ich da eigentlich für einen Unsinn zusammen? Von Sex war doch gar nicht die Rede gewesen. Lag nicht plötzlich ein leises Grummeln in der Luft, wie kurz vor einem Gewitter? Melanie starrte mich aus großen Augen an, ich ahnte, was sie dachte: Rosa? Unsere Rosa hat außereheelichen Sex? Seit wann das denn? Aber sie sagte nichts, sondern blieb mucksmäuschenstill.

Sophie leider nicht. »Wenn ich das mal übersetzen darf: Du liebst ihn also nicht. Und du hast einen Liebhaber.«

Ich merkte, dass meine Handflächen vor Aufregung feucht geworden waren. So musste es Leuten gehen, die sich vor Gericht zu verantworten hatten. Nur dass es in meinem Fall keine Anklage gab – nur Tatsachen, die ans Tageslicht kamen. »Ich habe keinen Liebhaber! Ab und zu suche ich mir in der *zitty* einen Mann fürs Bett. Einen One-Night-Stand, maximal läuft es auf zwei Treffen hinaus. Das ist etwas völlig anderes. Und wenn ihr es genau wissen wollt: Ich habe schon seit über einem halben Jahr keinen Sex mehr gehabt. Es ist also nicht so, dass ich ständig solche Dates hätte.«

Das war der Punkt, an dem sich der Inhalt von Melanies Glas über ihren Bauch ergoss. Mit erstaunlicher Gelassenheit – immerhin hatte ich soeben mein Doppelleben enthüllt – erklärte sie das Offensichtliche: Ihre Tunika sei nass. Und es sei an der Zeit, die Algenmasken abzuwaschen. Ob sie sich wohl einen Bademantel leihen könne, bis das Shirt getrocknet sei?

»Ja, klar«, sagte Sophie. Das Feuer in ihren Augen war erloschen, ihre Stimme klang müde. »Du kannst Stefans Saunamantel haben, der müsste dir passen. Ich komme mit nach oben. Für dich ist auch noch Platz im Bad, Rosa.«

Zu dritt im Bad, das war wie früher, zu WG-Zeiten, wenn wir unsere Schönheits-Abende zelebrierten. Immer im Winter, immer wenn das Wetter so richtig scheußlich war. Nur war dieses Bad nicht winzig und schweinchenrosa, sondern weiß und großzügig, mit zwei Waschbecken und einer Handtuchheizung, über die Melanie ihre Tunika zum Trocknen aufhängte, nachdem sie die Flecken ausgewaschen hatte. Wir entfernten unsere Algenmasken und trugen eine Ampullenkur mit einem Serum auf, das laut Hersteller wahre Wunder für reife Haut bewirken würde. Niemand verlor ein Wort über die Bombe, die eben aus heiterem Himmel in unsere Wellness-Oase geplatzt war.

Als wir wieder im Wohnzimmer saßen, sagte Melanie: »Darf ich dich was fragen, Rosa?«

»Nur zu.«

Aber Sophie war schneller. »Warum? Warum suchst du dir fremde Männer fürs Bett?«

Das war so eine typisch unschuldsvolle Lüneburger-Heide-Provinznudel-Frage. Das Gemeine war, dass sie mir aus unerfindlichen Gründen die Tränen in die Augen trieb. Wütend wischte ich sie weg. »Weil Sex für den Mann, mit dem ich verheiratet bin, wie Spinat ist. Uwe

154

mag keinen Spinat. Ich schon. Ich mag ihn sogar sehr. Und ich habe keine Lust, für den Rest meines Lebens darauf zu verzichten.«

»Oh!«, platzte Melanie heraus. »Kein Sex! Das gibt's ja wohl nicht! So ein … so ein Arsch!«

War Uwe ein Arsch? Ich hatte das, was unser fehlendes Sexualleben betraf, nie so sehen wollen, musste aber zugeben, dass Melanies ehrliche Empörung mir richtig guttat.

Sophie sagte nichts. In ihrem Blick las ich eine Mischung aus Schock, Mitleid und Verständnislosigkeit. Kein Wunder. Sie war ja mit Stefan verheiratet. Was zwischen mir und Uwe war, musste ihr so fremd vorkommen, als wären wir Aliens aus einem anderen Sonnensystem. Ich hatte das Gefühl, eine Erklärung abgeben zu müssen.

»Falls ihr euch jetzt fragt, ob bei uns von Anfang an nichts im Bett gelaufen ist – doch, schon. Wir haben uns ja sehnlichst Kinder gewünscht. Aber dann … Ihr wisst ja, wie traurig wir damals waren, als sich herausstellte, dass wir nie eine Familie haben werden. Na ja. Und seitdem ist Sex für Uwe einfach nicht mehr wichtig.«

»Egoist!«, zischte Melanie.

Sophie seufzte. »Ach, Rosa. Ich hatte ja keine Ahnung. Ich wusste nur, dass deine Ehe nicht so läuft, wie du es dir erträumt hast. Ich hatte es einfach im Gefühl, dass du nicht glücklich bist.«

»Ich habe mir auch meinen Teil gedacht«, schaltete sich Melanie ein. »Du und Uwe, ihr seid schon sehr verschieden. Und ihr geht sehr distanziert miteinander um.«

Sophie nickte. »Außerdem warst du immer so zugeknöpft, wenn die Rede mal auf euch beide kam.«

»Im Grunde gab es ja auch nichts zu erzählen«, behauptete ich. »Uwe und ich haben uns arrangiert.«

Zwischen Melanies Brauen hatte sich eine steile Falte gebildet. Ich kannte diese Falte gut, sie signalisierte Irritation. »*Arrangiert* ... das klingt wie aus den Buddenbrooks. Oder aus Anna Karenina. Oder ... mir fällt gerade nichts mehr ein. Im wahrsten Sinne des Wortes fällt mir nichts mehr ein. Du bist überhaupt nicht der Typ für Arrangements.«

»Und was für ein Typ bin ich, deiner Meinung nach?«

Die Falte auf Melanies Stirn glättete sich, ein kleines Lächeln zeigte sich auf ihrem Gesicht. »Du bist ein Schatz. Genau der richtige Typ für einen Mann, der dich liebt, auf Händen trägt und total wild auf grandiosen Sex mit dir ist.«

»Danke. Du übrigens auch«, sagte ich.

»Und vor allen Dingen muss der Mann zu dir und Motte stehen«, ergänzte Sophie nüchtern. »Ich vermute, dass Heiko sich immer noch nicht von seiner Lebensgefährtin getrennt hat?«

»Er arbeitet dran. Ja, ich weiß. Das sage ich immer, und ich würde weiß Gott gern endlich etwas anderes von mir geben. Aber leider ist es, wie es ist.«

»Bist du glücklich mit Heiko, Mella?«, fragte Sophie. »So richtig glücklich und zufrieden?«

»Wenn wir zusammen sind, schon. Meistens jedenfalls. Natürlich gibt es auch mal Unstimmigkeiten, das ist in jeder Beziehung so.«

»Und wie fühlt es sich an, wenn er nach Hause fährt, zu der anderen Frau? Wenn du an das Leben denkst, das er seit Jahren mit ihr teilt? Und wenn du dir die Zukunft vorstellst, mit deiner kleinen Tochter, die ihren Vater nur ab und zu für ein paar Stunden sehen kann, wenn sich nichts ändert? Denn ich gehe davon aus, dass Ines immer noch nicht weiß, dass es eine andere Frau in seinem Leben gibt, die ein Kind von ihm erwartet.«

»Nein, natürlich weiß sie nichts. Er hält alles schön geheim, und sie ist auch der Grund, warum wir uns erst wieder nächste Woche sehen. Oder übernächste, weil sie Verdacht geschöpft hat und er den Ball flach halten will. Ihre arme kleine Psyche könnte ja Schaden nehmen. Oh, ich bin es so leid! Wenn es Ines nicht gäbe, wäre alles wunderbar!«, brach es aus Melanie heraus. »Ganz ehrlich: Am liebsten würde ich sie auf den Mond schießen!«

»Verständlich«, sagte Sophie. »Aber keine realistische Lösung, oder?«

Melanies Hände verkrampften sich über ihrem Bauch. »Ich vertraue darauf, dass alles anders wird, wenn Motte erst auf der Welt ist.« Überzeugend klang das nicht, sondern ziemlich kläglich. »Was bleibt mir anderes übrig? Ich wünschte, ich würde ihn nicht so vermissen. Wir telefonieren und mailen, aber das ist nicht das Gleiche … na ja. Es bringt ja nichts, zu jammern. Da muss ich jetzt durch.«

Sophie reichte ihr wortlos die Pralinenschachtel.

»Danke. Genau das habe ich jetzt gebraucht.« Eine weiße Trüffel verschwand in Melanies Mund.

Sophie wählte auch eine Praline aus und ließ sie nachdenklich auf der Zunge zergehen. Dann sagte sie: »Irgendein kluger Mensch hat mal geschrieben, dass der Sinn des Lebens darin liegt, sich lebendig zu fühlen. Für mich heißt das: Liebe und Freude spüren. Irgendwie schrammen wir alle ziemlich oft am Lebenssinn vorbei, oder? Kennt ihr das Buch *Geh, wohin dein Herz dich trägt*? Ich erinnere mich nur noch vage an den Inhalt, aber der Titel ist so schön. Seinem Herzen folgen … seiner inneren Stimme vertrauen, sich getragen wissen und dorthin gehen, wo Freude ist und Liebe und man Menschen um sich hat, die einem rundherum guttun …«

Ich wusste nicht, was Sophie in unseren Gesichtern las, aber es veranlasste sie zu einem kleinen Seufzer: »Na ja. Es ist nur eine Idee. Eine Möglichkeit von vielen. Man kann sich in fast jeder Lebenssituation irgendwie einrichten, auch in einer Ehe, die so aufregend ist wie lauwarmer Kaffee. Oder als Geliebte eines gebundenen Mannes in der Warteschleife.«

Lauwarmer Kaffee? Meine Ehe? Das versetzte mir einen kleinen Stich, ich hätte gerne widersprochen. Leider fehlte es mir an überzeugenden Argumenten, denn mit Feuer und Leidenschaft konnten Uwe und ich nun mal wirklich nicht aufwarten.

Dafür hatte ich andere Einwände parat. »Geh, wohin dein Herz dich trägt – das hört sich so toll an. Geht aber doch wohl an der Realität vorbei. Was ist mit beruflichen und privaten Verpflichtungen, wenn man keine zwanzig mehr ist? Stellt euch nur mal vor, wenn jeder einfach alles hinschmeißen und abhauen würde, wenn ihm danach zumute ist. Die Welt würde im Chaos versinken.«

Ein Lächeln huschte über Sophies Gesicht. »Aus dem Chaos werden tanzende Sterne geboren. Das hat wenigstens Nietzsche behauptet. Aber Chaos muss doch meistens gar nicht sein. Ich glaube, es geht einfach um bewusste Entscheidungen. Solche, die wirklich aus dem Herzen kommen.«

In meinem Hinterkopf flüsterte eine trotzige Stimme: Man kann auch seinem Herzen folgen, indem man sich dafür entscheidet, einfach ein bisschen flexibel in seinen Ansprüchen zu sein und sich mit dem zufriedenzugeben, was man hat. Es gibt weitaus Schlimmeres als lauwarmen Kaffee.

Melanie zeigte deutlich mehr Begeisterung als ich. »Also, ich finde Hinschmeißen und Abhauen einfach eine großartige Idee! Genau das sollte Heiko endlich tun! Damit es mit der Warteschleife ein Ende hat!« Sie warf Sophie einen schrägen Blick zu und fügte hinzu: »Aber jetzt mal was anderes: weißt du, dass ich mir gerade ein bisschen Sorgen um dich mache, Sophie?«

»Sorgen? Um mich? Ja, wieso denn das?« Das klang geradezu fassungslos, so als sei es unvorstellbar, dass man sich um die schwerkranke beste Freundin Gedanken machen könne.

Melanie, mit einem tollkühnen Gedankensprung, wie nur sie ihn hinbekam, grinste verschmitzt. »Du hast heute noch gar nicht gefragt, was es Neues von Motte gibt. Da kann man schon unruhig werden.«

Sophie stutzte, dann fing sie an zu kichern. »Gut, dass du mich daran erinnerst! Da hätte ich doch beinahe vergessen, mich zu erkundigen, wie es unserer Motte geht. Und natürlich der Motten-Mama. Und das, obwohl ich ganz verrückt nach deinen Geschichten bin. Ich könnte stundenlang zuhören.«

Melanie stärkte sich mit einer weiteren Praline, bevor sie antwortete: »Wir sind jetzt in der dreiunddreißigsten Woche. Motte arbeitet an ihrer Speckschicht, die ist ja ein wichtiger Schutz nach der Geburt, wenn sie es nicht mehr so schön warm wie in der Gebärmutter hat. Sie wiegt jetzt schon etwas über zweitausend Gramm und ist ungefähr vierundvierzig Zentimeter groß. Letzte Nacht hab ich geträumt, ich bekomme Zwillinge. Wenn ich mir meinen Bauch so anschaue, kommt das hin, da könnten locker zwei oder sogar drei Motten drinstecken. Ich weiß genau, dass das nicht sein kann, denn das müsste Frau Dr. Berns und dem Ultraschallgerät längst aufgefallen sein. Es beruhigt mich aber, dass ich nicht die Einzige bin, die diese Phantasien umtreibt, sie scheinen häufiger vorzukommen, das steht jedenfalls in dem Mama-Buch, das die Kolleginnen mir geschenkt haben.

Ich wünschte, ich könnte meinen Bauch gelegentlich abschnallen, wenigstens nachts, damit ich besser schlafen kann. Egal, wie ich mich drehe und wende und auf Extra-Kissen bette, er ist im Weg. Auch das empfohlene Lavendelbad, das angeblich das Einschlafen erleichtern soll, hilft kein bisschen. Logisch, es macht den Bauch ja nicht dünner. Außerdem passe ich bald sowieso nicht mehr in die Wanne. Neuerdings trage ich Kompressionsstrumpfhosen, weil meine Beine und Knöchel geschwollen sind – um Krampfadern vorzubeugen. Sehr unsexy, aber seien wir ehrlich, ich sah insgesamt schon mal sexyer aus. Egal. Es ist mir wirklich egal. Na ja, fast. Ich habe sowieso keine Lust mehr auf Sex, viel zu anstrengend. Die Dehnungsstreifen, die mir dieser blöde kaputte Spiegel gezeigt hat, massiere ich zweimal täglich mit einem speziellen Öl, eine Empfehlung der sehr netten Hebamme, die den Geburtsvorbereitungskurs leitet, an dem ich neuerdings teilnehme. Er ist nur für Frauen, was mir den Anblick von werdenden Papis, die Atemübungen und Beckenbodentraining machen und mit ihrer Liebsten schmusen, erspart. Das Schöne ist: Ab nächster Woche muss ich nicht mehr arbeiten, ich gehe ein bisschen früher in den Mutterschutz, dafür bin ich wirklich dankbar, denn im Büro sitzen macht echt keinen Spaß mehr. Anfangs hatte ich ja gehofft, ich würde noch kurz vor der Geburt nur eine kleine niedliche Babykugel vor mir hertragen, so wie Herzogin Kate, und total fit und sportlich sein, anstatt daherzuschlurfen wie … na ja, wie … mir fällt gerade kein passender Vergleich ein … Pottwale schlurfen ja nicht, sie schwimmen im Meer. Das würde ich auch gerne tun. Null Schwerkraft. Sieben Wochen noch … Wenn ich Glück habe, sind es nur fünf, wenn ich Pech habe, muss ich noch bis zur zweiundvierzigsten Woche warten. Frau Dr. Berns sagt, man soll den Bürgersteig kehren, wenn man Wehen bekommen möchte. Das sei ein unfehlbares Mittel.«

»Klingt interessant«, sagte ich. »Aber vielleicht kommt Motte ganz pünktlich und ohne dass du fegen musst. Ich stelle mir das in Prenzlberg ziemlich schwierig vor. All diese Radfahrer und Kinderwagen auf dem Gehweg, und dazwischen du, dein Bauch und der Besen.«

»Sieben Wochen …«, sagte Sophie. »Das kann eine halbe Ewigkeit sein.«

Ihr Gesicht hatte auf einmal einen ganz fremden Ausdruck, der mich erschreckte, und ihre Augen waren auf einen fernen Punkt hinter mir gerichtet. Unwillkürlich drehte ich mich um. Da war nichts, nur die Terrassentür. Dahinter der Garten, und der Himmel, der sich langsam dunkel färbte.

»Sophie?«, fragte ich vorsichtig.

Ein Ruck ging durch den schmalen Körper, ihr Blick konzentrierte sich auf mich. Es lag eine Intensität darin, die mich an Sophie erinnerte, als sie noch gesund gewesen war. »Keine Angst. Ich bin da, wenn Motte kommt. Ihr könnt euch auf mich verlassen.«

6

»Wie wär's, wenn ich dich heimfahre?«, sagte ich zu Melanie. Wir hatten uns gerade von Sophie verabschiedet und standen vor meinem Auto. Es war dunkel, kein Stern war am Himmel zu sehen, und ein kalter Wind wehte. Die Luft roch nach Schnee. Der Abschied war mir schwergefallen, am liebsten hätte ich Sophie bewacht, bis Stefan nach Hause kam.

Aber sie hatte uns liebevoll hinausgescheucht. Sie werde sich jetzt auf dem Sofa einkuscheln, und wenn sie die Augen wieder aufmachte, dann war Stefan zurück, und sie würden einen gemütlichen Abend zusammen verbringen.

Da Melanie ja gerne Bahn fuhr, hatte ich mit Widerspruch gerechnet, aber sie nahm mein Angebot an und ließ sich mit einem erleichterten Seufzer auf dem Beifahrersitz nieder. »Ach, das ist lieb von dir. Ich sitze nämlich im Moment ungefähr so gerne in der Bahn wie in der Kanzlei. Irgendwie ist mir alles zu viel. Die Warterei in der Kälte auf dem Bahnsteig, der Trubel, die schlecht gelaunten Gesichter.«

»Das kann ich gut verstehen«, gab ich zurück. »Du, Melli …«

»Ja?«

»Ich hab so ein ungutes Gefühl im Magen.«

»Ach je. Ist dir übel? Hast du Bauchweh? Soll ich fahren? Wir haben ja beide ganz schön zugeschlagen bei der

Torte und den Pralinen, vielleicht ist dir die Mischung nicht bekommen?«

»Nein, das ist es nicht.« Ich suchte nach Worten, denn ich wollte zwar meine Sorgen mit Melanie besprechen, sie aber nicht in Panik stürzen.

»Es ist etwas ganz anderes. Ich frage mich, warum man Sophie nicht *ansieht,* dass sie auf dem Weg der Besserung ist. Und vorhin war sie plötzlich so erschöpft, dass sie kaum mehr sprechen konnte.«

Melanie brauchte eine Weile, bis sie verstand, was ich sagen wollte. »Und jetzt machst du dir Sorgen, dass sich die Dinge nicht so entwickeln, wie wir hoffen?«

»So ungefähr«, gab ich zu. Dass es für mein Empfinden abwärtsging mit Sophies Gesundheit, brachte ich nicht über die Lippen. Ich wagte es ja kaum zu denken.

»Also, ich bin eigentlich ganz zuversichtlich. Sophie hat doch selbst gesagt, dass wir keine Angst zu haben brauchen. Dass sie da sein wird, wenn Motte kommt, dass wir uns auf sie verlassen können. Und dass die Behandlungen bei Hajo ihr sehr guttun.«

Woher nahm Melanie nach diesem Nachmittag nur ihre Zuversicht, dass Sophies Organismus tatsächlich dabei war, gesund zu werden? Wie konnte es sein, dass sie, obwohl wir doch beide das Gleiche gesehen und gehört hatten, andere Schlüsse daraus gezogen hatte?

Eine Weile fuhren wir schweigend über die Autobahn. Irgendwann sagte Melanie: »Mir ist schon auch aufgefallen, dass Sophie nicht … na ja, es ist schon so, dass sie noch nicht gesünder *aussieht.* Es nutzt ja aber nichts, darüber nachzugrübeln und sich in Ängste hineinzusteigern. Wir müssen einfach Vertrauen haben, dass das Wunder in Arbeit ist. Auch wenn es noch unsichtbar ist.«

»Ach, Melli. Das fällt mir gerade extrem schwer. Hast du Sophies Gesicht gesehen, als sie sagte, dass sieben Wochen eine halbe Ewigkeit sein können?«

»Klar, ich saß ja neben ihr.«

»Und? Ist dir nichts Ungewöhnliches aufgefallen?«

Melanie überlegte. Dann sagte sie: »Nein. Ich weiß nicht, was du meinst, ehrlich nicht.«

»Für mich sah sie so aus, als sei sie gar nicht bei uns, sondern ganz weit weg. Da war etwas in ihren Augen und in ihrem Gesicht, das mir vollkommen fremd war. Ich kann es gar nicht richtig beschreiben, ich weiß nur, dass ich mich sehr erschrocken habe.«

»Vielleicht war die Beleuchtung daran schuld«, meinte Melanie vernünftig. »Du hast ja direkt vor ihr gesessen. Es war schon dämmrig, und dann die Kerzen überall ... manchmal spielen einem Licht und Schatten einen Streich.«

Mein Körper entspannte sich ein bisschen. Melanies optimistische Sicht auf die Dinge, die ich erst nicht hatte nachvollziehen können, tat mir gut. Ich war froh, dass sie bei mir im Auto saß und wir über alles sprechen konnten.

»Ja, vielleicht hast du recht. Und was ist mit den Fragen, die sie uns heute gestellt hat, du weißt schon, ob wir glücklich sind und so ... was denkst du darüber? Deine ehrliche Meinung, bitte.«

»Meine ehrliche Meinung? Wir hätten schon viel früher darüber reden sollen. Dafür sind Freundinnen doch da. Um sich auszusprechen, um sich gegenseitig zu unterstützen. Na ja, und ich finde es auch okay, die eigene Meinung einzubringen … von wegen Geliebte und Warteschleife … es ist mir natürlich nicht verborgen geblieben, dass ihr es gern sehen würdet, wenn ich mit Heiko Schluss machen würde.«

»Na ja …«, stotterte ich. »Zumindest fände ich es gut, wenn du ihm eine Frist setzen würdest, in der er sich entscheiden muss. Unabhängig davon, wie Ines gerade drauf ist.«

»Ich hoffe, dass das gar nicht nötig sein wird«, sagte Melanie. Aus dem Augenwinkel sah ich, wie sie ihren Bauch streichelte. »Und du? Wie geht es bei dir weiter? Mit den Männern, meine ich.«

Ich zuckte die Schultern. »Es wird wohl so bleiben, wie es ist.«

»Ich hatte ja auch mal so eine Phase«, gab Melanie zurück. »Du erinnerst dich vielleicht? Das war die Zeit, als ich die Nase voll hatte von Typen, denen ich mein Herz zu Füßen legte, nur damit sie darauf rumgetrampelt sind. Ich wollte so sein wie die Männer – Sex und körperliche Nähe genießen, aber bloß keine Gefühle, bloß keine Verpflichtungen. Irgendwann hatte ich dann die Nase voll von diesen Bettgeschichten. Sie kamen mir vor wie Junkfood. Machen nicht satt, liegen trotzdem schwer im Magen. Das kann es nicht sein, nicht wenn man über dreißig ist und sich eigentlich nach etwas ganz anderem sehnt.«

»An den Vergleich mit dem Junkfood erinnere ich mich. Weißt du noch, mein Junggesellinnen-Abschied, als wir drei zum letzten Mal eine Nacht durchgemacht hatten? Der norwegische Tourist, der dich im Club angegraben hatte?«

»Klar weiß ich das noch. Und vorher, in diesem netten Restaurant, habe ich eine Menge über meine Jugend und meine Eltern erzählt, fällt mir gerade ein. Wahrscheinlich habe ich euch schrecklich gelangweilt.«

»Quatsch. Niemand hat sich auch nur eine Sekunde gelangweilt. Es war ein ganz besonderer Abend. Ich war so sicher, dass ein perfektes Leben vor mir lag: Uwe und ich würden super glücklich miteinander sein, zwei wunderbare Kinder in die Welt setzen, und ich hätte eine eigene Praxis. Die habe ich ja auch, mit dem nettesten Kollegen, den man sich nur vorstellen kann, und damit bin ich absolut glücklich. Ich habe also nicht auf der ganzen Linie versagt.«

»Hast du uns deshalb nichts erzählt? Über Uwe und dich, meine ich? Weil du gedacht hast, du hast … irgendwie versagt?«

»Mir war nicht nach Reden. Ich wollte einfach nur, dass mein Leben und meine Ehe funktionieren. Und das tun sie ja.«

Melanie seufzte. »Das wünsche ich mir auch. Dass mein Leben endlich so funktioniert, wie ich will. Beruflich bin ich auch zufrieden, aber was mein Liebesleben angeht, hab ich das Gefühl, dass das, was ich mir schon so lange sehnlich wünsche, sich mir hartnäckig entzieht. Manchmal versinke ich regelrecht in Minderwertigkeitsgefühlen. Ich denke dann, ich bin nicht liebenswert genug. Oder es liegt daran, dass mit mir irgendwas anderes nicht stimmt

167

und ich deshalb einen Mann ganz für mich allein nicht verdient habe.«

»Du bist vollkommen in Ordnung, genau so, wie du bist«, sagte ich energisch.

»Danke.«

Eine ganze Weile war es still im Auto. Dann brach Melanie das Schweigen: »Hast du was dagegen, wenn ich das Radio einschalte?«

»Überhaupt nicht. Gute Idee.«

In den nächsten Minuten erklang die Stimme von Whitney Houston. Sie sang einen unserer Lieblingssongs, einen Oldie, der an unsere WG-Zeiten erinnerte: *I will always love you.*

»Weißt du noch, wie wir drei geheult haben in *Bodyguard*?«, sagte Melanie, als Whitney verstummt war. »Nie im Leben hätte ich Kevin Costner gehen lassen. So ein toller Mann.«

»Noch besser hat er mir in *Der mit dem Wolf tanzt* gefallen.«

»Mir auch. In dem Film haben wir auch geheult, und wie. Besonders in der Szene, als das Pferd und der Wolf erschossen wurden.«

Nach Whitney Houston spielte der Sender weitere Hits aus den Neunzigern. Es war wie nach Hause kommen, in unsere Wohnung, vor zwanzig Jahren. Wenn Melanie schon da war, lief garantiert das Radio oder die Stereoanlage. Inzwischen hatte sich meine sorgenvolle Stimmung ein wenig aufgeheitert. Melanie hatte recht – es hatte keinen Sinn, zu grübeln. Ich rief mir mein Mantra in Erinnerung, den Satz, den Tom mir ans Herz gelegt hatte: *So-*

lange mich die Gegenwart nicht vom Gegenteil überzeugt,
glaube ich daran, dass die Zukunft Gutes bereithält.

Kurz vor der Autobahnausfahrt sagte Melanie plötzlich:
»Gestern rief übrigens meine Mutter an. Sie war – für
ihre Verhältnisse – gut gelaunt, sie und Vater waren ein
paar Tage an der Ostsee. Die Gelegenheit war geradezu
ideal, um meinen Besuch anzukündigen.«

»Und – hast du's getan?«

»Nein. Und bitte frag mich nicht, warum.«

»Okay.«

»Danke. Sophie hätte bestimmt nachgefragt ... sie hätte
sich damit nicht zufriedengegeben.«

»Mhm«, machte ich in bester Uwe-Manier.

»Rosa ... wenn du ich wärst, was würdest du tun?«

»Ich glaube, ich würde eine Liste machen. Pro und
kontra. Welche Gründe sprechen dafür, meine Eltern zu
besuchen, welche dagegen. Und ich würde auch Motte in
meine Überlegungen einbeziehen. Was würde sie sagen?
Bald bist du nicht mehr allein für dich verantwortlich.
Deine Eltern sind Mottes Großeltern.«

»Eine Liste ... das ist gar keine schlechte Idee. Warum
bin ich nicht selbst darauf gekommen?«

Ehe ich antworten konnte, meldete sich Melanies
Handy. »Das ist Heiko! Ich schaue mal eben, was er
schreibt ...« Sie fischte das Telefon aus den Tiefen ihrer
Handtasche, und kurz darauf hörte ich einen kleinen
Juchzer. »Oh! Er kommt heute Abend noch vorbei! Er
vermisst mich so! Ach, ich freu mich!«

»Ich wünsch dir, dass es ein schöner Abend wird«,
sagte ich. Und das meinte ich ehrlich. Melanie, hoch-

schwanger und öfter alleine, als ihr guttat, hatte ein bisschen Glücklichsein und Geborgenheit mehr als verdient.

Uwe und ich schauten uns an diesem Sonntag gemeinsam den *Tatort* an. Er freute sich, dass ich ihm Gesellschaft leistete, und machte eine Flasche Weißwein für uns auf. Es war ein ungewohntes Gefühl, neben ihm auf dem Sofa zu sitzen und fernzusehen, das hatten wir schon lange nicht mehr gemacht. Der Krimi war spannend, der Wein schmeckte lecker. Als der Film zu Ende war, tranken wir ein zweites Glas und unterhielten uns über seinen Osterurlaub. Es stand nun fest, dass er nach Sizilien fliegen würde, und er zeigte mir im Prospekt das Hotel, das er gebucht hatte.

»Hast du dir schon Gedanken gemacht, wohin du im September gern fahren würdest?«, fragte er dann. »Und hast du mit Tom geredet?«

»Es ist ja noch lange hin bis September. Aber ich kläre das demnächst, versprochen.«

»Die Zeit vergeht schneller, als man denkt. Was hältst du von einem Wanderurlaub in Südtirol? Oder möchtest du lieber ans Meer? Ich bin für alles offen.«

»Wandern würde mir gefallen«, gab ich zurück. Dabei war Urlaub zur Zeit überhaupt nicht mein Thema. Aber ich wollte keine Spielverderberin sein, es machte Uwe so viel Spaß, Pläne zu schmieden. Und er hatte ja recht: Die Zeit verging schneller, als man dachte.

»Das war ein schöner Abend, Rosa«, sagte er später, als wir im Bett lagen. Seine Stimme klang, als sei er kurz vor

dem Einschlafen. »Ja, das fand ich auch«, antwortete ich.
»Wir sollten es uns öfter zusammen gemütlich machen.«
»Mhhmm …« Es hörte sich sehr zufrieden an.

Zwei Tage später lag eine Mail von Melanie in meinem
Postfach: *Liebe Rosa, hier ist die Liste.*

**Warum ich meine Eltern vor Mottes Geburt besuchen
sollte:**

• *Weil es zu einer äußerst unschönen Szene kommen
könnte, wenn sie mich in ein paar Jahren in Berlin besuchen und sehen, dass ein kleines Mädchen bei mir wohnt …
(Ich könnte natürlich behaupten, dass ich die Tochter einer
Freundin hüte, die mit ihrem Lover auf Weltreise ist, aber
ist das glaubhaft, wenn dieses Kind »Mama« zu mir sagt?)*

• *Weil sie dann nicht beleidigt sein können, dass sie erst
nach der Geburt erfahren, dass sie Großeltern geworden
sind.*

• *Weil ich es dann endlich hinter mir habe.*

• *Weil ich ja jetzt nicht mehr die Ausrede habe, dass ich
unter der Woche arbeiten muss.*

• *Da ich ja nicht mehr arbeiten muss, habe ich nicht mehr
die Ausrede, dass ich an den Wochenenden Ruhe brauche,
um mich zu erholen.*

• *Weil ich dann kein schlechtes Gewissen mehr hätte.*

**Warum ich meine Eltern nicht vor Mottes Geburt be-
suchen sollte:**

• *Weil mir davor graut.*

• *Weil ich kein Auto habe und keine Lust, mit der Bahn
zu fahren.*

- *Weil werdende Mütter und ungeborene Babys Ruhe und Frieden brauchen.*
- *Weil Ruhe und Frieden nicht zu haben sind, wenn man mit Vorwürfen überschüttet wird.*
- *Weil ich durchdrehen werde in diesem Haus.*
- *Weil meine Mutter komische Sachen kocht und Motte und ich schmackhafte, ausgewogene Mahlzeiten mit frischen Zutaten brauchen.*
- *Weil ich, wenn Motte erst auf der Welt ist, hoffentlich Heiko als zukünftigen Schwiegersohn und Kindsvater zur Unterstützung mitnehmen kann.*

Wie du siehst, überwiegen die Argumente, die gegen einen Besuch sprechen. Ich könnte die Liste eventuell noch mal überarbeiten – aber will ich das? Es war total deprimierend, über alles nachzudenken, so viele ungute Erinnerungen sind dabei aufgetaucht. Ich brauchte eine ganze Tafel Noisette-Schokolade, um mich von diesem Trip in die Vergangenheit zu erholen.

So hat also meine erste Woche zu Hause angefangen, und nun sitze ich hier und drehe Däumchen. Es gibt nichts mehr zu tun bis zur Geburt, alles ist vorbereitet, ich habe sogar schon meine Tasche fürs Krankenhaus gepackt. Das Kinderzimmer ist fix und fertig eingerichtet und sieht total niedlich aus. Am Sonntag hab ich Heiko gefragt, ob er sich vorstellen kann, bei der Geburt dabei zu sein. Er hat mich angeschaut, als ob ich komplett durchgedreht wäre. Er kann kein Blut sehen, sagte er, und er sei zu sensibel, um mitzuerleben, wie die Frau, die er liebt, Schmerzen leidet. Und dann erinnerte er mich noch ganz dezent daran, dass er ja auch leider nicht frei über seine Zeit verfügen könne, nicht nur beruflich … Ja, ja, schon klar. Wenn nachts das Telefon bei ihm klingelt und er in die Klinik stürzt, um bis auf weiteres nicht erreichbar zu sein, weil er bei der Geburt seiner Tochter anwesend sein möchte, würde ihn das bei Ines in arge Erklärungsnot bringen. Vielleicht, wenn ich eine Elefantenkuh und somit zweiundzwanzig Monate schwanger wäre, hätte er bis zum Geburtstermin die Trennung von dieser Frau vollzogen und könnte mich zumindest ins Krankenhaus fahren und sich im Wartezimmer aufhalten, bis ich entbunden hätte. Das wäre mir lieber, als wenn er neben mir sitzen würde, während ich stöhne, schreie und blute. Es wäre mir ja doch peinlich, das vor einem anderen Menschen zu tun.

Ich hatte das Thema »Ines« ja am Sonntag nicht angesprochen, die paar Stunden mit ihm waren mir zu kostbar, ich war so happy, dass er da war. Er war so liebevoll, so zärtlich, er hat mir die Schultern massiert und mir Blumen und Pralinen mitgebracht. Irgendwann erzählte er dann, dass Ines und er eine Paartherapie angefangen haben. Mit der schönen Stimmung war es schlagartig vorbei, ich wäre beinahe vom Sofa gefallen vor Schreck. »Eine Paartherapie?! Und was ist mit mir?«

»Diese Paartherapie bringt uns endlich dahin, wohin wir wollen, Melanie, meine Süße«, sagte Heiko. »Sie wird dazu führen, dass Ines von sich aus einsieht, dass es keinen Sinn hat, unsere Beziehung aufrechtzuerhalten, weil sie sich längst totgelaufen hat. Mit therapeutischer Unterstützung werden wir dann in die Trennung gehen. Ich finde das genial! So trifft mich keine Schuld, und Ines bekommt neben *ihrer Einzeltherapie die zusätzliche Hilfe, die sie braucht, um loslassen zu können.«*

Ich hab ihm gesagt, dass ich bezweifle, ob das so glatt- laufen wird. Was, wenn Ines das ganz anders sieht? Das sei unmöglich, meinte er. Es käme ja auch darauf an, wie er sich in der Therapie präsentieren würde. Er würde schon deutlich machen, dass seine Gefühle erloschen seien.

Kurz darauf hat er sich dann verabschiedet, und ich war wieder allein mit meiner Sehnsucht, meiner Liebe, meinen Zweifeln und meinem dicken Bauch. Ich hab mich in den Schlaf geweint, dabei hätte ich doch glücklich sein sollen über Heikos klugen Plan. Ich hoffe, das kommt noch, weil sich auch wirklich alles so entwickelt, wie er sich das vorstellt.

Einen Kuss von Deiner Melanie

Kurz entschlossen griff ich zum Telefon. »Ich bin's, Rosa. Hallo. Ich hab gerade deine Mail gelesen …«

»Und? Wie findest du meine Liste? Und die Sache mit der Paartherapie?«

»Die Liste … tja. Du wirst schon wissen, warum dir diese und keine anderen Argumente eingefallen sind. Was die Paartherapie angeht … möchtest du meine ehr- liche Meinung hören oder etwas Nettes?«

Es gab eine kurze Pause, dann sagte Melanie mit einer Stimme, die mir durch und durch ging: »Etwas Nettes. Bitte. Ich bin schon traurig genug.«

»Also, möglicherweise funktioniert Heikos Plan ja wirk- lich, und es läuft alles so, wie ihr euch das wünscht.«

»Danke«, gab sie leise zurück.

»Warum bist du so traurig, Melli?«

»Ach, wegen allem. Warum kann ich nicht ganz normal nette Eltern haben, so wie andere Leute? Die sich liebevoll kümmern, wenn ihre einzige Tochter ein Baby bekommt. Warum bin ich nicht glücklich verheiratet mit einem Mann, der sich wahnsinnig auf unser Kind freut, mir den Bauch streichelt und mir jeden Wunsch von den Augen abliest? Warum ist alles so kompliziert? Warum habe ich immer nur Männer kennengelernt, die entweder gebunden waren oder sich nicht auf was Festes einlassen wollten? Und warum war ich so blöd und hab mich in die Typen verliebt und mich abgerackert und gewartet und gewartet, immer in der Hoffnung, es würde doch noch was Schönes draus? Moment. Ich brauche ein Taschentuch ... ich bin gleich wieder da.«

Ich hörte im Hintergrund, wie sie sich die Nase putzte. Dann war sie wieder dran. »Tut mir leid. So geht es schon den ganzen Tag. Ich will nicht heulen, aber es passiert trotzdem. Immer mal wieder, so wie ein Niesanfall. Dabei geht es mir, unterm Strich betrachtet, doch gut. Ich schäme mich. Vor allem vor Sophie, obwohl sie es nicht weiß. Sie ist so tapfer. Und ich, ich bin gesund, mein Baby auch, und trotzdem heule ich rum.«

»Das ist doch ganz normal, wenn man Kummer hat und traurig ist.«

Melanie schniefte wie ein Kind. »Ach, Rosa. Ja, du hast recht, natürlich hast du recht. Es ist bloß so, dass ich mich gerne anders fühlen würde. Ich würde mich gerne so fühlen, wie diese superhübschen, übers ganze Gesicht strahlenden Schwangeren in den Zeitschriften und Schwangerschaftsbüchern aussehen ...«

»Das kann ich gut verstehen. So eine schöne heile Welt ... aber ich glaube, die gibt es nur auf Fotos. Im echten, wirklichen Leben gibt es auch für Models Hormonschwankungen und Probleme, Kummer und Sorgen.«

»Meinst du wirklich?«

»Klar. Und denk dran: Photoshop macht's möglich. Wie jemand auf einem Foto aussieht und live, das sind zwei verschiedene Paar Schuhe.«

»Das tröstet mich jetzt ein bisschen. Und dass du zugehört hast, auch. Danke.«

»Gerne. Jederzeit. Übrigens wollte ich dich etwas fragen ...«

»Was denn?«

»Wie wäre es, wenn ich dich bei der Geburt begleite? Ich könnte im Kreißsaal dabei sein. Wenn dir etwas peinlich wird, kannst du mich einfach rausschicken. Ich setze mich dann ins Wartezimmer, und wenn unsere Motte gut gelandet ist, kann ich sie gleich begrüßen. Das wäre doch toll, oder?«

Einen Moment war es still am anderen Ende der Leitung. Dann sagte Melanie ungläubig: »Du würdest wirklich bei der Geburt dabei sein wollen?«

»Sogar sehr gern. Für mich wäre es großartig, miterleben zu dürfen, wie dein Kind auf die Welt kommt.«

»Aber Rosa ... was ich über Entbindungen gehört und gelesen habe, klingt dermaßen unappetitlich und grauenhaft, dass ich am liebsten selbst nicht dabei wäre. Das willst du dir doch nicht freiwillig antun.«

»Alles halb so wild. Mutter Natur hat das schon alles klug geregelt. Ich war schon bei vielen Geburten dabei«, sagte ich fröhlich. Das stimmte nicht nur, es war auch so, dass ich Tiermüttern liebend gerne assistierte, wenn sie neues Leben zur Welt brachten.

»Ja, aber ich bin doch keine … keine … Katze!«

»Das stimmt. Eine Katze bist du nicht. Aber Homo sapiens ist, biologisch gesehen, auch nur ein höheres Säugetier aus der Ordnung der Primaten.«

Das war der Punkt, an dem Melanie anfing zu lachen. Es hörte sich ein bisschen schrill und zittrig an, aber es war eindeutig ein Lachen und Musik für meine Ohren.

»Danke für die Information, Frau Dr. Ammer! Darauf wäre ich jetzt nicht von selbst gekommen.«

»Also abgemacht? Du rufst mich an, bevor du ein Taxi rufst, das dich in die Klinik fährt? Ich lasse dann alles stehen und liegen und mache mich auf den Weg.«

»Abgemacht. Das ist so lieb von dir! Es tut so gut, zu wissen, dass du bei mir bist, wenn es losgeht. Um ehrlich zu sein: Ich habe ziemlichen Bammel. Du glaubst ja gar nicht, was manche Frauen im Geburtsvorbereitungskurs für Horrorgeschichten erzählen.«

»Und was sagt die Hebamme?«

»Die allermeisten Babys kommen ohne Komplikationen und gesund zur Welt. Frau Dr. Berns hat das bestätigt. Und sie meinte, es gäbe keinen einzigen Grund aus medizinischer Sicht, warum bei mir Schwierigkeiten auftreten sollten. Das ist beruhigend. Dass Wehen wehtun, ist eine andere Sache …« Melanie seufzte.

»Was andere Frauen schaffen, schaffst du auch. Keine Sorge. Von meiner Mutter weiß ich übrigens, dass alle Anstrengungen und die Schmerzen der Geburt vergessen waren, als sie mich zum ersten Mal im Arm gehalten hat. Sie war einfach nur überglücklich.«

»Überglücklich ... ach, das klingt wunderschön. Danke, dass du für mich da bist.«

»Ich danke *dir*. Du machst mir damit ein ganz großes Geschenk.«

»Wir könnten Sophie Fotos aus dem Kreißsaal schicken. Dann ist sie auch dabei«, meinte Melanie. »Natürlich nur solche, auf denen ich nicht schreie ...«

Würde Sophie noch bei uns sein, wenn Melanie im Kreißsaal lag – das war die Frage, die mir bei diesen Worten durch den Kopf schoss, ich konnte es nicht verhindern. Aber ich behielt sie für mich, auf keinen Fall wollte ich Melanie damit belasten, ich war froh, dass sie nicht mehr so traurig war.

Am Freitag schrieb Sophie an Melanie und Rosa:

Ihr Lieben!

Stefan und ich lassen es uns so gut wie möglich gehen in Eurer herrlichen Wellness-Oase. Besonders das Lavendelöl hat es mir angetan, ein paar Tropfen aufs Kopfkissen helfen mir beim Einschlafen. Theo schaute in den letzten Tagen öfter vorbei, er brachte mir ein paar Zaubermittel aus seinem Medizinschrank und einen Arm voll Frühlingsblumen. Sehr wohltuend waren auch die Anwendungen auf Hajos Liege. Gerade dort finde ich Frieden. Frieden ist ein besonders kostbares Gut, wenn die grünen Bereiche im Katastrophengebiet akut im Schwinden begriffen sind. Das alles hindert mich aber nicht daran, mich auf euch zu freuen! Es ist ja herrliches Wetter angesagt für Sonntag. Ich dachte mir, wir könnten uns um elf Uhr ein Gospel-Konzert in der Kirche hier in Babelsberg anhören und anschließend auf unserer Terrasse brunchen.

Es umarmt Euch Eure Sophie

›… wenn die grünen Bereiche im Katastrophengebiet akut im Schwinden begriffen sind.‹ Ich wusste, was Sophie uns durch einen Arm voller Frühlingsblumen sagen wollte. Ich war dankbar, dass sie uns teilhaben ließ, auf ihre Art, die sich Mitleid und Details verbat. Gleichzeitig schnürte mir die Traurigkeit das Herz zu. Ich starrte auf den Monitor, bis die Buchstaben flimmerten. Dabei kam mir die Mail in den Sinn, die ich an *zitty*-Mann Robert geschrieben hatte beziehungsweise an mich selbst. Zwischen der Rosa, die vor lauter Verzweiflung schreien und kotzen und sich in die Krumme Lanke stürzen wollte, alles gleichzeitig, und der Frau, die heute wie ein Zombie auf eine Mail starrte, lagen Welten. Dieser wilde, unerträgliche Schmerz, dem ich mit diesen Worten irgendwie Ausdruck hatte verleihen wollen, war nicht mehr da. Ich war traurig und fühlte mich elend, aber in mir spürte ich auch so etwas wie eine leise Ergebenheit in den Lauf der Dinge, die sich mit einem Hoffnungsschimmer verband, von dem ich mich einfach nicht trennen konnte.

Der Wetterbericht behielt recht. Schon am Samstag strahlte die Märzsonne. Am Sonntag sollte das Thermometer sogar auf zwanzig Grad klettern. Es war schon angenehm warm in Babelsberg, als ich um kurz vor zehn Uhr unser Mitbringsel für Sophie aus dem Kofferraum holte: einen großen, mit Stiefmütterchen, Osterglocken, Tausendschönchen, Traubenhyazinthen und Tulpen bepflanzten Weidenkorb für die Terrasse. Melanie, die ich auf halber Strecke an einer S-Bahn-Station abholte, hatte noch eine Kleinigkeit für den Brunch vorbereitet: eine selbstgemachte Räucherlachscreme, eine ihrer Spezialitäten.

Sophie öffnete uns die Tür. Melanie und ich hatten über ihre Mail gesprochen, über alles, was wir in und zwischen den Zeilen gelesen hatten. Wir waren vorbereitet. Und doch war es wie ein körperlicher Schmerz zu erleben, wie sich die letzten Tage auf Sophie ausgewirkt hatten. Obwohl es nicht weit war und wir sehr langsam gingen, war sie außer Atem und schwitzte, als wir uns auf der Bank ganz vorn niederließen, die die Chorleitung auf Stefans Bitte hin für uns reserviert hatte.

»Wo ist Stefan übrigens?«, fragte Melanie, während sich die Kirche mit Konzertbesuchern füllte.

Sophie lächelte. »Mit seiner Schwester in der Therme. Er hat heute Urlaub. Es ist doch Mädels-Tag.«

Das Konzert bot eine einstündige mitreißende Mischung aus Gospeln, Spirituals und Balladen und wurde von einer dreiköpfigen Band begleitet. Die Stimmung schlug hohe Wellen: Das Publikum spendete nach jedem Lied begeistert Beifall und sang am Ende »Oh, Happy Day« mit. Auch ich stimmte in den Refrain ein, er war mir aus der Zeit, als ich selbst in einem Chor gesungen hatte, noch in Erinnerung: *He taught me how to watch, fight, and pray! And live rejoicing e'vry day!*

Als wir uns auf den Heimweg machten, sagte Sophie

nach ein paar Schritten: »Bist du so lieb und holst dein Auto, Rosa? Ich bin ziemlich wacklig auf den Beinen.«

»Ja, klar. Bin gleich wieder da.«

Ich sagte es sachlich, ohne zu zeigen, wie besorgt ich war, dass Sophie auf einen kleinen Spaziergang bei herrlichstem Wetter verzichten musste, weil sie sich schlecht fühlte. Für sie war es schlimm genug, sie musste es nicht noch bestätigt bekommen.

Als ich wenig später vorfuhr, saßen Melanie und Sophie auf der Bank unter der riesigen Linde, die die Kirche zu bewachen schien. Sophie hatte uns mal erzählt, dass sie diesen alten Baum besonders gern hatte. Immer, wenn sie an diesem Platz vorbeiging, begrüßte sie ihn und freute sich an seinem Anblick

Melanie stieg vorne ein, Sophie nahm auf dem Rücksitz Platz. Als ich anfuhr, sah ich im Rückspiegel, wie sie die Hand hob und winkte. Die Konzertbesucher hatten sich noch nicht gänzlich zerstreut, ein paar Grüppchen standen schwatzend vor der Kirchentür. Möglicherweise grüßte Sophie jemand, den sie kannte. Aber ich hatte das Gefühl, dass sie ihrem Lieblingsbaum zum Abschied zuwinkte.

Zu Hause angekommen, ruhte sich Sophie auf der Couch aus, während Melanie und ich den Tisch auf der Terrasse deckten. Im Garten reckten Schneeglöckchen und Krokusse ihre Blütenkelche der Sonne entgegen. Die anderen Zwiebelblumen zeigten erst ihre grünen Blattspitzen. Noch ein paar Wochen, dann ging es in den Beeten so bunt zu wie in unserem Weidenkorb, für den Sophie den idealen Platz auf der Terrasse gefunden hatte: Wenn sie auf dem Sofa lag, so wie jetzt, erklärte sie uns, konnte sie ihn sehen und sich an ihm freuen.

Als wir dann zusammen am üppig gedeckten Tisch saßen, konnte ich auf einmal tief durchatmen und alle Sorgen und Ängste und meine Traurigkeit beiseiteschieben. Ein Gefühl der Dankbarkeit durchströmte mich. So viele Geschenke hielt dieser Sonntag bereit: Wir hatten ein wunderbares Konzert erleben dürfen. Die Sonne schien, es war herrlich warm, die Vögel sangen, der erste Zitronenfalter des Frühlings flatterte vorbei. Sophies fühlte sich besser. Ihr zartes Gesicht und ihre Augen schienen von innen zu leuchten. Das Leben war schön, es war reich, wir drei saßen zusammen und ließen es uns gutgehen. Nichts anderes war wichtig. Nicht jetzt.

Sophie erzählte, dass Stefan seine Schwester Susanne am Abend mitbringen würde, Theo und Laura hatten sich auch angekündigt. Zum Reste-Essen.

»Was macht eigentlich Lauras Mutter? Hast du mal was von ihr gehört?«, erkundigte sich Melanie.

»Barbara geht's wohl ganz gut, jedenfalls ist mir nichts Gegenteiliges bekannt. Laura redet selten über sie. Ich selbst habe gar keinen Kontakt mehr. Seit dem großen Knall herrscht Funkstille zwischen uns.«

Der große Knall hatte vor acht Jahren stattgefunden, als Barbara zum Scheidungstermin nach Berlin kam. Sophie bestand auf einem Treffen unter vier Augen und hatte kein Blatt vor den Mund genommen, denn es ging um zwei Menschen, die sie über alles liebte: ihren kleinen Bruder Theo und ihre Nichte Laura. Barbara hatte Theo jahrelang betrogen, dann quasi über Nacht ihre Familie für den anderen Mann verlassen, um mit ihm nach Süddeutschland zu ziehen. Laura, damals zwölf, blieb bei Theo. Was Sophie am meisten verärgert hatte, war die Tatsache, dass sich Barbara in den zwei Jahren bis zur Scheidung kaum um Laura gekümmert hatte, sie war abgetaucht in ein neues Leben, in dem ihre Tochter nur noch am Rande vorkam. Barbara wiederum war sich keiner Schuld bewusst und fand, dass Sophie sich in Dinge einmischte, von denen sie keine Ahnung hatte und die sie nichts angingen.

»Und wie geht Laura damit um?«, fragte Melanie weiter.

»Sie nimmt ihre Mutter inzwischen, wie sie nun mal ist. Barbara macht ihr eigenes Ding, das wird sich auch nie ändern. Ein paar Mal im Jahr kommt sie nach Berlin, trifft sich mit Laura und trinkt ab und zu wohl auch mal einen Kaffee mit Theo. Ich bin froh, dass es mittlerweile so laufen kann, ohne Feindseligkeiten. Aber ganz ehrlich: Wenn ich Barbara nie mehr sehe und höre, dann fehlt mir absolut nichts.« Sophie trank einen Schluck Tee, dann fuhr sie mit einem Seufzer fort: »Trotzdem hab ich in den letzten Wochen tatsächlich überlegt, ob ich sie anrufen soll. Frieden schließen, mich von ihr verabschieden. Immerhin *ist* sie Lauras Mutter und war dreizehn Jahre mit meinem Bruder verheiratet. Sie haben sich mal geliebt. Dass sie nicht zueinandergepasst haben, ist eine andere Sache. Aber ich will nicht. Ich will einfach nicht.«

»Oh, ich kann dich ja so gut verstehen!«, sagte Melanie mit Inbrunst. »Manchmal ist das einfach so!«

Sophie warf ihr einen schrägen Blick zu. »Hm. Wann

fährst du denn nun zu deinen Eltern? Du hast doch jetzt viel Zeit. Oder warst du etwa schon da und hast vergessen, es uns zu erzählen?«

Melanie wurde rot. »Ich habe bereits eine Liste erarbeitet, die mich bei der Entscheidungsfindung unterstützen soll. Pro und kontra ... Es gibt, ganz objektiv gesehen, nur sehr wenige Argumente, die für einen Besuch vor Mottes Geburt sprechen.«

»Aha ...«, machte Sophie. Es klang erstaunt.

»Ja, wirklich.«

Ich räusperte mich, was mir einen drohenden Blick von Melanie eintrug. »Ich habe mich nur verschluckt«, sagte ich unschuldig und griff nach meinem Glas mit Orangensaft.

»Das wichtigste Argument scheint mir zu sein, dass sie dich nicht fressen würden. Ist dir das eigentlich klar? Es sind doch nur deine Eltern. Zwei harmlose alte Leute. Definitiv keine Säbelzahntiger«, sagte Sophie.

»Da bin ich mir nicht so sicher«, antwortete Melanie mit einem schiefen Grinsen und griff nach ihrer Handtasche, die über der Stuhllehne hing. »Ich habe dir übrigens noch eine Kleinigkeit mitgebracht.« Es war ein Fotobüchlein über Motte. Wir betrachteten Fotos von Melanies Bauch, der ja Mottes »Zuhause« war, bis sie das Licht der Welt erblicken würde. Wir bewunderten das Kinderzimmer mit der pinkfarben gestrichenen Wand, all die schönen Babysachen, die Sophie bei *Anna Apfelkuchen* gekauft hatte; und die Babywanne, den Kinderwagen, das Bettchen. Auf einem Bild war Heiko zu sehen: Lachend hielt er einen Teddybären in die Kamera. Sophie war entzückt und wollte natürlich auch gleich die neuesten Nachrichten aus dem Babybauch hören.

»Motte ist jetzt circa fünfundvierzig Zentimeter groß und wiegt um die zweitausendzweihundert Gramm. Das ist schon ganz schön proper. Inzwischen sind ihre Fingernägel enorm gewachsen. Vielleicht kratzt sie sich gerade nachdenklich an der Nase, während sie überlegt, was sie wohl erwartet nach der Geburt. Ich würde schrecklich gerne wissen, was im Kopf von Ungeborenen vorgeht. Wenn sie wach sind und wenn sie schlafen. Ob sie wohl träumen? Frau Dr. Berns ist nach wie vor sehr zufrieden und erträgt mein Gejammer, dass ich meinen Bauch am liebsten sofort loswerden will, mit bewundernswerter Geduld. Es sei noch zu früh, Motte müsse noch wachsen und die Lungen seien noch nicht ausgereift. Ja, ja, ich weiß. Aber wenn ich ein bisschen gejammert habe, geht es mir besser. Das Tollste ist aber: Rosa wird bei der Geburt dabei sein! Sie ist sozusagen Ehren-Hebamme. Wenn mir etwas peinlich wird, darf ich sie aber rausschicken.«

Sophies Augen füllten sich mit Tränen.

»Was ist? Hab ich was Falsches gesagt?«, fragte Melanie erschrocken.

Sophie schüttelte den Kopf und wischte sich mit der Hand über die Augen. »Nein, gar nicht. Alles ist gut. Red weiter. Bitte.«

Melanie war sichtlich aus dem Gleichgewicht geraten, fuhr aber tapfer fort: »Wir könnten dir Fotos aus dem Kreißsaal übers Handy schicken … natürlich nur solche, auf denen ich gerade nicht schreie. Und die allerersten

Bilder von Motte. Dann bist du auch bei der Geburt dabei.«

»Das wäre schön«, sagte Sophie heiser und putzte sich mit einer Papierserviette die Nase. »Wenn ich dann noch lebe. Ich weiß, ich hab's euch versprochen. Und Motte. Mein Körper sagt mir aber in den letzten Tagen ganz klar: *Ich* kann dir gar nichts versprechen. Du lebst jetzt schon auf geborgter Zeit. Versteht mich nicht falsch. Ich bin immer noch wild entschlossen durchzuhalten. Aber es kann sein, dass mein Körper vorher schlappmacht.«

Das traf mich wie ein Schlag. Obwohl ich ja vorbereitet war. Aber es war etwas anderes, dass Sophie meine Befürchtungen so offen aussprach.

Melanie war blass geworden. Ihr Mund öffnete und schloss sich wieder, sie schien nach Worten zu suchen und fand keine.

Sophie stand auf. »Moment. Ich hole nur schnell etwas. Ich bin gleich wieder da.«

Als sie sich kurz darauf wieder zu uns setzte, trug sie eine pinkfarbene, mit Strass-Steinchen besetzte Brille mit herzförmigen rosa Gläsern. Während wir sie verblüfft anstarrten, sagte sie: »Ich habe uns Zauberbrillen besorgt.«

Sie legte zwei Etuis auf den Tisch. »Greift zu. Lasst euch überraschen.«

Melanie und ich öffneten die Etuis und setzten Brillen auf, die genauso aussahen wie das strassfunkelnde Modell auf Sophies Nase. Die Welt, durch diese Gläser betrachtet, sah rosig aus. Und fremd. Beinah so, als ob ich mich in einem anderen Garten mit zwei anderen Frauen zu einer anderen Zeit befände; in einer Art Paralleluniversum.

»Was ist eine Zauberbrille?«, fragte Melanie leise.

»Eine Sehhilfe fürs Herz«, erklärte Sophie mit der gleichen Selbstverständlichkeit, mit der sie uns damals die Geschichte von Godzilla vorgetragen hatte. »Nach unserem letzten Treffen kam mir die Idee, dass wir so was brauchen. Ihr kennt ja das berühmte Zitat: ›Man sieht nur mit dem Herzen gut. Das Wesentliche ist für die Augen unsichtbar‹. Die rosaroten Brillen sind als Unterstützung fürs Herz gedacht. Damit es ihm leichter fällt, zu erkennen, worauf es wirklich ankommt.«

»Was siehst du denn durch deine Zauberbrille, Sophie? Was ist gerade wirklich wichtig für dich?«, fragte ich.

Die Antwort kam wie aus der Pistole geschossen: »Wir drei. Und Motte. Auch wenn ich sie vielleicht doch nicht mehr im Arm halten kann, bleibe ich ihre Tante und habe sie lieb. Von der anderen Seite aus.«

Melanie hatte die Brille abgesetzt. Die Tränen liefen ihr übers Gesicht, aber sie machte keine Anstalten, sie abzuwischen. Sophie und ich schauten uns an, während ich tröstend Melanies Hand streichelte. Und plötzlich sagte mir mein Gefühl, worauf es ankam und wobei die Zauberbrillen uns helfen sollten, weil es uns so schwerfiel: Wesentlich war, dass wir nicht darauf achteten, wie krank Sophie aussah und wie geschwächt sie war, sondern für jeden Tag dankbar waren, den sie erleben durfte. Dass wir uns, was das Wunder betraf, nicht an ein ersehntes Ergebnis klammerten, sondern akzeptierten, dass alles, was geschah, einen Sinn hatte. Dass, auch wenn wir Sophie verlieren würden, nichts verloren sein würde, weil unsere Freundschaft in uns weiterlebte.

Auch diesmal hätte ich Sophie am liebsten bewacht, bis Stefan zurückkam. Aber es war klar, dass sie Ruhe brauchte zum Auftanken für das Reste-Abendessen im Familienkreis. Melanie und ich räumten den Tisch ab und wischten die Küche, dann brachte uns Sophie zum Auto.

»Ich möchte winken«, sagte sie. »Und vorher machen wir ein paar Fotos von uns mit den Zauberbrillen, ja?«

Mit Stefans Kamera schossen wir Bilder, mit und ohne Brillen. Plötzlich war die Stimmung übermütig, wie damals in Wien, als wir so viel Spaß mit unseren Florentinerhüten hatten. Zum Abschied umarmten wir uns innig, und es war uns ganz egal, ob die Nachbarschaft uns dabei zusah.

Und dann stiegen Melanie und ich ins Auto, und Sophie winkte uns nach, bis wir um die nächste Ecke bogen.

»Wir sollen positiv denken, oder?«, sagte Melanie, als ich an der nächsten Ampel hielt. »Deshalb hat sie uns die rosaroten Brillen geschenkt.«

Ich überlegte lange, ehe ich antwortete. »Ich glaube, es geht mehr darum, mit Liebe hinzuschauen statt mit Angst, damit wir das Positive überhaupt wahrnehmen können.«

»Klingt kompliziert«, seufzte Melanie. »Und auch wenn ich nichts gesagt habe vorhin: Ich kann die Hoffnung immer noch nicht aufgeben. Auch wenn alles dagegen zu sprechen scheint.«

»Mir geht's genauso«, sagte ich.

Das war die Wahrheit – aber nur ein Teil davon. Die andere Seite der Wahrheit war der lichte Moment, den ich erlebt hatte, als Sophie und ich uns durch die Zauberbrillen hindurch in die Augen geschaut hatten. Nicht umsonst hatte sie uns etwas geschenkt, von dem sie hoffte, dass es uns helfen konnte beim Abschiednehmen. Dass so etwas wie eine Sehhilfe fürs Herz oder eine Zauberbrille nur im Märchen vorkam, tat dabei nichts zur Sache. Es kam einzig und allein darauf an, ob wir bereit waren, unsere Sichtweise zu verändern. Vorhin hatte ich eine andere Perspektive einnehmen können: Ich hatte erkannt, dass alles, was geschah, einen Sinn hatte, auch wenn ich ihn nicht verstand, und dass ich Kraft daraus schöpfen konnte, wenn ich den Fluss des Lebens akzeptierte.

Uwe war nicht da, als ich nach Hause kam. Ich rief ihn auf dem Handy an und erfuhr, dass er auf dem Rückweg von einem Spaziergang an der Krummen Lanke war.

»In einer halben Stunde bin ich da«, sagte er. »Wollen wir heute Abend wieder den *Tatort* zusammen anschauen?«

»Ja, gern. Hast du einen besonderen Wunsch fürs Abendessen?«

»Mhm … ich könnte was vom Chinesen mitbringen. Was hältst du davon?«

»Gute Idee! Bis gleich.«

Die Zeit, bis Uwe zurück war, nutzte ich zum Bügeln. Es entspannte mich, ich konnte dabei gut nachdenken oder mich wegträumen. Die Balkontür stand weit offen, die Spätnachmittagssonne strahlte ins Wohnzimmer. Ich trug immer noch meine Zauberbrille, es tat mir gut, die Welt durch rosa Gläser zu betrachten.

Uwe war allerdings ziemlich geschockt, als er mich sah. »Um Himmels willen, Rosa! Wie siehst du denn aus … mit dieser Brille kannst du dich unmöglich in der Nachbarschaft blicken lassen! Was sollen denn deine Patienten denken?«

Er sah so ehrlich entsetzt aus, dass ich lachen musste. Uwe schaute mich streng an. »Ich finde das nicht zum Lachen. Wieso kaufst du dir so ein geschmackloses Ding? Bei einem Teenager wäre so ein Fehlgriff ja noch verzeihlich, aber in deinem Alter?«

»Komm mal wieder runter«, sagte ich, immer noch amüsiert. »Es ist nur eine Farbtherapie-Brille. Kein Weltuntergang.«

»Eine Farbtherapie-Brille! Ach so. Sag das doch gleich! Ich wusste gar nicht, dass es so was gibt. Wie kann man sich die Wirkung erklären?«

Ich setzte meine seriöseste Frau-Doktor-Miene auf und erläuterte, dass rosarote Gläser, den neuesten wissenschaftlichen Erkenntnissen zufolge, wirksam gegen depressive Verstimmungen waren. Theo, der ja auch mein Hausarzt sei, habe sie mir empfohlen.

»Was es nicht alles gibt«, sagte Uwe, sichtlich beeindruckt. Ich grinste in mich hinein. Man konnte sich darauf verlassen: Alles, was mit Wissenschaft zu tun hatte, nötigte ihm Respekt ab.

»Mhm … da war ich wohl zu voreilig mit meinem

Urteil. Wenn diese Brille dir ein bisschen helfen kann, jetzt, wo Sophie so krank ist, dann ist das eine gute Sache.«

Er lächelte mich schüchtern an. Mit einem Mal blitzte eine Erinnerung auf – ich sah mich wieder in der Küche hantieren, während Uwe in den Reiseprospekten blätterte und seinen Osterurlaub plante. Es hatte diesen erschreckenden Moment gegeben, als ich plötzlich das Gefühl gehabt hatte, dass nicht Uwe, sondern ein völlig fremder Mensch am Tisch saß. Vielleicht war es allerhöchste Zeit, den Mann, mit dem ich seit acht Jahren verheiratet war, richtig kennenzulernen.

Es wurde ein netter Abend. Auch wenn es mir nicht gelang, Uwe etwas zu entlocken, das mir neu gewesen wäre, war ich froh, dass er da war. Dass ich ein gemütliches Zuhause hatte, das ich mit ihm teilte. Dass ich nicht alleine zu Abend essen musste. Da war jemand, mit dem ich reden konnte; eine Stimme, die mich ablenkte, wenn meine Gedanken zu meiner Sorge um Sophie glitten. Es stimmte wirklich: Ich war nicht unglücklich mit Uwe, dachte ich, als wir gemeinsam vor dem Fernseher saßen. Glücklich war ich aber auch nicht. Aber vielleicht konnte ich ja etwas tun, um glücklicher mit ihm zu werden? Zum ersten Mal fragte ich mich, ob Uwe vielleicht auch etwas in unserer Ehe vermisste.

Als wir im Bett lagen, sagte ich: »Uwe?«

»Mmmh?«

»Bist du eigentlich glücklich?«

»Wie meinst du das?«

»Na ja, glücklich eben – mit deinem Leben, mit unserer Ehe.«

Er knipste das Nachttischlämpchen an und drehte sich um, so dass wir uns in die Augen sehen konnten. »Warum willst du das denn wissen?«

Typisch Jurist: Beantworte eine Frage mit einer Gegenfrage.

»Es interessiert mich. Wir sprechen nie über solche Dinge.«

»Weil alles in Ordnung ist, deshalb«, behauptete Uwe. »Was heißt schon glücklich? Man kann nicht von morgens bis abends jubelnd herumhüpfen. Ich bin durchaus zufrieden. Mein Job ist interessant, und er wird gut bezahlt. Ich habe einige Freizeitinteressen, wir haben einen netten Bekanntenkreis – wir könnten übrigens mal wieder ein paar Leute zum Essen oder auf ein Glas Wein einladen, fällt mir ein, die Geselligkeit kommt ein bisschen kurz in letzter Zeit, finde ich. Wir sind gesund, wir führen eine harmonische Ehe. Wir haben eine schöne Wohnung und verfügen über die finanziellen Möglichkeiten, um uns Wünsche zu erfüllen.«

Ich nahm all meinen Mut zusammen und fragte: »Fehlt dir der Sex wirklich nicht? Und Kuscheln und Schmusen?«

»Nein«, antwortete er lapidar. »Ich habe es dir doch damals erklärt. Es hat sich nichts geändert.«

»Wir leben zusammen wie Bruder und Schwester. Nicht wie ein Ehepaar.«

»Muss man denn allem ein Etikett verpassen? Du hast mich gefragt, ob ich glücklich bin. Ich finde, dass Glück ein überstrapazierter Begriff ist. Ein Ideal, dem alle hinterherhecheln, aber niemand weiß, was es ist. Ich habe an unserem Zusammenleben nichts auszusetzen.« Er schaute mir fest in die Augen. »Und ich bin nicht eifersüchtig. Ganz und gar nicht.«

Unvermittelt beugte er sich vor und gab mir einen Kuss auf die Wange. »Ich denke, wir sollten jetzt schlafen. Es ist schon spät, und ich habe morgen früh ein wichtiges Meeting. Schlaf gut. Es war ein schöner Abend mit dir.«

Er knipste das Licht aus. Mein Herz klopfte bis zum Hals: ›Ich bin nicht eifersüchtig … ganz und gar nicht.‹ Wusste er etwa, dass ich mich gelegentlich mit anderen Männern traf? Aber woher? Vielleicht hatte er mir auch einfach nur seine »Blanko-Erlaubnis« erteilt, damit ich ihn hoffentlich nie mehr auf dieses Thema ansprechen würde. Wenn man es so sehen wollte, war unser »Arrangement« jetzt offiziell geregelt: Ich besaß die Lizenz zum Fremdgehen. Ich hätte erleichtert sein können. Aber ich fühlte mich traurig und leer.

Am Dienstagnachmittag rief Melanie in der Praxis an. Das war sehr ungewöhnlich, und ich bekam sofort einen Schreck, als Kathrin den Kopf ins Sprechzimmer steckte, um mir zu sagen, dass sie um schnellstmöglichen Rückruf bat. Ich musste wohl ziemlich entsetzt ausgesehen haben, denn Kathrin fügte hinzu: »Ich soll noch ausrichten, dass Sie sich keine Sorgen machen sollen. Mit dem Baby ist alles in Ordnung. Und sie hat keine Wehen.«

»Danke, Kathrin«, sagte ich erleichtert.

Kaum war die alte Dame, deren Pudel ich soeben geimpft hatte, aus der Tür, schaltete ich mein Handy ein und klingelte Melanie an.

»Da bist du ja!«, sagte sie. »Ich weiß, es ist ungünstig, in der Praxis anzurufen, aber ich muss einfach etwas loswerden, sonst platze ich!«

»Was ist denn passiert? Du klingst ja völlig aufgelöst!«

Ich hörte, wie Melanie tief Luft holte. »Ich hab's getan. Ich habe es tatsächlich getan. Eben gerade.«

»Ja, *was* denn?« Ich schrie beinahe ins Telefon. »Spann mich doch nicht so auf die Folter! Hast du Heiko etwa ein Ultimatum gestellt?«

»Quatsch, nein. Wie kommst du denn auf die Idee? Ich hab meine Eltern angerufen. Und meinen Besuch angekündigt. Morgen setze ich mich in den Zug. Ehe ich es mir doch noch anders überlege.«

»Nein! Das ist ja der Wahnsinn! Ach, ich bin froh. Bestimmt wird alles gut.«

»Das wird sich herausstellen. Ich schreibe euch noch eine Mail. Ich weiß, du hast jetzt keine Zeit zum Reden. Und ich … ich hab immer noch Herzklopfen vor lauter Aufregung. Und ein Zugticket muss ich mir auch noch besorgen. Und meine Tasche packen. Also, tschüs erst mal.« Und schon hatte sie aufgelegt.

Ich kam spät nach Hause. Tom und ich hatten noch einen Tee zusammen getrunken und Verschiedenes besprochen, unter anderem auch meinen Urlaub im September.

»Willst du wirklich nur eine Woche freinehmen?«, fragte er. »Warum nicht zwei? Wir kommen schon klar hier. Du kannst ganz beruhigt sein.«

»Das weiß ich doch. Aber mehr Urlaub brauche ich nicht. Du weißt, ich arbeite gern.«

Tom grinste. »Ja, das weiß ich.«

Es ging mir durch den Kopf, dass ich vielleicht *zu* gern arbeitete. Vielleicht würde es unserer Ehe guttun, wenn Uwe und ich uns ein gemeinsames Hobby suchten? Vielleicht brachte uns das einander näher? Es konnte nicht schaden, mit ihm darüber zu sprechen.

Uwe telefonierte mit seinen Eltern, als ich ins Wohnzimmer kam. Ein leerer Teller und ein Bierglas auf dem Couchtisch verrieten mir, dass er schon zu Abend gegessen hatte. Ich holte mir auch ein Bier aus dem Kühlschrank und setzte mich im Arbeitszimmer an den Rechner. Melanies Mail an Sophie und Rosa war im Postfach:

Meine Süßen!

Morgen fahren Motte und ich zu meinen Eltern. Und das kam so: Nachdem Du, liebe Sophie, das Thema gestern nochmal angesprochen hattest und ich dank Dir nun im Besitz einer Zauberbrille bin, mit der man erkennen kann, was wirklich wichtig ist, setzte ich vorhin also das Teil auf und nahm meine Liste mit den Pro- und Kontra-Argumenten zur Hand. Tja. Was soll ich sagen. Mir fiel doch tatsächlich noch etwas ein:

Warum ich meine Eltern doch noch vor Mottes Geburt besuchen sollte:

• *Weil sie die einzigen Eltern sind, die ich habe. (Wenn ich die Wahl gehabt hätte, hätte ich mir andere ausgesucht. Aber darum geht es ja nicht.)*

• *Weil sie die einzige Familie (außer Motte und Euch) sind, die ich habe.*

• *Weil man nie wissen kann, wie lange jemand lebt. Mein Vater ist siebenundsiebzig, meine Mutter sechsundsiebzig. Kerngesund sind sie nicht. Wer weiß, wofür es gut ist, dass sie morgen von ihrer Enkeltochter erfahren.*

Meine Mutter wollte als Erstes wissen, warum ich denn schon wieder anrief. Wir hätten doch erst neulich miteinander gesprochen. Ob etwas passiert sei? Als sie hörte, dass ich zu Besuch kommen wollte, sagte sie: »Du willst uns besuchen? Ja, wann denn? Am Wochenende haben wir keine Zeit, dein Vater und ich, wir machen einen Seniorenausflug mit der Gemeinde.« Das war der Punkt, an dem ich gute Lust hatte, alles abzublasen, aber da ich mich nun mal durchgerungen hatte, wollte ich die Sache auch durchziehen. Jetzt sind sie ziemlich geschockt, dass ich schon morgen Nachmittag vor der Tür stehen und ein oder zwei Tage bleiben werde. Das geht alles viel zu schnell, und wie kann es sein, dass jemand nicht weiß, wann er genau ankommt und genau wieder abfährt? Ob ich nicht lieber zu Ostern käme? Man könne zusammen in der Gemeinde feiern. Vielleicht hätte ich ihnen einfach mitteilen sollen, dass um Ostern herum ihre erste und einzige Enkeltochter zur Welt kommen wird. Aber ich sagte nur, es gäbe da etwas, das ich möglichst bald persönlich mit ihnen besprechen wollte, und ich könne es terminlich nicht anders einrichten.

»Hast du etwa deine Stelle verloren?«, wollte meine Mutter gleich wissen. »Nein. Alles ist gut, keine Sorge. Es handelt sich um etwas sehr Erfreuliches«, sagte ich. »Und bloß

keine Umstände. Ich rufe noch kurz an, wenn ich weiß, welchen Zug ich nehme.«

Eine halbe Stunde später rief mein Vater an und wollte wissen, warum ich meinen Bräutigam nicht mitbringen würde, damit man ihn kennenlernen könne. »Es geht nicht um eine Hochzeit«, sagte ich. »Lasst euch einfach überraschen.«

Das ist also der neueste Stand der Dinge. Ich halte Euch auf dem Laufenden!

Es küsst und umarmt Euch Eure aufgeregte Melanie.

PS Bitte drückt mir die Daumen, dass es nicht so schlimm wird, wie ich befürchte.

PPS Ich wünschte, ich hätte wirklich einen Bräutigam dabei. Ein Leibwächter wäre auch nicht übel.

PPPS Ich bin ganz schön stolz auf mich.

Sophie hatte auch geschrieben:

Liebe Melanie! Liebe Rosa!

»Alles wird gut sein und alles wird gut sein, und aller Art Dinge wird gut sein.« Dieses wunderbare Zitat stammt von der englischen Mystikerin Juliana von Norwich, die im vierzehnten Jahrhundert abgeschieden in der Nähe einer Kirche lebte und ein Buch verfasste über göttliche Eingebungen, die sich ihr während einer schweren Krankheit offenbarten. Gestern brachte Hajo nicht nur seine Liege mit, sondern auch ein Geschenk für mich. Er hat diesen Satz für mich aufgeschrieben, eine wunderschöne Sonne und Blumen dazu gemalt und das Ganze rahmen lassen. Ich habe mich so gefreut, dass ich ihm um den Hals gefallen bin und ihm einen Kuss gegeben habe. Er war ein bisschen verlegen,

aber ich habe ihm angesehen, dass es ihm gefallen hat. Das Bild steht auf dem Couchtisch, und wenn ich schlafen gehe, nehme ich es mit nach oben. Es steckt so viel Trost in diesen Worten und so viel Wärme in Hajos Zeichnung.

Jetzt zu unserem Sonntag. Wenn es nicht regnet, würde ich gerne mit Euch im Park Babelsberg einen langen Spaziergang machen. Nun ist es so, dass für mich selbst kurze Wege eine Herausforderung sind. Das wird uns aber nicht abhalten – mein Prinz hat eine Kutsche für mich herbeigezaubert. Wenn sie gerade nicht gebraucht wird, verwandelt sie sich vielleicht in einen Kürbis, so wie im Märchen von Cinderella. Ich muss mir unbedingt noch mal den Disney-Film anschauen, wir haben ihn auf DVD.

Natürlich drücke ich Dir die Daumen, Mella, und ich bin auch ganz schön stolz auf Dich! Gute Reise! Ich bin gespannt, was Du berichten wirst.

Einen Kuss und eine Umarmung für Euch beide von Eurer Sophie

»Alles wird gut.« Dieser Spruch meiner Mutter hatte mich in meiner Kindheit begleitet und war verknüpft mit dem Duft und dem Geschmack von Kakao. Im Laufe meines Lebens hatte ich gelernt, dass es Dinge gab, die nie mehr gut wurden. Juliana von Norwich hatte das offenbar anders gesehen: *Alles wird gut sein und alles wird gut sein, und aller Art Dinge wird gut sein ...* der Satz war wie ein Mantra. Ich stellte mir vor, wie Sophie ihn immer wieder las und vor sich hin sagte, weil er ihr Mut machte. Denn wenn der Tod unvermeidbar zum Leben gehörte, da alles, was lebte, starb, wenn die Zeit gekommen war, war auch der Tod ein Teil von allem und aller Art Dinge, die gut sein würden … das hatte etwas Tröstliches. Und Trost war etwas, das auch ich brauchte, wenn ich an Sophies Kutsche dachte.

»Rosa?« Uwes Stimme riss mich unsanft aus meinen Gedanken. Er stand in der Tür und wedelte mit dem Mobiltelefon. »Mutter ist am Apparat und möchte dir gern hallo sagen.«

Nach Sophies Mail war ich nicht in der Stimmung für das Geplauder meiner Schwiegermutter, aber ich wollte nicht unhöflich sein und sie kurz abfertigen. Also hörte ich ihr zu und erfuhr einiges über Gartenpläne fürs Frühjahr, Arztbesuche und das Neueste von Uwes Schwester und Familie.

Nachdem das Telefonat beendet war, setzte ich mich wieder an den Rechner und las Sophies Mail noch einmal, bevor ich sie beantwortete. *Alles wird gut sein und alles wird gut sein, und aller Art Dinge wird gut sein …* Unvermittelt liefen mir die Tränen die Wangen herunter, einfach so, wie Regen vom Himmel fällt.

Am Mittwoch traf kurz vor Mitternacht eine Mail von Melanie ein:

Liebe Sophie, liebe Rosa,

nie werde ich die Gesichter meiner Eltern vergessen, als sie die Haustür öffneten. Ich habe versucht, den Bauch einzuziehen, ehrlich, aber es nutzte nichts: Mein Vater wurde knallrot, meine Mutter so blass, dass ich Angst hatte, sie bricht gleich ohnmächtig zusammen. Beiden stand der Mund offen und das pure Entsetzen im Gesicht geschrieben.

»Bist ... bist du das wirklich, Melanie?«, stotterte mein Vater.

»Ja, Vater, ich bin's wirklich, und ich freue mich auch, euch zu sehen. Darf ich reinkommen?«

»O gnädiger Gott. Ein uneheliches Kind. Womit haben wir das verdient?«, hauchte meine Mutter. Ich hätte sie auf der Stelle erwürgen können.

»Lass sie doch erst mal reinkommen«, knurrte mein Vater. »Die Nachbarn fallen ja schon beinah aus den Fenstern vor lauter Neugier.«

Wie es eben so geht in einer norddeutschen Kleinstadt, aber wahrscheinlich sind Kleinstädte überall gleich. Im Wohnzimmer wurde ich dann einem Verhör unterzogen. Ich schwöre euch, seit ich mit neunzehn ausgezogen bin, hat sich in diesem Raum nichts verändert. Immer noch hängt der liebe Heiland über dem Fernseher am Kreuz. Vor der Marienstatue auf dem Sideboard steht ein künstlicher Blumenstrauß. Es gab staubtrockenen Marmorkuchen (Fertigbackmischung, meine Mutter ist eine dankbare Käuferin von Fertigprodukten), dünnen Kaffee und anklagende Blicke. Ich hatte Herzklopfen und Sodbrennen, und Motte trat wie wild um sich. Alles war rundum furchtbar, und am liebsten wäre ich auf der Stelle wieder nach Hause gefahren. Aber hier saß ich nun und musste es irgendwie hinter mich bringen.

»Ich verstehe nicht, wieso du uns nicht schon längst erzählt hast, dass du ... nun ja, in anderen Umständen bist. Du siehst aus, als könnte es jeden Moment so weit sein«, sagte meine Mutter.

»Ungeheuerlich«, brummte mein Vater, wobei offenblieb,

was ungeheuerlicher war: Meine Schwangerschaft oder die Tatsache, dass ich sie bis heute verschwiegen hatte.

Natürlich hatte ich mir auf der Fahrt ein paar gute Antworten zurechtgelegt, und eine davon kam jetzt zum Einsatz: »Ein jegliches hat seine Zeit, und alles Vorhaben unter dem Himmel hat seine Stunde, sagt uns die Bibel. Ich dachte mir, ihr freut euch bestimmt, dass euch in ein paar Wochen eine kleine Enkeltochter geschenkt wird.«

»Aber doch nicht so!«, flüsterte meine Mutter, die im Gegensatz zu meinem Vater immer leiser wird, wenn sie sich aufregt. »Du bist nicht verheiratet. Einen Kindsvater muss es ja geben, aber wo ist er? Wenn alles auch nur annähernd seine Ordnung hätte, dann säße er jetzt hier und würde bei deinem Vater um deine Hand anhalten.«

Vater nickte mit ernstem Gesicht.

Ihnen erklären zu wollen, dass ihre Einstellung hoffnungslos reaktionär, spießig und herzlos war, hatte keinen Sinn. Ich zauberte eine vorbereitete Antwort aus dem Ärmel: »Ursprünglich war das auch so geplant. Aber manchmal kommt es anders, als man denkt. Mottes Vater und ich haben uns kürzlich in aller Freundschaft getrennt.« (Das ist ganz schön raffiniert, weil es mir die Möglichkeit gibt, später von einer Versöhnung zu sprechen, wenn Heiko endlich Nägel mit Köpfen gemacht hat.)

»Wie kann man sich trennen, wenn ein Kind unterwegs ist«, polterte mein Vater los. »Verantwortungslos, so was. Man beißt die Zähne zusammen, reißt sich am Riemen und steht zu seinen Verpflichtungen.«

Auf einmal hatte ich genug. »Ich bin zweiundvierzig Jahre alt und tue, was ich für richtig halte. Ich möchte mir keine Vorwürfe anhören, weil ich ein Baby bekomme und alleinerziehend bin. Es wäre schön, wenn ihr euch mit mir auf eure Enkeltochter freuen könntet und an unserem Leben teilnehmt. Wenn euch eure Moralvorstellungen wichtiger sind als mein Kind und ich, ist es auch okay. Ich fahre dann heute Abend noch zurück nach Berlin und werde euch nicht mehr belästigen. Es würde mir leidtun, den Kontakt zu euch ein für alle Mal abzubrechen, aber ich würde es tun. Es kränkt mich, wenn ihr so mit mir redet. Und ich möchte nicht, dass meine Tochter zu spüren bekommt, dass sie euch nicht willkommen ist.«

Ich war selbst erstaunt über das, was ich da in aller Ruhe von mir gegeben hatte. Aber ich meinte es bitter ernst. Meine Eltern starrten mich fassungslos an. Auf einmal fiel mir auf, wie sehr sie gealtert sind, wir haben uns ja lange nicht gesehen. Sie sind regelrecht zusammengeschrumpft. Es stimmt schon, Sophie: Säbelzahntiger sehen anders aus.

»Wir haben uns gewünscht, dass du einen guten Mann heiratest und dann eine Familie mit ihm gründest«, klagte meine Mutter. »Wir wollten immer nur das Beste für dich, und das hat sich nicht geändert. Natürlich machen wir uns Sorgen um dich. Was ist daran falsch?«

»Gegenfrage: Was ist wichtiger? Dass ich eure Erwartungen nicht erfüllt habe, oder dass es mir gutgeht und ihr nun doch noch ein Enkelkind bekommt?«, wollte ich wissen.

Mein Vater fuhr sich mit der Hand durchs Gesicht, was er immer tut, wenn ihm etwas unangenehm ist. Dann sagte er etwas, was ich ihm niemals zugetraut hätte: »Den Kindern gehört das Reich Gottes. Das hat Jesus gesagt, und *deine Mutter und ich folgen ihm nach. Natürlich ist uns die Kleine willkommen.«*

Meine Mutter nickte mit gesenktem Kopf und gefalteten Händen. Bei den Worten »Jesus« und »Gott« falten sich ihre Hände automatisch, das fand ich früher schon faszinierend.

»Schön«, sagte ich. »Das freut mich.«

Falls ihr jetzt glaubt, dass meine Eltern und ich wie durch ein Wunder plötzlich ziemlich beste Freunde geworden sind, muss ich euch enttäuschen. Ich glaube auch nicht, dass das je passieren wird. Wir sind einfach zu verschieden, und unsere gemeinsame Vergangenheit ist zu weit entfernt vom Modell »glückliche Familie«.

Und doch hat sich etwas verändert, ich bilde mir ein, dass meine klare Ansage ein Steinchen ins Rollen gebracht hat. Zum ersten Mal habe ich mir Respekt verschafft, und ich habe mich nicht in einen Streit verwickeln lassen. Das war nicht so einfach, wie es sich anhört.

So, und jetzt muss ich ins Bett, sonst falle ich vor Müdigkeit um. Ich melde mich, wenn ich wieder in Berlin bin. Und ich freue mich total auf unseren Mädels-Sonntag!

Küsse und eine Umarmung von eurer Melanie

Aber als Melanie am Freitagabend anrief, war sie nicht in Berlin. Sie war in Lübeck, in einem Hotel.

»Was machst du in einem Hotel in Lübeck? Warum bist du nicht bei deinen Eltern?«

»Das ist eine lange Geschichte«, sagte sie. Ihre Stimme gefiel mir nicht, ich wusste sofort, dass sie geweint hatte.

»Morgen komme ich zurück. Muss mir noch ein Ticket kaufen und einen Zug raussuchen.«

»Ich hole dich mit dem Auto ab«, sagte ich, ohne nachzudenken. »Du lädst mich zum Frühstück ein, und dann bummeln wir noch ein bisschen durch die Altstadt, und dann fahren wir ganz gemütlich nach Hause.«

Uwe, der in den *Spiegel* vertieft gewesen war, schaute erstaunt von seiner Lektüre auf.

»Hach. Das klingt großartig …« Melanie hörte sich so sehnsüchtig an, dass ich am liebsten sofort losgefahren wäre.

»Es ist aber ein ziemliches Stück zu fahren. Wird dir das nicht zu viel?«

»Ach wo. In drei Stunden bin ich da, ich breche ganz früh auf, dann hab ich freie Bahn. Was hältst du von Frühstück um neun?«

»Neun Uhr ist fein.« Das klang schon viel fröhlicher.

»Ich könnte auch schon heute Abend kommen. Falls du dich im Hotel sehr langweilst …«

»Nein, nein, ich langweile mich nicht, ich mache mir einen ruhigen Abend mit mir allein, das ist genau das, was ich brauche. Ich hab mir Zeitschriften gekauft. Und Schokolade. Und ich hab einen Fernseher auf dem Zimmer. Ich weiß, warum du gefragt hast. Weil du dir Sorgen um mich machst, aber das brauchst du nicht. Du bist ein Schatz, und wenn wir uns morgen sehen, werde ich dich ganz doll drücken.«

»Und ich dich. Und jetzt gib mir deine Adresse«, sagte ich.

Am anderen Morgen fuhr ich um halb sechs los. Die Autobahn war herrlich frei, ich konnte Gas geben. Uwe hatte mir liebe Grüße für Melanie mitgegeben und mich gebeten, vorsichtig zu sein, er sorgte sich immer, wenn ich allein eine lange Strecke fuhr. Um mich und wohl auch ein bisschen um unser Auto. Es war ein schnelles und teures Auto, beinahe neu, und er wusste, dass ich gern auf die Tube drückte, wenn ich freie Bahn hatte.

Um viertel nach sechs ging die Sonne auf. Es war herrlich, in den neuen Tag hineinzufahren. Das Radio lief, und wann immer ein Song gespielt wurde, der mir gefiel, trällerte ich laut und falsch mit. Der einzige Wermutstropfen war, dass Sophie nicht auf dem Beifahrersitz saß. Es wäre so schön gewesen – wir drei in Lübeck, ein Mädels-Tag in einer malerischen alten Stadt. Ich tröstete mich damit, dass wir sie morgen sehen würden. Der Wetterbericht hatte Sonne angekündigt. Wir würden den Park und unser Zusammensein in vollen Zügen genießen. Nichts würde mich davon abhalten können, denn ich würde meine Zauberbrille tragen.

Um kurz nach neun betrat ich den Frühstücksraum des kleinen Hotels in der Lübecker Altstadt. Ich entdeckte Melanie sofort, sie saß an einem Tisch am Fenster. Irgendwie schafften wir es, uns zu umarmen, trotz Babybauch.

»Wie hat es dich denn nun nach Lübeck verschlagen?«, fragte ich, nachdem wir uns am Frühstücksbüffet bedient hatten.

»Ich habe mich mit einem ehemaligen Liebhaber getroffen. Auf einen Kaffee.« Sie verzog das Gesicht, als hätte sie Zahnschmerzen. Müde sah sie aus, und sie hatte tiefe Ringe unter den Augen.

»Ach was ... jetzt bin ich platt.«

»Verständlich. Das war ja auch nicht geplant. In der ersten Nacht bei meinen Eltern konnte ich nicht schlafen. Und wie es so ist, wenn man nachts wach liegt: Die Gedanken kreisen und kreisen ... bei mir besonders hartnäckig um die Frage, wie meine Eltern mich wohl empfangen hätten, wenn ich mit Ehemann oder zumindest Bräutigam angerückt wäre. Garantiert wären sie freundlicher gewesen, auch wenn sie noch ein paar Haare in der Suppe gefunden hätten, so sind sie nun mal. Die wirklich wichtige Frage ist aber: Wieso gibt es keinen Mann in meinem Leben, der mit mir zu meinen Eltern gefahren ist? Ich verstehe es einfach nicht. Was stimmt nicht mit mir? Ich sehe ganz gut aus, ich bin intelligent und liebevoll, meine Macken sind erträglich. Was ist also der Grund, dass kein Kerl bisher aus ganzem Herzen ja zu mir gesagt hat, verdammt noch mal?«

»Ich habe keine Ahnung. Wenn ich ein Mann wäre, würde ich mich Hals über Kopf in dich verlieben und keine andere Frau mehr anschauen.«

Ein Lächeln zeigte sich auf Melanies Gesicht. »Danke. Das hab ich jetzt gebraucht. Wo war ich stehengeblieben? Ach ja. Irgendwann hab ich es nicht mehr im Bett ausgehalten und bin in die Küche geschlichen. Während ich die Schublade inspizierte, in der meine Mutter die Süßigkeiten aufbewahrt, kam mir eine Idee, die so naheliegend war, dass ich gar nicht verstand, warum ich nicht schon viel eher darauf gekommen war. Warum nicht mal mit einem Mann über alles sprechen? Einem Ex? Und da fiel mir einer ein, der nicht weit weg wohnt: Lutz.«

»Wer war das noch mal?«

»Lutz war verheiratet, er lebt in Lübeck, wir hatten über zwei Jahre eine Fernbeziehung, er hat sich dann für seine Frau entschieden. Von meinen Eltern bis nach Lübeck ist es knapp eine Stunde mit dem Zug.«

»Ah ja, jetzt erinnere ich mich. Und mit dem hast du dich also tatsächlich getroffen?«

Melanie nickte. »Ich hab bei ihm im Geschäft angerufen, er war sehr erstaunt … es ist ja auch schon ziemlich lange her. Aber er war gleich mit einem Treffen einverstanden, hat mich vom Bahnhof abgeholt und in ein Café eingeladen.«

»Und? Wie war's?«

»Es hat ganz schön wehgetan«, sagte sie.

»War er etwa gemein zu dir?« Ich merkte, wie mir heiß wurde vor Zorn.

»Er war ehrlich. Hat mir erzählt, dass er, kurz nachdem mit uns Schluss war, eine neue Frau kennengelernt und sich leidenschaftlich in sie verliebt hatte. Sie erwiderte seine Gefühle, hielt ihn aber auf Abstand, weil er verheiratet war. Auf gar keinen Fall wollte sie was mit ihm anfangen. Und was glaubst du, was passierte?«

»Ich ahne es …«

»Genau. Das ging auf einmal ratzfatz. Er trennte sich von seiner Frau, kam mit der anderen zusammen, reichte die Scheidung ein. Sie sind glücklich verheiratet und haben einen kleinen Sohn. Das hat mich umgehauen. Ich hab ihn gefragt, warum er sich nicht für mich scheiden ließ damals. Immerhin waren wir auch mal leidenschaftlich ineinander verliebt.«

»Und?«

»Damals war seine offizielle Erklärung, dass er seiner Ehe noch eine Chance geben wollte. Außerdem sei er zu dem Schluss gekommen, dass das, was wir miteinander hätten, nicht alltagstauglich sei. Logisch. Alltag hatten wir ja auch nie, wir hatten gestohlene Zeit, wenn er in Berlin »auf Geschäftsreise« war. Ich hab dann nachgehakt und ihm auch erklärt, warum es für mich so wichtig ist, im Nachhinein Klarheit darüber zu bekommen, was wirklich dahintersteckt.«

Melanie trank einen Schluck Saft und schaute aus dem Fenster in den Innenhof, in dem man im Sommer sicher angenehm sitzen konnte. »Er hat kein Blatt vor den Mund genommen. So weit, so gut. Aber wenn ich nicht aufpasse, heule ich los, wenn ich's dir erzähle.«

»Du könntest es mir ja auch später erzählen. Wenn du dich danach fühlst.«

»Ich fühle mich ja danach. Ich brauche nur eine kleine Pause. Ich hole mir jetzt erst noch was vom Büffet.«

»Gute Idee. Ich komme mit.«

Nachdem wir wieder am Tisch Platz genommen hatten, sagte Melanie: »Lutz glaubt, der Grund dafür, warum ich immer an Männer gerate, die gebunden sind oder nichts Festes wollen, ist, dass ich ihnen alles auf dem Silbertablett serviere. Ich verschenke mein Herz, gehe mit ihnen ins Bett, bin pflegeleicht im Umgang. Okay, ich mache auch Druck, dass der Mann sich trennen soll. Aber doch nur sehr dezent, ich habe ja so viel Verständnis für ihn und seine komplizierte Situation. Ich war noch mit keinem Mann zusammen, der nicht in einer schwierigen Situation steckte, das nur nebenbei. Mit anderen Worten: Die Typen kriegen alles von mir, zu ihren Bedingungen. Lutz meinte, es bestünde also gar kein Grund, dass sie sich trennen oder auf eine feste Beziehung einlassen. Ich war baff, als ich das hörte. So habe ich das nie gesehen. Irgendwie war ich davon überzeugt, dass die Liebe sich durchsetzen wird, nach dem Motto: Wenn ein Mann mich genug liebt, dann trennt er sich für mich beziehungsweise will was Festes, obwohl er das eigentlich gar nicht geplant hat … in den letzten zwanzig Jahren ist das kein einziges Mal passiert.« Vorsichtig betupfte sie sich die Augen mit ihrer Serviette. »Wenn ich ehrlich zu mir bin, muss ich zugeben, dass das wohl beweist, dass ich mich geirrt habe. So funktioniert es anscheinend nicht. Lutz meinte, viele Frauen hätten so eine naive Sicht und er hätte das in seinen wilden Zeiten durchaus ausgenutzt. Angeblich ist er aber durch Gattin Nummer zwei inzwischen geläutert.«

»Oder auch nicht. Klingt unwahrscheinlich angesichts seiner Vorgeschichte. Macht sich aber natürlich gut: Du stehst da als Ex-Doofchen und er als der reformierte Fremdgänger mit Durchblick. Ich glaube, ich mag Lutz nicht besonders. Ich gebe ihm allerdings recht, dass es besser ist, sich erst gar nicht auf bestimmte Kandidaten einzulassen. Wie wäre es mit einer Sperrliste? Keine gebundenen Männer mehr, niemand, der nur spielen will?«

Melanie schaute mich traurig an. »Du weißt schon, was du da sagst?«

»Wie meinst du das?«

»Wenn ich dich richtig verstehe, glaubst du nicht daran, dass Heiko sich für mich und Motte von Ines trennen wird. Und indirekt würde das bedeuten, dass ich die Beziehung zu Heiko beenden müsste. Weil sie keine Zukunft hat.«

»Es kommt darauf an. Ob du so weitermachen willst wie bisher oder neue Wege gehen möchtest.«

Melanie biss sich auf die Lippe und nickte. »Ich muss das erst mal sacken lassen. Und in Ruhe nachdenken.«

Nach dem Frühstück verstauten wir Melanies Reisetasche im Kofferraum meines Autos und bummelten durch die Altstadt. Es war schön hier, die Sonne schien, der Frühling lag auch in der Hansestadt in der Luft. Aber ich konnte das alles nicht genießen. Sophie fehlte mir auf Schritt und Tritt. Einmal bildete ich mir ein, sie aus der Entfernung zu sehen – eine schmale Frau mit kurzen Haaren trat aus einer Ladentür, und mein Herz machte einen Satz, obwohl es doch wissen musste, dass es nicht Sophie sein konnte.

Vor dem Schaufenster eines Antiquitätengeschäftes blieb Melanie stehen. »Sophie würde jetzt sagen: Mädels, hier müssen wir unbedingt rein …«

»Du denkst also auch an sie«, sagte ich und legte einen Arm um ihre momentan nicht vorhandene Taille.

»Die ganze Zeit. Sie fehlt mir so.«

»Mir auch.«

Wir starrten ins Schaufenster. »Wollen wir reingehen und schauen, ob wir eine Kleinigkeit finden, die wir ihr morgen mitbringen können?«, fragte Melanie.

»Das ist eine gute Idee.«

Wir entschieden uns für einen filigranen Silberring mit einem Ostsee-Bernstein, von dem wir genau wussten, dass er Sophie gefallen würde.

Nachdem wir den Laden verlassen hatten, sagte Melanie: »Es klingt vielleicht verrückt, aber es kommt mir wie Verrat vor: Ein Treffen ohne Sophie. Sie wäre die Letzte, die das so sehen würde, sie würde wollen, dass wir Spaß haben und es uns schön machen. Aber mir ist einfach nicht danach. Am liebsten würde ich heimfahren. Aber ich will dir auch nicht den Tag verderben.«

»Du verdirbst mir nicht den Tag. Lass uns nach Hause fahren.«

Auf dem Weg zurück zum Auto hakte sich Melanie bei mir unter. In einem Schaufenster sah ich unsere Spiegelbilder: Zwei Frauen Arm in Arm, eine davon so hochschwanger, dass man annehmen konnte, die Geburt stünde unmittelbar bevor.

Damals an der Ostsee, als wir meinen Geburtstag gefeiert hatten, waren wir zu dritt untergehakt am Strand entlanggegangen. Lachend, glücklich, weil Sophie uns gerade erzählt hatte, dass sie gesund war. Nie mehr, nie mehr, dröhnte es in meinem Kopf, werden drei Frauen zusammen am Meer spazieren gehen. Nie mehr werden sie nach Wien fahren, Paris entdecken, Hüte kaufen, in Trödelläden stöbern. Noch vor einigen Tagen hätte ich hinzugefügt: Wenn kein Wunder geschieht. Aber die Wahrheit war, dass ich mittlerweile nicht mehr an ein Wunder glaubte. Auch wenn ich die Schwarze Madonna immer noch darum bat.

Auf der Heimfahrt schlief Melanie die meiste Zeit. Irgendwann kurz vor Berlin sagte sie: »Tut mir leid, Rosa. Mit mir ist heute nichts los. Ich hab nicht mal Lust, zu reden. Und das will was heißen.«

»Stimmt«, neckte ich sie, um sie ein bisschen aufzumuntern.

Ein Lächeln huschte über ihr Gesicht. »Werd bloß nicht frech. Morgen geht es mir bestimmt besser, dann wünschst du dir, ich würde mal fünf Minuten die Klappe halten, wenn ich euch von Motte und vom Besuch bei meinen Eltern erzähle.«

»Bestimmt nicht. Ich bin schon sehr gespannt.«

»In der WG hatten wir uns mal ganz furchtbar in der Wolle – da hast du mir doch tatsächlich an den Kopf geworfen, ich wäre eine Plaudertasche. Gott, war ich beleidigt. Erinnerst du dich?«

»Und ob. Das war die Phase, als ich Liebeskummer hatte und außer Grönemeyer und Lindenberg so wenig wie möglich hören wollte. Auch keine langen, lustigen Geschichten morgens um sechs vor der ersten Tasse Kaffee … du hast mich beinahe auf den Knien rutschen lassen, bis du mir verziehen hast.«

»Du hattest es auch verdient.«

An diesem Sonntag war es Stefan, der uns die Tür aufmachte. Ich hatte ihn länger nicht gesehen, und trotz Zauberbrille war ich erschrocken, wie tief sich der Kummer in sein Gesicht eingegraben hatte. Nur sein Lächeln war unverändert, als er uns liebevoll in die Arme schloss.

»Wie schön, euch zu sehen! Kommt rein!«, sagte er. »Ich soll euch von Sophie sagen, dass die Kutsche im

Wohnzimmer steht und ihr keinen Schreck bekommen sollt.«

»Wie schlimm ist es, Stefan?«, fragte ich leise.

»Nicht ganz so schlimm, wie du vielleicht glaubst. Es ist nur so, dass der Rollstuhl ihr mehr Bewegungsfreiheit gibt. Sie möchte doch heute mit euch wandern! Der Rucksack fürs Picknick ist gepackt. Ich hab Zitronenmuffins für euch gebacken.«

Woher nahm der Mann seine Kraft? Sein Lächeln, die Liebe in seinen Augen brachen mir fast das Herz.

Sophie wusste genau, wohin sie wandern wollte: Zu ihren Lieblingsplätzen. Der Park Babelsberg, erklärte sie uns, bevor es losging, war einhundertvierzehn Hektar groß. Alles könne man heute nicht erkunden, es sei ja auch eine werdende Mutter dabei, die nicht mehr so gut zu Fuß sei. Als Erstes würde sie gern den Krähenbaum besuchen. Und dann zum Flatowturm spazieren, zur Gerichtslaube, zum Schloss Babelsberg und schließlich in der Nähe vom Kleinen Schloss, einem ehemaligen Gartenhaus, das direkt am Tiefen See der Havel lag, eine zünftige Brotzeit einlegen.

Meine Aufgabe war es, den Rucksack mit dem Proviant zu tragen. Nach einer Einweisung durch Stefan lenkte Melanie souverän die Kutsche der Prinzessin. Und so zog unsere kleine Karawane bei strahlendem Sonnenschein, begleitet von Vogelgezwitscher, im Park ein. Unsere erste Station, der Krähenbaum in der Nähe des Eingangs, war insofern eine Enttäuschung, als die Krähen abgezogen waren: Sie gingen wohl ihren Brutgeschäften nach. Sophie ließ es sich trotzdem nicht nehmen, auszusteigen und die mitgebrachten Brotwürfel zwischen den Baumwurzeln zu verstreuen.

»Ein paar sind bestimmt in der Nähe und beobachten uns«, meinte sie. »Sie werden das Futter schon finden.«

Wir zogen weiter. Ich genoss jeden Schritt in dieser sanft geschwungenen Parklandschaft mit den majestätischen alten Bäumen. Viele Spaziergänger waren unterwegs, aber es herrschte bei weitem nicht so ein Gedrängel wie an der Krummen Lanke. Man hatte Raum hier. Trotzdem ernteten wir neugierige Blicke. Wir waren ja auch ein ungewöhnlicher Anblick: Eine Hochschwangere in einem bunten Kleid und Wanderstiefeln, ein zartes Persönchen in einem Rollstuhl und eine Frau mit einem Rucksack. Alle drei hatten sehr auffällige rosa Brillen auf der Nase, die eher zu einer Kostümparty passten als in einen Landschaftspark. Wir ließen uns Zeit auf der Wanderung. Es gab so viel zu bestaunen: Leberblümchen und die ersten Buschwindröschen, Veilchen und die gelben Blüten des Huflattichs; das erste zarte Grün, blühende Haselsträucher und Weidenkätzchen. Vom Flatowturm und der Gerichtslaube aus genossen wir den weiten Blick über Park und Fluss. Am Michaelisbrunnen hinter dem Schloss Babelsberg begrüßte Sophie ihren Freund, den Erzengel Michael, der, seit er in Stein gemeißelt worden war, mit einem Drachen kämpfte. Vom Schloss aus war es nicht mehr weit bis zu unserem Ziel, einer Bank, von der man über die Havel hinüber nach Potsdam schauen konnte. Eine Weile saßen wir einfach nur schweigend da und genossen die warmen Sonnenstrahlen und den Wind, der unsere Gesichter streichelte.

Unsere zünftige Brotzeit bestand aus Kaffee, Tee und Mineralwasser; Sandwiches und Obst. Die Krönung waren die Zitronenmuffins.

»Mhm, lecker. Ich wünschte, meine Mutter würde mal einen Backkurs bei Stefan belegen«, sagte Melanie mit vollem Mund. »Aber sie lässt nichts auf Fertigbackmischungen kommen.«

»Wie war's denn noch so bei deinen Eltern?«, fragte Sophie.

»Anstrengend. Sie haben nun mal ihre festen Gewohnheiten und Themen. Auch im Denken. Aber ich habe gemerkt, dass sie sich Mühe geben, also hab ich mich zusammengerissen. Da kam mir all die Nervennahrung der letzten Woche zugute. Ich habe so manche Bemerkung überhört, anstatt sofort beleidigt zu sein und Streit anzufangen. Ich glaube sogar, dass sie sich – auf ihre Art – tatsächlich ein bisschen auf ihre Enkelin freuen. Mein Vater hat gefragt, ob er mal mit dem jungen Mann reden soll, vielleicht gäbe es ja doch noch eine Hochzeit. Meine Mutter erzählte zum ersten Mal überhaupt, wie es war, als ich unterwegs war. Ihr war dauernd schlecht, und sie wollte immer nur Vanillepudding mit Himbeersoße essen. Sie haben schon ihren Besuch in Berlin angekündigt, aber sie müssen schauen, wie sie es mit ihren Terminen in der Gemeinde hinbekommen, auf keinen Fall wollen sie etwas verpassen. Mittlerweile sehe ich es entspannter, dass die Gemeinde ihr Ein und Alles ist. Außerhalb haben sie ja gar keine Kontakte. Ich bin froh, dass ich hingefahren bin. Wenn ich daran denke, wie ich mich verrückt gemacht habe, dabei war alles halb so schlimm.

Und dann hab ich mich noch in Lübeck mit einem Verflossenen getroffen, Lutz, vielleicht erinnerst du dich an ihn. Ich wollte Licht in mein Faible für Gebundene und Bindungsscheue bringen. Auch, was Heiko betrifft. Mehr kann ich dazu noch nicht sagen. Ich muss alles erst einmal sacken lassen und nachdenken.«

»Ich wünsch mir, dass du glücklich bist. Nicht mehr, nicht weniger«, sagte Sophie. Auch die rosa Brille konnte nicht verhindern, dass ich sah, wie erschöpft sie war. Aber sie strahlte eine tiefe Zufriedenheit aus.

»Übrigens haben wir dir etwas aus Lübeck mitgebracht«, sagte Melanie und holte das Schächtelchen mit dem Ring aus ihrer Handtasche. »Rosa hat mich mit dem Auto abgeholt. Das war so süß von ihr. Und da kamen wir an diesem kleinen Laden vorbei und dachten, das könnte dir gefallen.«

»Ach, ihr Lieben. Ihr sollt mir doch nicht dauernd etwas schenken«, sagte Sophie. »Ich bin so glücklich, wenn wir zusammen sind. Das reicht vollkommen.«

»Es macht uns aber Spaß!«, sagte ich.

Sophie fing an zu lachen. »Ja, ich weiß. Und ehrlich gesagt, liebe ich Geschenke.«

Sophie verliebte sich sofort in den Ring. Sie steckte ihn an den Mittelfinger der rechten Hand und ließ den Bernstein im Sonnenlicht aufblitzen. »Oh – der ist entzückend. Danke! Lasst euch knutschen!«

Als ich sie umarmte, kam sie mir so leicht und zart vor, als könne sie jeden Moment davonfliegen.

Aber sie hatte andere Pläne: Sie wollte die neuesten Neuigkeiten über Motte hören. Und Melanie hatte viel zu berichten:

»Wir sind jetzt in der fünfunddreißigsten Woche. Motte wiegt um die zweieinhalb Kilo und ist rund sechsundvierzig Zentimeter groß. Sie hat mit allergrößter Wahrscheinlichkeit blaue Augen, aber das heißt nicht, dass das so bleibt. Blaue Augen bedeuten derzeit nur, dass die Pigmentierung noch nicht abgeschlossen ist. Wusstet ihr, dass erst mit ungefähr zwei Jahren die Farbe der Augen endgültig feststeht? Mottes Leber ist jetzt so weit entwickelt, dass sie theoretisch schon mal mit einem Glas Sekt feiern könnte, dass es nicht mehr lange dauert, bis wir uns in die Augen schauen. Ich kann es kaum erwarten! Im Geburtsvorbereitungskurs ist mein Bauch der dickste von allen, die anderen werdenden Muttis im Kurs sind alle viel, viel dünner. Was sie nicht daran hindert, völlig verzweifelt zu sein, weil Size Zero im Moment trotzdem keine Option ist. Ich bin zu alt für solche Sorgen.«

Sophie lächelte. »Darf ich Motte hallo sagen?«

»Aber klar.«

Sophie legte ihre Hand auf Melanies Bauch und neigte den Kopf leicht zur Seite. »Hm ... sie will wissen, ob du schon einen Namen für sie ausgesucht hast. Einen richtigen.«

Melanie zog erstaunt die Augenbrauen hoch. »Das ist ja ein Ding. Sie redet mit dir! Warum nicht mit mir?«

»Das will sie mir nicht verraten«, sagte Sophie augenzwinkernd.

»Horch doch bitte noch mal in meinen Bauch«, gab Melanie zurück. »Vielleicht sagt sie dir ja, wie sie heißen möchte? Ich habe eine Liste mit achtunddreißig Mädchennamen, aber ich kann mich nicht entscheiden. Und von Heiko ist keine Hilfe zu erwarten. Er hat gesagt, alle Namen seien auf ihre eigene Art schön. Einfacher geht es kaum.«

»Du kannst uns die Liste ja mal zumailen«, schlug ich vor. »Wir kreuzen dann unsere Favoriten an. Die Top Ten.«

»Au ja, das mach ich!«

»Motte findet die Idee auch gut«, sagte Sophie.

»Das ist die Hauptsache!«, gab Melanie trocken zurück.

Wir prusteten los, einfach so, und ich fühlte mich rundum glücklich.

7

Den Sonntagabend verbrachten Uwe und ich wieder gemeinsam. Er holte Pizza bei unserem Lieblings-Italiener, wir tranken einen guten Rotwein dazu und freuten uns auf den *Tatort*. Es war die perfekte Gelegenheit, um etwas mit Uwe zu besprechen, über das ich in den letzten Tagen öfter nachgedacht hatte.

»Uwe?«

»Mhm?«

»Was hältst du davon, wenn wir uns ein gemeinsames Hobby suchen?«

Er schaute mich verständnislos an. »Ein gemeinsames Hobby? Wie meinst du das?«

»Na ja, vielleicht ein Tanzkurs? Ich wollte immer schon Tango Argentino lernen, aber ich bin flexibel. Walzer ist auch okay, wenn dir das lieber ist. Oder Golf? Aber da fällt mir ein, für Golf kann ich mich überhaupt nicht begeistern. Wie wäre es mit Reiten? Wir sind doch beide früher geritten, wir könnten wieder anfangen und uns hier im Verein engagieren.«

»Ja, aber ... wieso sollten wir?«

»Ich fände es toll, wenn wir zusammen etwas Neues entdecken. So etwas verbindet. Was hältst du von Fotografieren? Oder wir könnten Italienisch lernen. Für unseren Wanderurlaub in Südtirol.«

Er schüttelte den Kopf, so als hätte ich gerade ein völlig unsinniges Anliegen vorgetragen. »Aber *warum* sollten wir Italienisch lernen, wenn im Hotel alle Deutsch sprechen, und wir auch? Oder warum sollte ich einen Tanzkurs mitmachen, wenn ich genau weiß, dass ich überhaupt kein Rhythmusgefühl habe und die Rumhopserei hasse? Das hat keinen Sinn für mich.«

»Okay. Hast du andere Ideen?«

»Warum überhaupt dieser Aktionismus plötzlich? Es läuft doch alles in angenehmen Bahnen. Ich finde es zum Beispiel schön, dass wir hier gemütlich zu Abend essen, ein Glas Wein dazu trinken und gleich zusammen den *Tatort* anschauen.«

Ich nahm einen letzten Anlauf. »Das finde ich auch schön. Es ist ein guter Anfang für mehr Gemeinsamkeit. Aber ich finde, es würde unsere Ehe bereichern, wenn wir, hm, mehr Zeit miteinander verbringen, mit etwas, das uns beiden Freude macht. So wie Katja und Bernd. Seit die beiden ihre Leidenschaft fürs Kochen entdeckt haben, sind sie viel glücklicher miteinander.«

Ich hatte dieses Beispiel mit Bedacht gewählt, denn die beiden waren ein befreundetes Paar, das Uwe sehr schätzte.

»... und sehr viel dicker«, ergänzte Uwe.

Am liebsten hätte ich gesagt: Stimmt nicht, und außerdem geht es doch darum, etwas miteinander zu teilen und Spaß zu haben. Aber mir war etwas klar geworden: Egal, welche Argumente ich vorbringen würde, Uwe würde sie abschmettern, verdrehen, ignorieren. Genau wie meine Wünsche. Er hatte einen Grund dafür gefunden, dass Sex in unserer Ehe seit Jahren gestrichen war: *Er* hatte keine Lust, und das hatte ich zu akzeptieren. Ganz offensichtlich hatte er auch keine Lust auf neue, gemeinsame Aktivitäten. Was ich wollte, spielte auch hier nicht die geringste Rolle. »Egoist!«, hatte Melanie gezischt, als ich erzählt hatte, warum ich mich gelegentlich mit einem *zitty*-Mann traf. Sie hatte recht. Man konnte mit Uwe angenehm leben, wenn man in emotionaler Hinsicht keine Ansprüche stellte, das wusste ich schon lange. Aber wollte ich wirklich bis ans Ende meiner Tage mit einem Mann leben, der mir, wenn es um meine Wünsche und Sehnsüchte und Bedürfnisse ging, keinen Millimeter entgegenkam, wenn es ihm nicht in den Kram passte? Reichte es aus, dass er flexibel war, wenn es um Alltägliches, Urlaubsziele, Restaurants und Automodelle ging? Dass er mir in die Gestaltung meiner Freizeit genau so wenig dreinredete wie ich ihm? War er ein toleranter Mensch oder war es ihm einfach egal, was ich machte, solange er seine Ruhe hatte?

»Mit anderen Worten: Du bist nicht bereit, etwas für unsere Ehe zu tun«, sagte ich.

Er verdrehte die Augen, geradezu ein Temperamentsausbruch für ihn. »Was ist in letzter Zeit bloß los mit dir, Rosa? Warum willst du partout etwas verändern? Ich hab dir doch gesagt, dass ich zufrieden bin mit unserer Ehe.«

»Aber ich nicht. Und zu einer Ehe gehören immer zwei.«

Jetzt schnaubte er durch die Nase, was er nur tat, wenn er richtig sauer war. »Das höre ich heute zum ersten Mal. Es spielt aber auch keine Rolle. Eine erwachsene Frau sollte meiner Ansicht nach in der Lage sein, selbst für ihre Zufriedenheit zu sorgen, auch wenn der Ehepartner nicht so funktioniert, wie sie das gern hätte. Ich finde es sehr unangenehm, dass du jetzt auf einmal an mir herumschrauben möchtest. Ich lasse dir ja auch deine Freiräume.«

Es hatte keinen Sinn, weiter zu diskutieren. Er war zufrieden, und wenn ich es nicht war, dann war das mein Problem, darauf lief es hinaus. Ich sah Sophies leuchtende Augen vor mir, vorhin am Havelufer, als sie zu Melanie sagte: »Ich wünsch mir, dass du glücklich bist. Nicht mehr, nicht weniger.«

Glück, wie funktionierte das, wenn es um die Männer in meinem und Melanies Leben ging? Wäre ich ohne Uwe automatisch glücklicher? Und wenn Melanie einen Schlussstrich unter ihre Affäre setzen würde, wäre sie dann im siebten Himmel? Wohl kaum.

»Ja, du lässt mir meine Freiräume«, sagte ich. »Aber liebst du mich eigentlich auch?«

Uwe schnaubte, verdrehte die Augen und lief puterrot an. So außer sich hatte ich ihn das letzte Mal erlebt, als ein Nachbar eine Beule in unser neues Auto gefahren hatte. »Rosa! Was ist bloß los mit dir? Du solltest zu Theo gehen und dir etwas verschreiben lassen. Ein Beruhigungsmittel, oder … na, er wird schon wissen, was gut für dich ist. Vielleicht hängt dein Zustand mit Sophies Krankheit zusammen. Das ist alles sehr traurig und tut mir unendlich leid, aber ich muss zugeben, dass ich deine Fragen unpassend finde.«

»Weil ich wissen will, ob du mich liebst? Das ist jetzt nicht dein Ernst, oder?«

»Doch, das hat das Fass zum Überlaufen gebracht. Du erwartest doch nicht ernsthaft, dass ich darauf antworte?

222

Ich hatte mich auf einen ruhigen Abend mit dir gefreut. Davon kann ja jetzt leider keine Rede mehr sein. Außerdem könnte ich den Spieß auch umdrehen und dich fragen, ob du mich denn liebst?«

Mit seiner juristischen Behändigkeit hatte er mich schachmatt gesetzt. Ich hatte wieder Sophies Stimme im Ohr, die mich fragte, ob ich Uwe liebte. Ich erinnerte mich auch noch an meine Antwort und wusste, dass ich sie nie wieder über die Lippen bringen würde.

»Nicht so, wie ich einen Mann lieben möchte. Ich will nicht den Rest meines Lebens mit einem platonischen Freund verbringen, das ist mir gerade klar geworden.«

Er starrte mich an, als sähe er mich zum ersten Mal, und vielleicht stimmte das auch. Ich erkannte mich ja selbst kaum wieder.

»Was ist denn daran auszusetzen? Du hast alle Freiheiten und trotzdem ein harmonisches Zuhause. Ich verstehe dich nicht.« Er klang geradezu verzweifelt.

»Ja, ich weiß.« Traurig, aber wahr.

Dass Uwe zufrieden war, war kein Wunder, denn er lebte genau die Art von Ehe, die er führen wollte: Eine freundschaftliche Wohngemeinschaft. Ich konnte ihm keinen Vorwurf machen, denn ich hatte jahrelang mitgespielt. Aber mein Leben zerrann mir dabei unter den Fingern, weil ich mir selbst fremdging. Alles, was mich lebendig machte – meine Wünsche, Sehnsüchte, Leidenschaft, Träume, Zärtlichkeit, Gefühle –, hatte ich weggesperrt, denn mit Uwe konnte ich sie nicht teilen. Mir war es wichtiger gewesen, irgendwie zu funktionieren, um nicht zugeben zu müssen, dass ich einen Mann geheiratet hatte, der nicht zu mir passte, als mir selbst treu zu sein. Für ein paar Annehmlichkeiten hatte ich meine Seele lebendig begraben.

»Weißt du, ich fange ja selbst erst gerade an, mich zu verstehen«, fügte ich freundlich hinzu.

»Schön für dich!«, raunzte er. »Können wir dann jetzt wieder zur Normalität zurückkehren?«

»Nein, können wir nicht. Es ist vorbei, Uwe. Alles im Leben hat seine Zeit. Auch unsere Ehe. Für mich ist die Zeit gekommen, allein weiterzugehen.«

Das hörte sich ziemlich dramatisch an, aber mir war auch dramatisch zumute. Immerhin warf ich über acht gemeinsame Jahre gerade in die Krumme Lanke, und das im Rekordtempo. Eben hatten wir noch friedlich beim Abendbrot gesessen, ein ganz normales Ehepaar, das sich auf einen Fernsehabend freute. Und nun hatte ich meinem Mann mitgeteilt, dass ich mich von ihm trennen wollte.

Der allerdings blieb erstaunlich gelassen. »Das ist jetzt nicht dein Ernst. Du ärgerst dich bloß, weil ich keinen Tanzkurs mit dir machen will und keine Lust auf Sex habe, deshalb machst du Druck. Weil du glaubst, damit kannst du mich dazu kriegen, das zu tun, was du willst.«

»Nein, denn leider weiß ich aus Erfahrung, dass das völlig aussichtslos ist. Es *ist* mein Ernst, und ich möchte, dass wir freundschaftlich auseinandergehen. Das sollte kein Problem sein. Kinder haben wir ja nicht, und finanziell wird es bei der Scheidung auch keine Komplikationen geben.«

»Ich fasse es nicht! Aus heiterem Himmel drehst du völlig durch. Eben war noch alles gut, im nächsten Moment willst du die Scheidung. Das können nur die Wechseljahre sein. Du steckst in der Midlife-Crisis, und ich muss es ausbaden. Geh doch erst mal zum Arzt, ehe du alles so überstürzt hinschmeißt.«

»Ich gehe jetzt eine Runde spazieren. Ich brauche Bewegung an der frischen Luft.«

»Tu das. Ich hoffe, das bringt dich wieder zur Vernunft.«

Der Abend war mild, aus den Gärten stieg der Geruch von Erde und Wachstum. Trotzdem fror ich, während ich durch die Straßen ging. Ich fühlte mich zittrig. Es war völlig untypisch für mich, eine so wichtige Entscheidung aus dem Bauch heraus zu fällen. Normalerweise dachte ich gründlich nach, ich schlief darüber, ich redete mit meinen Freundinnen, ich ließ mir Zeit.

Während ein Teil von mir vor Kälte und Aufregung und wohl auch Angst vor der eigenen Courage bibberte, spürte ich gleichzeitig die innere Gewissheit, richtig gehandelt zu haben. Irgendwann ertappte ich mich dabei, dass ich vor mich hin murmelte: *Alles wird gut sein und alles wird gut sein, und aller Art Dinge wird gut sein*, immer und immer wieder. Die Worte beruhigten mich, und sie verbanden mich mit Sophie. Ich stellte mir vor, wie sie und Stefan jetzt aneinandergekuschelt auf dem grauen Sofa saßen, und das Bild, das Hajo zu den tröstenden Worten von Juliana von Norwich gemalt hatte, leistete ihnen Gesellschaft.

Der Krimi hatte bereits angefangen, als ich wieder nach Hause kam. Ich verzog mich ins Arbeitszimmer, um in Ruhe nachzudenken. Sollte ich Melanie anrufen? Einerseits hätte ich gerne mit ihr über alles gesprochen. Andererseits – was, wenn ich es mir doch noch anders überlegen sollte? Wenn ich morgen früh aufwachte mit dem Gedanken, dass es verrückt war, einfach alles hinzuschmeißen? Bei Licht betrachtet, gab es dafür keine handfesten Gründe. Hunderttausende von Paaren lebten ähnlich wie wir, und sie blieben zusammen. Wegen der Finanzen, weil man zu zweit weniger allein war und das Gefühl hatte, das Leben besser meistern zu können, weil man gemütlich in seinen Alltag und einen gemeinsamen Bekanntenkreis eingebettet war. Alle diese Paare hatten ihre ganz persönlichen Gründe, warum für sie bleiben besser war als gehen.

Wenn ich ging, würde nichts mehr sein, wie es war. Wollte ich das wirklich?

Am anderen Morgen wurde ich wach, bevor der Wecker klingelte. Uwe war schon aufgestanden, bald würde er zur Arbeit fahren. Ich lag mit geschlossenen Augen in der Dunkelheit und spürte in mich hinein. Wir hatten gestern Abend nicht mehr geredet. Alles war wie immer gewesen. Niemand, der uns beobachtet hätte, wäre auf die Idee gekommen, dass ich meinem Mann vor wenigen Stunden mitgeteilt hatte, dass ich mich scheiden lassen wollte. Uwe kam sogar ins Arbeitszimmer und gab mir einen Gutenachtkuss auf die Wange, bevor er ins Bett ging. Als ich mich eine Stunde später in meine Daunendecke kuschelte, verrieten mir seine gleichmäßigen Atemzüge, dass er bereits eingeschlafen war.

Eins war klar: Wenn ich es mir anders überlegen sollte, brauchte ich nur so weiterzumachen wie bisher. Uwe würde nur zu gerne davon ausgehen, dass ich nach einem Anfall von Wechseljahre-Wahnsinn wieder von selbst zur Vernunft gekommen war.

Ich blieb so lange im Bett, bis ich sicher sein konnte, dass Uwe aus dem Haus war, dann stand ich auf. Die Trennung fühlte sich immer noch richtig an. Aber ich würde mir Zeit geben, bis ich es offiziell machte. Bis zum nächsten Sonntag. Wenn mein Entschluss dann immer noch feststand, würde ich Sophie und Melanie als Erste ins Vertrauen ziehen.

Tom und ich verbrachten die Mittagspause zusammen an der Krummen Lanke. Das Wetter war immer noch herrlich, ich konnte mich nicht erinnern, dass es in Berlin im März jemals so warm gewesen war. Der See glitzerte im Sonnenlicht, und die Knospen an Büschen und Bäumen sahen so prall aus, als könnten sie jeden Augenblick aufgehen, um das junge Grün in die Freiheit zu entlassen.

Tom und ich hatten es uns auf einer Bank am Ufer gemütlich gemacht und schauten den Enten und Blesshühnern bei ihren Tauchübungen zu.

»Schau mal, Rosa, da oben, ein Reiher!«, sagte er plötzlich. Es war ein wunderschöner Anblick, wie der silbrige Vogel über den blauen Himmel segelte. Im selben Moment, als mir durch den Kopf schoss, ob der Reiher vielleicht auch so etwas wie ein Zeichen war, dass hier eine wunderbare Gelegenheit war, mit einem vertrauenswürdigen Menschen zu reden, platzte es auch schon aus mir heraus: »Tom, wenn dir eine Kollegin erzählen würde, dass sie sich Hals über Kopf entschlossen hat, sich von ihrem Mann scheiden zu lassen, was würdest du denken?«

Das blaue und das braune Auge richteten sich konzentriert auf mich. »Das kommt auf die Kollegin an. Nehmen wir mal an, es wäre eine kluge Frau, die ich sehr mag und beruflich wie privat sehr schätze, dann gehe ich davon aus, dass sie gute Gründe für ihre Entscheidung hat. Wenn man etwas Hals über Kopf tut, dann heißt das ja nicht, dass man sich nicht vorher schon längere Zeit mit dem Thema beschäftigt hat.«

»Danke. Ich kenne etliche Leute, die das anders sehen würden.«

Er lächelte und seine Husky-Augen strahlten. »Es ist dein Leben, Rosa. Wenn es dich nicht glücklich macht, so wie es ist, bist du die einzige Person, die es ändern kann.«

»Aber woher weiß ich, ob ich das Richtige tue? Ob mein Leben mir hinterher wirklich besser gefällt?«

Tom fing an zu lachen. Er lachte so laut, dass ein Kormoran, der sich auf einem Baumstumpf am Wasser niedergelassen hatte, erschrocken aufflog. »Dann änderst du es einfach wieder. So lange, bis du glücklich bist. Leben ist Bewegung. Ich sehe das so: Wir wissen nicht, was die Zukunft bringt, wie lange wir leben, was das Schicksal noch alles für uns bereithält. Es ist ein großes Geschenk, immerhin zu wissen, wann es Zeit ist, etwas loszulassen, das am Ende ist. Um neu anfangen zu können.«

Er zog eine Tüte mit altem Brot aus seiner Jackentasche und streute es ins Wasser. In null Komma nichts hatten die Enten und Blesshühner alles vertilgt und beäugten uns erwartungsvoll. »Alle, alle, meine Freunde«, sagte Tom vergnügt. Und dann gingen wir Arm in Arm zurück zur Praxis.

Die folgenden Tage vergingen wie im Flug. Ich arbeitete viel und freute mich auf den Sonntag. Und ich fing an, nach Wohnungen zu suchen. Einmal kam Uwe ins Arbeitszimmer, als ich gerade online die Immobilienangebote durchforstete.

»Ich dachte, du wärst inzwischen zur Vernunft gekommen«, sagte er kopfschüttelnd. »Die Mieten sind so enorm gestiegen in den letzten Jahren. Ich verstehe dich nicht. Es ist doch ganz klar, dass zwei Leute, die zusammen wirtschaften, viel günstiger leben können als eine Person. Nicht nur, was die Miete angeht. Denk auch mal an die Steuer. Und die Single-Packungen in den Supermärkten sind auch viel zu teuer.«

Er tat mir fast leid in seinem Bemühen, mir die Vorzüge unserer Ehe anzupreisen. Nur war ihm nicht klar, dass andere Argumente viel überzeugender gewesen wären: Ein leidenschaftlicher Kuss, ein Satz wie: »Ich will dich nicht verlieren, ich liebe dich, lass uns noch mal ganz neu anfangen«, so was in der Art. Aber solche unrealistischen Wendungen gab es eben nur in Liebesfilmen.

»Wir können sehr viel Geld sparen, wenn wir uns bei der Scheidung gütlich einigen und einen gemeinsamen

Anwalt beauftragen. Lass uns nächste Woche bitte in Ruhe darüber sprechen«, sagte ich.

Er warf mir einen bösen Blick zu. »Ich muss erst in meinen Terminkalender schauen, ob ich überhaupt die Zeit für ein Gespräch finde!« Und weg war er. Ich bildete mir ein, dass er die Tür deutlich lauter schloss, als es nötig gewesen wäre.

Als ich kurz darauf mein Postfach inspizierte, fand ich eine Mail von Melanie:

Liebe Sophie, liebe Rosa,

meine Liste mit den achtunddreißig Vornamen für Mädchen habe ich noch mal überarbeitet. Die wirklich ungewöhnlichen habe ich schweren Herzens gestrichen. Ich glaube, Motte wird es mit einem Allerweltsnamen besser gehen, als wenn sie Begonia, Talisha oder Pardis heißen würde. Auch Ottilie ist keine Option, selbst wenn meine Mutter extra deswegen angerufen hat. Ihre Großmutter hieß so, sie hing sehr an ihr. Außerdem seien die alten Vornamen ja wieder ganz en vogue, meinte sie. Das mag sein, vor allem in Prenzlauer Berg, wo ständig jemand auf den Spielplätzen nach Gustav, Charlotte oder Oskar ruft. Aber meine Tochter wird nur über meine Leiche Ottilie heißen! Meine Mutter war ein bisschen beleidigt, aber dann fragte sie allen Ernstes: »Wie findest du denn meinen zweiten Vornamen? Else. Wie die Lyrikerin Else Lasker-Schüler. Ich würde mich freuen, wenn meine Enkeltochter nach mir benannt wird. Wenn Du den zweiten Vornamen nimmst, kann es keine Verwechslungen geben. Und, na ja, Margret hat mir selbst noch nie gefallen.«

Nun finde ich Else fast noch schlimmer als Ottilie. Jetzt will sie mir eine Liste per Post schicken mit Namen, die sie schön findet, um mich zu inspirieren. Und sie und mein Vater beten jeden Tag in der Kirche für die Gesundheit von Mutter und Kind. Ist es zu fassen? Ich kann mich nicht daran erinnern, dass mir je so viel Aufmerksamkeit zuteilwurde.

Nach einiger Denkarbeit hab ich mich mit mir selbst auf die Top Ten der schönsten Vornamen geeinigt, die ich hiermit zur Abstimmung vorlege: Lotta, Ida, Frida, Greta, Ella, Mia, Leni, Lena, Lia und Lina.

Wenn Ihr jetzt denkt, die Namen klingen entfernt nach Astrid Lindgrens Bullerbü: stimmt. So eine heile Welt wünsche ich mir für meine Motte, da ist es doch toll, wenn ich den Anfang mache mit einem Namen, der dazu passt. Was meint Ihr?

Küsse von Eurer Melanie

Ich schrieb zurück:

Liebe Sophie, liebe Melanie,

Bullerbü in Berlin ist eine tolle Idee! Diese Stadt hat ganz viel davon nötig. Das muss sich aber nicht zwingend im Vornamen spiegeln. Hier meine Favoriten, nachdem ich zur Inspiration ein bisschen recherchiert habe: Lilly, Marie, Amelie, Leonie, Sarah, Maja, Helena, Fiona, Elisa und Anica.

Küsse! Eure Rosa

Und Sophie schrieb:

Liebe Melanie, liebe Rosa,

ich finde alle Vorschläge hübsch. Alternativ habe ich

noch gesammelt: *Madita, Anna, Elisabetta, Emilia, Eva, Lisette, Julia, Babette, Alina, Christina.*

Eine Umarmung von Eurer Sophie

Prompt folgte Melanies Antwort:

Na, super! Vielen Dank! Jetzt haben wir drei Top-Ten-Listen! Wir besprechen das am besten am Sonntag. Wann und wo, Sophie-Schatz? Bussis!

Sophie schrieb am Donnerstag:

Es geht mir beschissen. Ich weiß nicht, was am Sonntag möglich sein wird. Theo hat an mir herumgedoktort und meint, bis dahin kann sich vieles verbessern. Das will ich hoffen! Kommt doch einfach am Nachmittag vorbei. Ich bin zu Hause und freu mich auf Euch. Stefan ist schon mit Planungen beschäftigt, welchen Kuchen er für uns backen will. Bussis!

Am Sonntag regnete es, und ein eisiger Wind erinnerte daran, dass ein paar warme Tage noch lange nicht bedeuteten, dass der Winter schon komplett aufgegeben hatte. Trotzdem trugen Melanie und ich unsere Zauberbrillen, als wir an der Tür des kleinen Hauses mit den smaragdgrünen Fensterläden klingelten. Es dauerte eine Weile, bis uns Sophie die Tür öffnete. Es folgte eine Schrecksekunde, dann hatten die rosaroten Gläser meine Wahrnehmung justiert, und ich sah, was wirklich wichtig war: Unsere liebste Freundin, die uns strahlend anlächelte und umarmte und sich darauf freute, den Nachmittag mit uns zu verbringen.

Während wir – ohne Brillen – in der Küche Tee kochten und den Tisch deckten, erzählte Sophie, dass sie gerade ein Mittagsschläfchen gehalten habe. Auf dem großen grauen Sofa, das jetzt ihre zweite Heimat sei. »Ich
liege viel. Manchmal schlafe ich, manchmal nicht. Dann
schaue ich in den Garten, träume, telefoniere mit meiner
Familie, lese ein bisschen, höre Musik, schreibe ein paar
Mails, kuschele mit Stefan. Und jeden Tag fahren wir mit
dem Auto und der Kutsche spazieren. Ich steige aus, wo
es mir gefällt, und schlendere ein wenig herum, wie eine
Prinzessin im Garten ihres Schlosses. Es war so schön
draußen in den letzten Tagen.«

»Ja, sehr schön«, sagte Melanie leise.

Es war das erste Mal, dass Sophie über ihren Alltag
gesprochen hatte, und ich war sicher, dass sie uns eine
Menge verschwieg, weil sie uns nicht belasten wollte.

Sophie lächelte, ein trauriges kleines Lächeln, das mir
das Herz umdrehte. »Ihr könnt ruhig zugeben, dass ihr
Angst um mich habt und schrecklich traurig seid, und
dass ich aussehe wie der Tod auf Latschen. Dabei habe
ich mich schon wieder etwas erholt. Theo ist ein Zauber-
künstler. Aber mein Körper ist müde. So müde.«

Melanie biss sich auf die Lippen und sagte dann
mit allem Trotz, den sie aufbringen konnte: »Ich hasse
Godzilla!«

Ich sagte nichts, ich konnte nicht, sonst hätte ich losge-
heult.

Stefan hatte Käsekuchen für uns gebacken. Sophie nahm
sich viel Zeit über einem streichholzgroßen Stückchen und

wollte erst das Neueste über Motte erfahren, ehe wir uns mit den Vornamen beschäftigen würden.

Melanie faltete die Hände über ihrem Bauch, auf den Buddha bestimmt neidisch gewesen wäre. »Siebenundvierzig Zentimeter lang ist unsere Kleine jetzt ungefähr und wiegt so zweitausendsiebenhundert Gramm. Ich bin aber davon überzeugt, dass sie viel schwerer ist. Ich fühle mich wie der Wolf im Märchen, der lauter Wackersteine im Bauch hat. Apropos Wolf: Babys haben ja eine Körperbehaarung, ein Fell, Lanugo genannt, als Schutz vor dem Fruchtwasser. Diese Haare fallen jetzt aus. Motte ist nun so weit entwickelt, dass es nicht schlimm wäre, wenn sie in den nächsten Tagen zur Welt käme. Ich hoffe so sehr, dass sie sich ein bisschen beeilt! Okay, ich gebe ja zu, dass meine Gründe egoistisch sind. Aber Motte übt schon für ihren Auftritt, das merke ich: Ich habe öfter leichte Wehen, der Bauch wird hart, und ich spüre so ein komisches Ziehen. Und Senkwehen hab ich auch. Die spürt man nicht in der Gebärmutter, sondern im Rücken, sie sind dazu da, das Baby fester ins Becken zu drücken, dadurch rutscht der Bauch etwas nach unten. Manchmal hab ich beim Gehen das Gefühl, gleich plumpst etwas aus mir heraus. Ein riesiger Wackerstein. Das hört sich verrückt an, ich weiß, aber ich kann es nicht besser beschreiben.«

Sophie lächelte. »Ach, schön. Ich liebe deine Motten-Geschichten.« »Vielleicht sollten wir den Namen lassen«, sagte die werdende Mutter. »Ich behaupte beim Standesamt einfach, das sei ein beliebter schwedischer Mädchenname.«

»Das ist jetzt nicht dein Ernst, oder?«, hakte ich nach.

»Och. Je länger ich darüber nachdenke, desto besser gefällt mir die Idee.« Melanie grinste von einem Ohr zum anderen und zwinkerte mir zu. Sie genoss es sichtlich, mich in Angst und Schrecken zu versetzen. Nicht auszudenken, wenn meine Nichte ihr Leben lang mit einem gefürchteten Schadinsekt in Verbindung gebracht werden würde.

Sophie, unser Friedensengel, ließ uns nicht im Stich.

»Motte ist ein Geheimname und daher nicht für die Öffentlichkeit bestimmt. Wie findet ihr übrigens Josepha? Das war Stefans Vorschlag. Seine bayrische Tante heißt so.«

»So klingt es auch. *Josepha*. Ich sehe ein prall gefülltes Dirndl und einen Dutt vor mir. Und Weißwurscht und eine Maß Bier zum Frühstück«, lästerte ich.

Sophie fing an zu kichern. »Da täuschst du dich aber gewaltig. Tante Josepha ist eine ganz Schicke, mit weißen, raspelkurzen Haaren. Sie trägt Designerklamotten, trinkt Champagner, und zwar eine Menge, und sie züchtet portugiesische Wasserhunde.«

Sie hatte kaum zu Ende gesprochen, als es klingelte. Zwei Mal, lang. »Nanu?«, fragte Melanie. »Erwartest du noch Besuch?«

»Nein. Keine Ahnung, wer das sein könnte.«

»Ich schau mal nach«, sagte ich.

Vor der Tür stand eine Frau mit schulterlangen weißen Locken, die auf den ersten Blick unauffällig aussah, also nicht wie jemand, der ein Zeitschriften-Abonnement verkaufen wollte oder sonst wie unlautere Absichten hatte.

Auf den zweiten Blick kam die Person mir bekannt vor. Aber das musste nichts heißen, das gab es immer mal wieder, weil ich Leute verwechselte, oder weil sie jemandem ähnlich sahen, den ich kannte.

»Ja, bitte?«, sagte ich.

Die Frau lächelte mich an. Wo hatte ich dieses künstlich wirkende Lächeln, diese grünen Augen nur schon mal gesehen?

»Ich möchte Sophie besuchen. Sind Sie die Pflegerin?«

»Nein«, sagte ich ziemlich barsch. Ihre schrille Stimme, diese forsche Art waren mir unsympathisch und erinnerten mich an jemanden, dessen Name mir nicht einfiel.

»Wer sind Sie denn? Ich kenne Sie doch? Aber der Name fällt mir nicht ein …«

Nanu? Die Verwechslung beruhte also auf Gegenseitigkeit.

»Wer sind *Sie* denn? Sophie erwartet keinen Besuch.«

»Sagen Sie ihr einfach, Barbara Bergström ist da.«

Da machte es endlich »klick«. Barbara Bergström war niemand anderes als Theos geschiedene Frau. Sophies Ex-Schwägerin, ausgerechnet sie, der einzige Mensch auf diesem Planeten, mit dem Sophie nichts mehr zu tun haben wollte, stand auf der Matte, und ich hatte keine Ahnung, was ich tun sollte. Reinlassen? Weglaufen und Sophie fragen? Die Tür schnell vor der Nase zuknallen? Während ich noch zögerte, tauchte Sophie neben mir auf.

Als sie sah, wer da draußen stand, wurde sie noch blasser, als sie ohnehin schon war. »Barbara. Du bist der letzte Mensch, mit dem ich gerechnet hätte. Komm rein.«

»Ich würde mich gerne mit dir allein unterhalten«, sagte Barbara, als sie im Flur ihren Mantel aufhängte.

»Für Einzelgespräche stehe ich nicht zur Verfügung. Rosa, Melanie und ich trinken gerade Tee in der Küche. Wenn du möchtest, kannst du uns eine Viertelstunde Gesellschaft leisten. Mehr Zeit habe ich nicht.«

So bestimmt und direkt hatte ich Sophie noch nie erlebt. Barbara wohl auch nicht, sie riss erstaunt die Augen auf. »Theo hat mich ja vorgewarnt, dass die Krankheit dich sehr verändert hat, auch psychisch. Es tut mir wirklich sehr, sehr leid, dich so zu sehen.«

Sophie sah aus, als hätte sie gute Lust, ihre Einladung zu widerrufen, aber sie sagte nichts.

Auf dem Weg in die Küche kam Barbara aus dem Staunen nicht heraus, dass wir uns nicht erkannt hatten.

»Na ja«, meinte ich. »So verwunderlich finde ich das nicht. Zwölf Jahre oder so hinterlassen ihre Spuren. Und wir hatten ja auch nie viel miteinander zu tun.«

Melanie dagegen wusste sofort, wen sie vor sich hatte, ihr Gedächtnis für Gesichter war weitaus besser als meins.

»Hallo, Barbara«, sagte sie, noch bevor Sophie die Vorstellung übernehmen konnte. Barbara stieß einen kleinen Entsetzensschrei aus: »Melanie! Du meine Güte! Wenn mir Sophie nicht gesagt hätte, dass du es bist, hätte ich dich nicht erkannt. Was die Jahre und schätzungsweise fünfunddreißig Kilo mehr doch ausmachen.«

Melanies Augen verengten sich zu Schlitzen, aber sie überging die Bemerkung souverän.

Als wir dann zu viert am Tisch saßen, war ziemlich schnell klar, dass außer Barbara so bald niemand mehr zu

Wort kommen würde. Sie war für ein verlängertes Wochenende in Berlin, um Zeit mit Laura zu verbringen.
Und hatte einen Schock erlitten, als sie gestern erfahren
musste, wie es um Sophie stand.

»Ich hatte ja keine Ahnung, wie schlimm es wirklich ist«, fuhr sie fort. »Ich meine, natürlich wusste ich,
dass du schon jahrelang gegen deine Krebserkrankung
kämpfst. Aber dass es hoffnungslos ist, dass dir nur noch
so wenig Zeit bleibt, das habe ich erst jetzt erfahren. Theo
steht ja unter Schweigepflicht, und obwohl wir mittlerweile ein sehr freundschaftliches Verhältnis miteinander
pflegen, darf er natürlich keine Details preisgeben. Laura
wollte mich schonen, sie weiß, wie sensibel ich bin, aber
gestern, bei unserem Mutter-Tochter-Abend, kam dann
alles heraus. Ich bin fast zusammengebrochen, wir haben beide so geweint. Mir kommen jetzt schon wieder
die Tränen.« Tatsächlich hatte sie angefangen zu weinen,
lautlos, und erstaunlich dekorativ. Wie im Film, dachte
ich. Auf einmal steckten wir mitten in einem Drama, in
dem sich eine Frau, die gar keine Rolle in unserem Leben
spielte, zur Hauptdarstellerin ernannt hatte und in ihrem
Eröffnungs-Monolog gleich auf die Tränendrüsen drückte:
»Ich habe heute Nacht kein Auge zugetan, ich habe psychische Höllenqualen ausgestanden. Und da wusste ich,
ich muss dich noch einmal sehen, Sophie. Für mich ist es
einfach wichtig, dir zu sagen, dass ich dir nicht mehr böse
bin, obwohl du dich damals mir gegenüber unmöglich
verhalten hast. Ich könnte nicht damit weiterleben, dass
du dich kurz vor dem Ende deswegen mit Schuldge-
fühlen quälst. Ich verzeihe dir. Das alles hätte ich dir lie-

ber unter vier Augen erzählt, aber nun gut, Rosa und Melanie sind ja langjährige Freundinnen. Weißt du, ich habe so viele Verluste erlitten im Leben. Ich bin immer noch traumatisiert von meiner Trauer um meinen Vater und meinen Bruder. Und jetzt liegst du im Sterben. Wir stehen uns zwar nicht nahe, aber es werden so viele schmerzliche Erinnerungen wach, das alles ist so schrecklich für mich …«

Während sich der Redestrom über uns ergoss, hatte Sophie wie erstarrt gewirkt. Jetzt kam Bewegung in sie, sie beugte sich vor und fixierte ihre Ex-Schwägerin mit einem Blick, der einem weniger dickfelligen Gemüt glatt einen Stromschlag verpasst hätte.

»Sag mal, Barbara … für wen ist es wohl schrecklicher, dass ich todkrank bin und bald sterben werde? Für dich oder für mich? Wer hat die Schmerzen zu ertragen, die Schwäche und die anderen Symptome, von denen ich gar nicht reden will? Wem fällt der Abschied vom Leben wohl gerade schwer? Mir oder dir?« Sophie hatte leise gesprochen, aber ihre Augen glühten in ihrem weißen Gesicht.

»Das klingt jetzt, als wärst du gekränkt. Bitte, versteh mich nicht falsch!«, sagte Barbara. »Natürlich weiß ich, wie furchtbar das alles für dich ist, und ich bin sehr, sehr betroffen. Deshalb bin ich ja auch gekommen: um dir den schweren Abschied ein wenig leichter zu machen. Du bist ja dabei, deine Angelegenheiten zu ordnen. Und da gehört es auch dazu, Frieden mit seinen Mitmenschen zu schließen. Ich möchte wirklich gerne, dass wir alle Streitigkeiten hinter uns lassen. Das würde bestimmt auch Theo freuen und Laura.«

Über den Tisch hinweg streckte sie Sophie ihre Hand hin. Es war eine kräftige Hand, beinahe maskulin, mit zwei Goldringen geschmückt. Sophie schaute auf diese Hand, als wäre sie eine Giftspinne, ihr Gesicht war vor Abneigung verzerrt, und sie zitterte am ganzen Leib.

»Verschwinde«, stieß sie hervor. »Verpiss dich. Und nimm deinen Scheiß-Frieden mit. Dein Geschwätz ist unerträglich. Was Theo je an dir gefunden hat, ist mir ein Rätsel.«

»Sag mal … wie redest du denn mit mir?«, stieß Barbara hervor. »Ich habe wirklich Verständnis für deinen Zustand, aber meinst du nicht, das geht zu weit?«

Ich hatte die ganze Zeit geschwiegen, weil ich mich nicht in Sophies Angelegenheiten einmischen wollte, aber jetzt hatte ich genug, auch vom Du, einem Überbleibsel aus längst vergangenen Zeiten. »Sie haben doch gehört, was Sophie gesagt hat. Gehen Sie. Ich bringe Sie zur Tür.«

Melanie war mit mir zusammen aufgestanden. Wie zwei Racheengel schauten wir auf Frau Bergström herunter. »Ein Rausschmiss. Ich fasse es nicht. Nach allem, was ich auf mich genommen habe, um Frieden zu schließen. Ich …«

»Stop«, sagte Melanie scharf. »Kein Wort mehr. Gehen Sie endlich. Sie sollten sich schämen, so mit einem schwerkranken Menschen umzugehen. Aber dazu sind Sie wohl nicht in der Lage. Sie haben Glück, dass Sie Lauras Mutter sind. Sonst würden Sie von mir noch ganz andere Sachen zu hören bekommen.«

Barbara waren die Tränen inzwischen vergangen. Mit

hochrotem Gesicht schnappte sie sich ihre Handtasche und stand auf.

»Unverschämtheit!«, zischte sie. »Das hat man nun von seiner Großherzigkeit! Adieu, Sophie. Ich möchte, dass du weißt, dass ich dir auch diese Entgleisung verzeihe.«

»Bitte nicht«, sagte Sophie. »Behalt deine Verzeihung und steck sie dir an den Hut.«

Barbara drehte sich auf dem Absatz um und rauschte hinaus. Kurz darauf hörten wir, wie die Haustür ins Schloss fiel.

Sophie zitterte am ganzen Körper, so dass sie sich hinlegen musste. Ich setzte mich zu ihr auf die Sofakante, während Melanie sie zudeckte.

Ich nahm ihre eiskalte Hand in meine. »Soll ich Theo anrufen? Brauchst du etwas?«, fragte ich sehr viel ruhiger, als ich mich fühlte. Meinen Zorn auf Barbara hatte ich in die hinterste Ecke meines Bewusstseins verbannt. Nur Sophie war jetzt wichtig.

Sie schüttelte den Kopf. »Nein. Ich muss mich nur ausruhen. Das war zu viel.«

Sie sackte fast sofort weg in den Schlaf. Ihr Atem ging regelmäßig, ihre Hand lag in meiner, so zart, dass ich sie kaum spürte.

»Was meinst du – soll ich Stefan anrufen?«, flüsterte Melanie.

Ich nickte. Es wäre sicher gut, wenn er heute früher nach Hause kommen würde. Melanie ging aus dem Zimmer, um zu telefonieren. Nach einer Weile ließ ich Sophies Hand vorsichtig los. Ihre Augenlider flatterten, und sie seufzte leise, wachte aber nicht auf. Ich schlich aus dem Zimmer und fand Melanie in der Küche. Sie steckte gerade ihr Handy zurück in die Handtasche und ließ sich auf einen Stuhl sinken. »Er ist bei Freunden in Berlin und fährt gleich los. Ich hab ihm gesagt, Sophie schläft, wir sind bei ihr, es wäre aber gut, wenn er bald nach Hause käme.«

»Hast du ihm von dem Auftritt eben erzählt?«

»Nicht im Detail. Nur so viel, dass er Bescheid weiß, dass der Besuch zu anstrengend für Sophie war. Ich wollte nicht, dass er sich so aufregt wegen dieser Schnepfe, dass er womöglich einen Unfall baut.«

»Gut gemacht«, sagte ich. »Ich gehe wieder rüber zu Sophie. Kommst du mit?«

»Gleich. Erst will ich hier aufräumen. Ich bin immer noch so sauer auf diese Person, dass ich mich abreagieren muss, sonst platze ich. Meinst du, Theo weiß von diesem Überraschungsbesuch? Und stimmt das, dass sie ein sehr freundschaftliches Verhältnis haben?« Melanie schüttelte sich. »Ich will das nicht glauben. Die Frau ist eine Giftspinne.«

Offenbar hatte Melanie dieselbe Assoziation gehabt wie ich.

Zurück im Wohnzimmer, stellte ich fest, dass Sophie noch schlief und regelmäßig atmete. Behutsam berührte ich ihre Hand, sie fühlte sich etwas wärmer an, was mich beruhigte. Ich setzte mich in einen Sessel und ließ meinen Blick durch den stillen Raum wandern. Auf dem Couchtisch entdeckte ich Hajos Bild mit den Worten von Juliana von Norwich, neben einem Blumenstrauß, einem

Teebecher, einem kleinen Plastiktablett mit Tabletten, Sophies Smartphone und dem Notebook. Ich nahm das Bild zur Hand. Hajo hatte Zeichentalent, kein Zweifel. Die Sonne und die bunten Blumen rund um die kalligraphisch gestalteten Schriftzüge waren ein Kunstwerk. *Alles wird gut sein und alles wird gut sein, und aller Art Dinge wird gut sein.* So tröstlich, diese Worte.

Sophie murmelte etwas Unverständliches und drehte sich auf die Seite. Ich lehnte mich im Sessel zurück, meine Hand schloss sich um die Medaille der Schwarzen Madonna. Die vergangenen Sonntage fielen mir ein, als ich mich kaum von Sophie trennen mochte, weil Stefan noch nicht zurück war, und ich das dringende Bedürfnis verspürte, sie zu bewachen. Jetzt saß ich also hier und hütete ihren Schlaf. Ich fühlte mich ihr sehr nahe; so, als ob wir eine ganz besondere Zeit miteinander teilten, in Liebe verbunden.

Als eine Hand leicht meinen Arm berührte, zuckte ich zusammen. »Ich bin's«, flüsterte Melanie. Ich hatte sie nicht kommen hören, so weit weg war ich mit meinen Gedanken gewesen. »Es hat mir keine Ruhe gelassen. Ich hab Theo angerufen.«

»Oh. Was hast du ihm erzählt?«

»Die Wahrheit. Na ja, halbwegs. Ich habe mich diplomatisch ausgedrückt. Komm, wir gehen einen Moment raus, damit wir Sophie nicht stören.«

Wir setzten uns in die Küche. Die Spuren unserer Teestunde waren beseitigt, die Arbeitsflächen blitzten und blinkten.

»Er kommt heute Abend vorbei und schaut nach Sophie. Er hatte übrigens keine Ahnung, dass Barbara einen Überraschungsbesuch plante. An diesem Wochenende hat er gar nicht mit ihr gesprochen, sie übernachtet ja immer in einer Pension, wenn sie in Berlin ist. Von enger Freundschaft kann also nicht die Rede sein, es ist genau so, wie Sophie gesagt hat: Sie trinken ab und zu mal einen Kaffee zusammen und reden über Laura. Das war's. Ich habe gesagt, dass Barbaras Besuch Sophie sehr angestrengt und aufgeregt hat, und dass sie einen Schwächeanfall hatte und jetzt schläft. Er meinte, wenn er gewusst hätte, was Barbara vorhatte, hätte er auf alle Fälle versucht, es ihr auszureden. Ein Brief wäre die weitaus bessere Wahl gewesen als ein Überfall, auch wenn Barbara es sicher gut gemeint hatte. Ich hab dann gesagt, sie hätte es sehr ungeschickt angefangen und die Versöhnung sei nicht zustande gekommen.«

»Und? Was meinte er dazu?«

»Er sagte: Verstehe. Du bist irre wütend auf Barbara, nicht wahr? Deine Stimme verrät dich … Ich konnte ihn beruhigen, dass mein Drang, sie zu verprügeln, nachgelassen hat. Ich kenne dieses Gefühl, sagte er, es hat mich jahrelang verfolgt. Und ich könnte ganz beruhigt sein: Sie werde Sophie bestimmt nicht noch einmal besuchen. Ich denke mal, dass Theo sich heute noch mit seiner Ex unterhalten wird. Ehrlich, ich möchte nicht in ihrer Haut stecken.«

Melanie lächelte triumphierend. Ich lächelte zurück. Dass Barbaras Auftritt ein Nachspiel für sie haben würde, fanden wir nur gerecht.

Als Stefan nach Hause kam, schlief Sophie immer noch. Wir erzählten ihm, was vorgefallen war, und auch, dass Theo am Abend noch vorbeischauen wollte. Stefan hörte äußerlich ruhig zu, aber ich bemerkte, dass er die Zähne so fest zusammengebissen hatte, dass die Kiefermuskeln hervortraten.

»Ich habe die Frau nie kennengelernt«, sagte er schließlich. »Als Sophie und ich zusammenkamen, war sie ja schon lange weg aus Berlin. Ich hoffe sehr für sie, dass sie sich von uns fernhält. Es könnte sonst ziemlich unangenehm für sie werden.«

Wenig später machten Melanie und ich uns auf den Heimweg, mit dem beruhigenden Gefühl, dass Sophie in den allerbesten Händen war. Als wir auf der Autobahn waren, sagte Melanie: »Es sollte eine Überraschung werden.«

»Was denn?«, fragte ich.

»Dass Motte mit zweitem Vornamen Sophie heißen wird. Aber jetzt denke ich, es ist besser, wenn ich sicherheitshalber nachfrage, ob es Sophie auch recht ist.«

»Sophie als zweiter Vorname ... ach, das ist so eine schöne Idee! Sie wird sich bestimmt freuen«, gab ich zurück.

»Das glaube ich auch. Aber ich will ganz sichergehen. Und es ist mir wichtig ... also, für den Fall, dass etwas passiert, bevor Motte zur Welt kommt ... ich möchte gern, dass Sophie weiß, dass unsere Kleine auch nach ihr benannt ist. Hättest du etwas dagegen, wenn ihr dritter Vorname Rosa ist?«

»Das fände ich sehr schön! Ich bin gerührt.«

»Was hältst du von: Lina Sophie Rosa«, sagte Melanie. »Oder: Lotte Rosa Sophie?«

»Klingt doch gut. Lass dir Zeit. Du hast ja noch ein paar Wochen.«

»Und wenn nicht? Was ist, wenn die Zeit Sophie davonläuft? Der Gedanke verfolgt mich. Als sie auf dem Sofa lag, hatte ich Angst, dass sie nicht mehr aufwacht.«

»Tom hat neulich gesagt: Wir können nicht wissen, was wird. Wir müssen darauf vertrauen, dass alles, was kommt, einen Sinn hat. Daran halte ich mich fest. Irgendwie.«

»Es bleibt uns ja auch nichts anderes übrig«, sagte Melanie traurig.

Die Fahrt nach Prenzlauer Berg wäre eine gute Gelegenheit gewesen, Melanie ins Vertrauen zu ziehen, dass ich mich scheiden lassen wollte. Aber es schien mir nicht der richtige Zeitpunkt zu sein. Ich hatte das Thema heute Nachmittag bei Sophie ansprechen wollen, dann war Barbara dazwischengefunkt. Jetzt, während wir die Autobahn entlangrollten, überlegte ich, ob das vielleicht ein Zeichen war, die Sache doch noch mal zu überdenken. Ich hatte zwar nach wie vor das Gefühl, das Richtige zu tun, aber es konnte nicht schaden, mir noch eine Woche Zeit zu geben, bis zum nächsten Sonntag.

Zu Hause fragte Uwe, ob wir den *Tatort* zusammen anschauen wollten. Als ich höflich verneinte, sagte er: »Schade. Aber wir essen doch zusammen? Ich dachte mir, ich hole uns diesmal was vom türkischen Imbiss. Was hältst du davon?«

Es war schon bewundernswert, wie konsequent er schon die ganze Woche so getan hatte, als sei alles wie immer zwischen uns. Geduldig erklärte ich ihm, dass ich nicht hungrig sei und mir außerdem Wohnungen im Internet anschauen wolle. Darauf ging er nicht ein, sondern verkündete, er werde dann jetzt zum Imbiss spazieren, er hätte den ganzen Tag noch nichts Vernünftiges gegessen.

Bei den Wohnungsangeboten war wieder nichts dabei, was mir gefallen hätte. Ich wollte gern im grünen Südwesten bleiben, nicht zu weit von der Praxis weg. Und ich wünschte mir einen sonnigen Balkon, eine ruhige Straße und eine gute Verkehrsanbindung. Außerdem gerne Altbau und Dielenboden und ein modernes Bad mit Fenster. Uwe würde sicher unsere Wohnung behalten wollen, und das war für mich in Ordnung. Übernächste Woche, wenn ich mit Sophie und Melanie gesprochen hatte, würde ich alles mit ihm klären und dann zum Anwalt gehen.

Während ich Exposés und Fotos durchklickte, waren meine Gedanken bei Sophie. Wie es ihr wohl ging? Ob sie ein wenig zu Kräften gekommen war? Um halb neun hielt ich es nicht mehr aus und rief an. Stefan war am Telefon. Sophie lag mit Fieber im Bett, sie hustete viel, bekam schlecht Luft und fühlte sich sehr elend. Theo war da und tat, was er konnte.

»Das tut mir so leid. Ist es wegen Barbara? Weil das alles zu viel für sie war?«

»Rosa … sie lebt auf geborgter Zeit. Das ist der Grund. Es ging ihr die ganze letzte Woche schon schlecht, und sie war glücklich, dass sie sich an eurem Sonntag besser fühlte. Jeder Tag, den sie erlebt, ist ein Geschenk, und die Zeiten, in denen sie sich einigermaßen gut fühlt, sind ein Wunder.«

»Und jetzt?«, fragte ich wie ein Kind. »Wird ... wird sie sich wieder erholen?«

»Wir hoffen alle das Beste«, sagte er mit fester Stimme.

»Ja. Natürlich tun wir das. Bitte gib Sophie einen Kuss von mir.«

»Das mache ich. Hast du für mich auch noch einen Kuss übrig?«

»So viele du willst, und für Theo auch. Und eine Umarmung für euch beide.«

In dieser Nacht geisterte ich wie eine verlorene Seele durch die Wohnung, während Uwe friedlich schlief. Trotz Müdigkeit war ich hellwach, wie in einem Alarmzustand. Daran änderten auch zwei Becher Kakao nichts. Ich konnte das Gefühl nicht abschütteln, dass heute eine Wende eingetreten war, dass die Räder der Zeit sich für Sophie auf einmal mit atemberaubender Geschwindigkeit drehten. Würde sie morgen noch bei uns sein? Übermorgen? An unserem nächsten Sonntag? Das Wunder, auf das wir alle hofften, war bereits geschehen, das war mir nach dem Telefonat mit Stefan klargeworden. Nur hatte es sich anders manifestiert als ersehnt: Sophie lebte noch, obwohl man ihr im Krankenhaus nur noch vier Wochen gegeben hatte. Das war Anfang Januar gewesen. Jetzt hatten wir Ende März. Barbaras Besuch hatte den Krankheitsprozess nicht beschleunigt, er markierte die Wende nur. Auch wenn es verführerisch war, ihr die Schuld daran zu geben, dass sich Sophies Zustand schlagartig wieder verschlechtert hatte. Denn vielleicht wären Sophie ohne die Aufregung heute Nachmittag ja noch ein paar friedliche Tage vergönnt gewesen. *Wie in einer Hängematte ruhend …*, so hatte sie die Zeit bis zu Mottes Geburt verbringen wollen, das hatte sie in ihrer Mail geschrieben, als sie ihre Eltern in Lüneburg besucht hatte, um Abschied zu nehmen. Es war ein schönes Bild gewesen. Heute Nacht war alles anders. Wenn ich die Augen schloss, sah ich sie in all ihrer Zerbrechlichkeit auf einem Berggipfel stehen. Mitten in einem Sturm, der sie gleich davonfegen würde.

Irgendwann fand ich doch noch ein paar Stunden Schlaf. Am nächsten Morgen weckte mich Uwe. Ich war auf dem Sofa eingeschlafen. »Rosa! Was machst du denn hier? Ich habe mich schon gewundert, wo du bist, als der Wecker klingelte.«

»Ich konnte nicht schlafen und bin herumgewandert. Und dann bin ich wohl doch eingenickt.« Ich streckte mich. Jeder Muskel, jeder Knochen tat weh, so verkrampft hatte ich gelegen.

»Warum konntest du denn nicht schlafen?«

»Ich weiß es nicht. Vielleicht ist Vollmond?«

Ich zog einen Bademantel über meinen Schlafanzug und machte Frühstück, während Uwe duschte. Er freute sich über den gedeckten Tisch und die Gesellschaft, normalerweise standen wir ja zu unterschiedlichen Zeiten auf. Und auch wenn ich in absehbarer Zeit eine geschiedene Frau sein würde, tat es mir gut, dass ich den Tag heute nicht allein beginnen musste.

In der Praxis war viel los, wofür ich jedoch dankbar war. Herr Meyerling kam mit Prinz vorbei, um stolz zu verkünden, dass sein Liebling einen Zentimeter Bauchumfang verloren hatte. Er hatte nachgemessen, und siehe da, Prinz hatte abgenommen! Zur Belohnung habe er ein Stückchen kalorienarmen, getrockneten Pansen bekommen. Ich gratulierte dem alten Herrn und eilte in das Behandlungszimmer mit der roten Tür, in dem Herr und Frau Schnitzer mit Trixi auf mich warteten. Die kleine Hündin hatte eine leichte Bindehautentzündung, was sie aber nicht daran hinderte, mich freundlich anzuschauen und mit dem Schwanz zu wedeln. Wir beide waren alte Freundinnen. Und wie sich herausstellte, hatte meine Freundin Trixi mir heute etwas mitgebracht.

»Nur eine Kleinigkeit, Frau Doktor. Multivitaminsaft und Pralinen. Trixi bestand darauf. Ihr war beim letzten Besuch aufgefallen, dass Sie blass und traurig aussehen. Heute wirken Sie auch bedrückt. Haben Sie Sorgen?«, fragte die alte Dame.

Ihre Fürsorglichkeit rührte mich so, dass ich ein paar Tränen wegblinzeln musste. »Ja, ich habe große Sorgen. Eine liebe Freundin ist sehr schwer krank.« Und dann sprach ich aus, was ich nicht mal Uwe erzählt hatte: »Wir haben Angst, dass ihr nur noch ganz wenig Zeit bleibt.«

Die Schnitzers schauten mich mitleidig an. »Ach, das ist traurig. Es tut uns sehr leid. Wir wünschen Ihrer Freundin und den Angehörigen das Allerbeste«, sagte Herr Schnitzer.

»Danke. Es war sehr lieb von Trixi, mir etwas mitzubringen, vielen Dank auch dafür.«

250

»Sehr gerne«, sagte die alte Dame, während ihr Sohn mir die Hand drückte. Und Trixi legte den Kopf schief, als hätte sie jedes Wort verstanden.

Obwohl ich versuchte, meine Sorge um Sophie bei der Arbeit zurückzustellen, war sie allgegenwärtig. Ich war so unruhig, dass ich in der Mittagspause Melanie anrief, um mich zu erkundigen, ob sie etwas Neues wusste. Tatsächlich hatte sie morgens mit Theo telefoniert. Sophie ging es nicht gut, aber ihr Zustand hatte sich wenigstens nicht noch weiter verschlechtert.

»Puh. Mir fällt ein Stein vom Herzen«, sagte ich.

»Mir auch, Theo war sehr lieb, er hat gesagt, ich brauche keine Angst zu haben, dass ich stören könnte, wenn ich anrufe, um mich nach Sophie zu erkundigen. Im Prinzip ist mir das klar, trotzdem scheue ich davor zurück. Stefan und er geben so viel. So viel Liebe, Kraft und Zeit, und man merkt, wie traurig und erschöpft sie sind, auch wenn sie versuchen, sich nichts anmerken zu lassen. Ich will sie nicht noch mehr runterziehen mit meinen Fragen. Wenn … also, wenn sich etwas sehr verschlechtern würde, dann sagen sie uns ja Bescheid.«

»Bestimmt«, sagte ich. »Trotzdem bin ich so nervös, dass ich am liebsten stündlich nachfragen würde.«

»Mir geht es genauso. Was natürlich niemandem nutzt. Vielleicht sollten wir uns ablenken. Ein bisschen durch die Geschäfte bummeln, anschließend irgendwo was trinken. Das könnte uns, zumindest vorübergehend, auf andere Gedanken bringen. Was hältst du davon?«

»Das hört sich gut an! Einen freien Nachmittag könnte

ich gebrauchen. Was hältst du von übermorgen? Tom hat bestimmt nichts dagegen, wenn ich mir frei nehme.«

Unser Treffpunkt war der Wittenbergplatz, mit der U-Bahn für uns beide günstig gelegen. Von dort aus wollten wir den Kurfürstendamm entlangspazieren. Melanie stand schon auf dem Platz, als ich ankam, und winkte mir fröhlich zu. Als Erstes wollte sie mich in das Luxuskaufhaus an der Ecke schleppen.

Ich sträubte mich. »Muss das sein? Es ist immer so voll in dem Laden. Tausende von Touristen tummeln sich da.«

»Mittwochnachmittags ist es beinahe leer«, behauptete Melanie, ohne mit der Wimper zu zucken. »Komm schon, sei kein Frosch. Ich möchte mir so gern die neue Frühjahrsmode und Dessous anschauen und davon träumen, wie das sein mag, irgendwann mal wieder in was Schickes reinzupassen.«

Ihr Augenaufschlag war unwiderstehlich, und so dauerte es nicht lange, bis wir durch die heiligen Hallen des Konsums schlenderten. Die natürlich nicht beinahe leer waren, aber der Andrang hielt sich in erträglichen Grenzen. Melanie genoss jede Minute. Zum Schluss gingen wir in die Dessous-Abteilung. Während ich – wo ich nun schon mal hier war – sexy BHs mit passenden Slips betrachtete und überlegte, ob ich wohl je wieder Lust auf einen *zitty*-Mann haben würde, packte mich Melanie plötzlich am Arm.

»Da! Da drüben ist Heiko!«, zischte sie. »Mit einer Frau!«

»Wo?«, sagte ich und reckte den Hals.

»Schscht. Nicht so laut! Er hat mich noch nicht gesehen. Da, der blonde Mann da hinten bei den Ständern, der …« Ihre Stimme erstarb, und sie krallte sich fester in meinen Arm.

Jetzt hatte ich ihn erspäht. Er beugte sich gerade zu einer ebenfalls blonden Frau hinunter und küsste sie auf den Mund. Der Kuss war selbst aus der Entfernung nicht jugendfrei.

»Oh, Scheiße.«

Melanies Gesicht war so blass, dass ich Angst hatte, sie würde gleich ohnmächtig. Vorsichtig befreite ich meinen Arm aus ihrem eisernen Griff und legte ihn um ihre Schultern. »Atme mal. Nicht die Luft anhalten.«

Sie keuchte und nahm brav ein paar tiefe Atemzüge. Heiko hatte immer noch nichts gesehen, er und die blonde Frau waren gerade mit Nachthemden beschäftigt. Ich schätzte sie auf Mitte dreißig, hübsch und ganz offensichtlich verliebt in den Mann an ihrer Seite. Sie konnte die Augen nicht von ihm abwenden und himmelte ihn geradezu an.

Wie hypnotisiert starrten wir zu den beiden hinüber.

»Ist das Ines?«

»Nein. Ines ist älter. Und sie hat hennarot gefärbte Haare. Ich hab sie auf Fotos gesehen. Sie ist ein ganz anderer Typ als … Blondie. Ich fasse es nicht. Ein Alptraum. Wieso knutscht der Mann, mit dem ich seit über drei Jahren zusammen bin und von dem ich ein Baby erwarte, in einem Kaufhaus mit einer anderen Frau?«

»Weil er ein Arschloch ist«, sagte ich. »Einen anderen Grund kann es nicht geben.«

Sie biss sich auf die Lippen und nickte. Die Blonde

hatte ein rotseidenes Negligé vom Ständer genommen und hielt es sich an.

»Was willst du jetzt machen?«

»Keine Ahnung. Ich bin wie erschlagen.«

Das war der Moment, als Heiko zu uns herüberschaute, vielleicht hatte er unsere Blicke gespürt. Seine Augen weiteten sich vor Erstaunen, sein Unterkiefer sackte herunter, und er starrte Melanie an. Sie war auch einfach nicht zu übersehen, wenn man sie einmal im Blickfeld hatte.

»Er hat dich erkannt«, sagte ich. Eine völlig überflüssige Bemerkung, auf die Melanie nicht einging. Heiko wandte sich schnell ab und sagte etwas zu seiner Begleiterin. Sie nickte und legte den Arm um seine Hüfte. Das schien ihm aber nicht recht zu sein, er ging auf Abstand, und dann strebte er so eilig davon, dass sie kaum mitkam auf ihren hohen Absätzen.

»Der Arsch hat mich ignoriert. Er hat mich tatsächlich ignoriert! Ich stehe hochschwanger da mit seinem Kind, und er haut einfach ab. Unglaublich.«

Plötzlich kam Bewegung in Melanie. So schnell sie konnte, lief sie hinter dem Paar her.

»Melli, warte!«, rief ich. Aber sie drehte sich nicht um und blieb auch nicht stehen. Es blieb mir also nichts anderes übrig, als hinterherzuspurten.

Wir erwischten ihn kurz vor der Rolltreppe: »Hallo, Heiko«, sagte Melanie atemlos. Er wirbelte herum. Für einen Moment stand ihm das Entsetzen im Gesicht geschrieben, aber er brachte seine Mimik mit bewundernswerter Schnelligkeit unter Kontrolle. »Guten Tag, Melanie.«

Die Blonde schaute fragend auf die hochschwangere Frau und mich, dann wieder auf ihren Begleiter, der jetzt sagte: »Wir reden ein anderes Mal. Entschuldige mich jetzt bitte, ich muss weiter, ich bin in Eile.«

War es zu fassen? Der Mann hatte Nerven wie Drahtseile und war frech wie Dreck. Melanie ließ sich nicht beirren. Ihre Stimme war nicht laut, ihr Tonfall zuckersüß, und jedes Wort saß: »Wartet deine Frau zu Hause auf dich, Heiko? Hast du es deshalb so eilig?«

Sie atmete immer noch heftig, und ihr Gesicht war fleckig und gerötet. Ich wusste, dass sie außer sich war, aber sie hatte sich im Griff. Sie würde sagen, was sie zu sagen hatte, und Heiko würde zuhören, ob er wollte oder nicht.

»Seine Lebensgefährtin heißt Ines«, fuhr Melanie fort und fixierte die Blonde mit einem Blick, der Medusa alle Ehre gemacht hätte. Sie tat mir fast ein bisschen leid, schließlich war es nicht ihre Schuld. Andererseits konnte sie Melanie dankbar sein, dass sie nun erfuhr, mit wem sie sich eingelassen hatte, so dass sie ihre Konsequenzen daraus ziehen konnte.

»Er wohnt auch mit ihr zusammen. Sind Sie Heikos neue Geliebte? Passen Sie auf, dass Ines nichts davon erfährt. Sie ist nämlich sehr labil und muss in Watte gepackt werden. Aber das hat er Ihnen bestimmt schon erzählt.«

Heiko griff nach der Hand der Blonden und wollte sie wortlos weiterziehen. Aber sie schüttelte ihn ab und fragte fassungslos: »Wer sind Sie? Und wieso stellen Sie uns nach und verbreiten Lügen?«

»Jedes Wort ist wahr«, gab Melanie knapp zurück.

»Unsinn!«, brauste die Frau auf. »Es gibt keine Lebensgefährtin. Heiko wohnt zwar noch mit seiner Ex zusammen, aber er ist bereits auf Wohnungssuche.«

Ich bemerkte, wie Heiko sich Schrittchen für Schrittchen seitwärts bewegte, wie eine Krabbe. Während ich noch überlegte, ob ich Melanie darauf aufmerksam machen sollte, dass Heiko offenbar seine Flucht vorbereitete, türmte er schon. Mit Riesenschritten strebte er davon, was dann doch nicht unbemerkt blieb.

»Heiko! Warte doch! Ich komme mit!«, rief die Blonde. Aber er drehte sich nicht um.

»Lassen Sie's lieber«, sagte Melanie. »Ich war drei Jahre Heikos Affäre. Das Baby, das ich erwarte, ist von ihm. Er hatte nichts Besseres zu tun, als mit Ihnen was anzufangen, während er noch mit mir zusammen war und daran arbeitete, sich von seiner Lebensgefährtin zu trennen. Was sagt Ihnen das über diesen Mann?«

Die Frau war aschfahl geworden. »Ich glaube Ihnen kein Wort«, flüsterte sie.

»Dann glauben Sie es eben nicht«, gab Melanie müde zurück. »Machen Sie Ihre eigenen Erfahrungen. Aber sagen Sie hinterher nicht, niemand hätte sie gewarnt. Ich wünschte, mir wäre damals jemand begegnet, der mir die Augen geöffnet hätte. Dann hätte ich nicht drei Jahre meines Lebens verschwendet.«

Die Blonde eilte davon, in dieselbe Richtung, in die Heiko geflohen war.

Wenig später saßen wir in einem Café abseits der Einkaufsmeile und bestellten Kakao mit Sahne. Der Gastraum war einfach eingerichtet, fernab von schick und hip, und gehörte zu einer kleinen Bäckerei. Wir saßen an unserem Tischchen, legten die Hände um die heißen Becher und hielten uns daran fest.

»Alles wird gut. Das hat meine Mutter immer zu mir gesagt, wenn ich Kummer hatte. Und dann hat sie mir Kakao gekocht.«

Melanie leckte ihren Löffel ab. »Wie alt warst du da, Rosa?«

»Jung. Ich hatte Rattenschwänze. Später eine Zahnspange. Noch später gab's einen Schuss Kirschlikör in den Kakao, und meine Mutter hatte nicht mehr dunkelblonde, sondern graue Haare.«

»Ich weiß, du willst mich trösten. Ich hab Trost auch bitter nötig. Aber es hätte noch schlimmer kommen können.«

Ich riss die Augen auf vor Erstaunen. »Wirklich?«

»Man glaubt es kaum, aber ja. Wirklich. Weil ich innerlich nicht mehr da stehe, wo ich vor meinem Abstecher nach Lübeck gestanden habe. Ich hab viel nachgedacht seither. Mit einem deutlich klareren Kopf als früher. Dazu hat wohl auch beigetragen, dass Heiko mich seither nur einmal besucht hat und wir uns ziemlich gestritten haben. Es ging darum, ob ich ihn als leiblichen Vater eintragen lasse. Er will das nicht, ist aber bereit, eine private, notariell beglaubigte Vereinbarung mit mir über Unterhalt für Motte zu treffen.«

»Warum will er sich nicht offiziell zu seiner Tochter bekennen?«

»Ach, die üblichen Ausreden. Er ist noch nicht bereit dazu. Nicht fürs Umgangsrecht, für gemeinsames Sorgerecht schon gar nicht. Vielleicht später mal, wenn er Zeit mit Motte verbracht und sich an den Gedanken gewöhnt hat, eine Tochter zu haben. Früher hätte ich ihm wohl geglaubt. Jetzt tu ich's nicht mehr. Er macht es sich einfach zu bequem, und das ist noch vorsichtig ausgedrückt. Das ist mir in den letzten Tagen klargeworden. Und ich wollte mich am nächsten Wochenende mit ihm treffen und einen Schlussstrich ziehen. Das Leben ist wirklich zu kurz für so was. Ich habe zu viele Jahre in Warteschleifen verbracht. Es hat seine Zeit gedauert, bis ich so weit war. Wären wir den beiden nicht heute, sondern vor ein paar Wochen begegnet, hätte ich wohl mit dem Gedanken gespielt, mich in die Spree zu stürzen.«

»Das ist jetzt nicht dein Ernst. Oder etwa doch?«

Melanie trank einen Schluck Kakao. Ein weißer Sahnetupfer blieb an ihrer Nasenspitze zurück. »Natürlich nicht. Aber ich hätte mich danach gefühlt: Verletzt, verraten, verarscht, verzweifelt. Und immer noch verliebt. Eine absolut tödliche Mischung. Als ich ihn vorhin sah, mit der Frau, die vielleicht genauso blöd ist, wie ich es war, da dachte ich, bei aller Fassungslosigkeit: Aus und vorbei. Ich bin endgültig kuriert.

Zum ersten Mal, seit ich ihm begegnet bin, war da keine Anziehung, keine Schmetterlinge im Bauch, kein Gefühl, dass das Leben nichts wert ist ohne ihn. Sollen andere Frauen ihre Liebe an ihn verschwenden. Motte und ich haben etwas Besseres verdient.«

Ich beugte mich über den Tisch und gab ihr einen Kuss. »Ja, das habt ihr. Und übrigens: du hast Sahne an der Nase.«

Melanie rieb die Nase an ihrem Handrücken. »Weg?«
Ich nickte.

»Bitter ist es schon«, fuhr sie fort. »Im Nachhinein muss ich mir an den Kopf fassen, dass ich mir das angetan habe mit dem Mann. Und ich bin stinkwütend. Auf ihn, auf sein unfassbares Benehmen vorhin. Leider auch auf mich.«

»Hinterher ist man immer schlauer. Was Uwe und mich angeht, hat es noch viel länger gedauert, bis bei mir der Groschen gefallen ist und ich für mich Konsequenzen gezogen habe.«

»Was meinst du damit? Die *zitty*-Männer?«

»Nein. Ich lasse mich scheiden.«

»WAS?« Melanie schrie so laut, dass die anderen Gäste alarmiert zu uns herüberschauten.

Ich legte einen Finger an die Lippen. »Pssst!«

»Aber wieso denn das auf einmal? Und warum wissen Sophie und ich nichts davon?«

»Es gibt für alles eine Zeit, und meine Zeit mit einem Mann, mit dem ich geschwisterlich zusammenwohne und lauwarmen Kaffee trinke, ist vorbei. Endgültig. Ich will mir die Chance geben, mich selbst glücklich zu machen. Verstehst du, was ich meine?«

»Klar. Aber letztens warst du noch wild entschlossen, dass alles so bleiben soll, wie es ist. Inklusive Bettgeschichten.«

»Es kommt mir vor, als wäre das in einem anderen Leben gewesen. Die Frau, die so dachte, die gibt es nicht mehr.«

Melanie nickte. »Das kommt mir sehr bekannt vor. Ich

bin auch nicht mehr die, die ich war. Aber warum hast du kein Wort gesagt?«

»Die Entscheidung hab ich – völlig untypisch für mich – so schnell getroffen, dass ich mich sozusagen selbst überrumpelt habe. Ich habe mir etwas Zeit genommen, um alles noch mal zu überdenken. Letzten Sonntag wollte ich dann mit euch reden. Aber dann kam Barbara dazwischen.«

»Barbara ... auch wenn Stefan sagt, dass es nicht ihre Schuld ist, dass es Sophie so schlecht geht, bin ich immer noch wütend auf sie«, sagte Melanie.

»Vergiss die Frau. Sie ist vollkommen unwichtig. Wichtig ist jede Minute, die wir noch mit Sophie haben.«

»Glaubst du noch an das Wunder? Dass Sophie gesund wird, wenn Motte auf der Welt ist?«

Melanie hatte den Kopf schräg gelegt, ihre Augen flehten: Sag ja. Bitte.

»Ich würde gern. Aber ich kann nicht.«

»Weißt du, ich *versuche*, daran zu glauben. Es ist okay, wenn du sagst, dass ich spinne.«

»Du spinnst kein bisschen. Nirgendwo steht geschrieben, was man fühlen und denken und tun und lassen sollte, wenn ein Mensch, den man liebt, todkrank ist.«

Melanie nahm meine Hand und drückte sie fest.

Anschließend spazierten wir dann doch noch die Einkaufsmeile entlang. Ich hatte erwartet, dass Melanie, nachdem wir unseren Kakao bezahlt hatten, nach Hause fahren wollte.

»Wegen Heiko, meinst du?«, sagte sie.

»Na ja. Es war ein Schock, oder?«

»Allerdings. Und deshalb fahre ich jetzt nicht heim und heule mir wegen dem Kerl im stillen Kämmerlein die Augen aus! Das hab ich so oft gemacht. Ein paar Tränen werde ich irgendwann wohl noch vergießen, das lässt sich wahrscheinlich nicht vermeiden. Aber nicht jetzt. Ich lasse mir nicht unseren Nachmittag verderben. Auf gar keinen Fall.«

»Okay«, sagte ich. »Dann los. Wie wär's, wenn wir als Erstes eine schöne Karte für Sophie besorgen?«

Wir kauften eine Karte, die mit bunten Schmetterlingen und Vögeln bedruckt war. Wir wollten sie gleich einwerfen. Ich musste schreiben, weil Melanie fand, dass meine Schrift ordentlicher war als ihre:

Süße! Wir schicken Dir Küsse und Liebe und fliegende Glücksbringer und sind in Gedanken bei Dir. Bis Sonntag! Eine Umarmung von Deiner Rosa und Deiner Melanie.

Am Freitag rief Stefan an. »Ich will nicht um den heißen Brei herumreden«, sagte er. »Sophie freut sich sehr auf den Nachmittag mit euch. Das ist die gute Nachricht. Die schlechte Nachricht: Ich soll euch ausrichten, dass die Prinzessin euch höchstwahrscheinlich im Schlafgemach erwarten wird.« Seine Stimme war sachlich, beinahe barsch, und verbat sich jedes Mitleid.

»Ich verstehe. Können Melanie und ich irgendetwas tun? Auch für dich? Brauchst du Unterstützung?«

»Bestell ein Wunder im Himmel, Rosa. Liefertermin sofort.«

»Ich tue mein Bestes.«

»Ich weiß. Ich werde Himbeertörtchen mit Vanillecreme backen. Eure Karte ist übrigens zauberhaft. Die Prinzessin lässt sie nicht aus den Augen.«

Wie Reisende aus dem Morgenland brachten wir der Prinzessin und ihrem Prinzen am Sonntag kleine Schätze mit, die sich in einer mit Herzchen beklebten Schachtel versteckten: die Lieblingspralinen der beiden; eine nach Sandelholz duftende Rasierseife, die der Prinz besonders mochte; eine herrlich kitschige Schneekugel mit einem Osterhasen drin, die Melanie bei unserem Bummel in einem Souvenirladen entdeckt hatte; eine DVD mit dem neuesten Disney-Film, von dem wir wussten, dass Sophie ihn noch nicht kannte. Und natürlich hatten wir wieder Blumen dabei.

»Zwei wunderschöne Frauen mit rosaroten Brillen! Es ist mir eine Freude, euch zu sehen. Hereinspaziert!« So begrüßte uns Stefan an der Tür. Wie viel Mühe es ihn kostete, diese Fröhlichkeit zu mobilisieren, wusste nur er allein. Während er uns aus den Mänteln half, sagte er: »Die Prinzessin erwartet euch im Boudoir. Wenn ihr einen Moment wartet, stelle ich die Blumen ins Wasser, und ihr könnt sie mit raufnehmen.«

Ein Gefühl von Déjà-vu erfüllte mich, als Melanie und ich mit unseren Mitbringseln die Treppe hinaufgingen. So war es schon einmal gewesen; an dem Sonntag, als Sophie so verzweifelt gewesen war. Als sich alles in ihr gegen den Tod gesträubt hatte und der Schmerz und die Traurigkeit, Angst und Verzweiflung sie überwältigt hatten. Sie hatte ihren Weg aus dieser schwarzen Nacht der Seele herausgefunden. Auch das war ein Wunder.

Damals hatte Sophie ganz am Rand des riesigen Bettes gelegen, eine schmale Gestalt, die sich kaum unter der Decke abzeichnete. Heute saß sie mehr, als dass sie lag, gestützt von einem Kissenberg. Sie lächelte uns entgegen, als wir ins Zimmer traten. Und genau wie wir trug sie ihre rosa Zauberbrille. Das Gemach der Prinzessin war liebevoll hergerichtet worden, das sah man auf den ersten Blick. Die Vorhänge waren zugezogen, um das graue Nieselwetter dieses März-Sonntags auszusperren. Kleine Stehlämpchen und Kerzen spendeten weiches Licht, und auf dem Tisch neben dem Schaukelstuhl warteten Getränke und Himbeertörtchen.

Wir küssten Sophie so vorsichtig, als sei sie aus Glas. »Durchscheinend« – das war das Wort, das sich in mein Bewusstsein drängte, je länger ich ihr Gesicht betrachtete. Ihre Freude über unseren Besuch, die Blumen und die kleinen Schätze im Kästchen leuchtete aus ihr heraus, als schiene in ihr eine kleine Sonne.

»Eigentlich wollte ich ja Audienz im Schlafgemach halten wie einst Ludwig der Vierzehnte im Schloss von Versailles. Aber das ist ein bisschen steif. Und da hab ich beschlossen, dass wir heute eine Pyjama-Party feiern«, sagte sie und legte ihre Brille auf den Nachttisch. »Wie bei Hanni und Nanni im Internat. Es gibt Tee und Saft und Himbeertörtchen.« Sie klopfte mit beiden Händen auf die Decke. »Im Bett ist genug Platz für uns alle drei.«

»Super Idee!«, sagte Melanie. »Ein Matratzen-Picknick. Wie in alten WG-Zeiten.«

Mir war nicht nach Essen zumute, und ich hatte den Verdacht, dass es Melanie genauso ging, sie war nicht mit ihrem üblichen guten Appetit bei der Sache. Aber wir legten unsere Brillen beiseite und griffen zu, schon weil Sophie, die fast nichts aß, sich so freute, dass es uns schmeckte.

Als wir es uns nach dem Picknick dann rechts und links von ihr gemütlich gemacht hatten, sagte sie: »Was gibt's Neues von Motte, Melli?«

»Wir sind in der siebenunddreißigsten Woche, und das ist einfach toll, weil es jetzt jederzeit losgehen kann. Ich habe die Lizenz zum Gebären, endlich! Motte ist rund fünfzig Zentimeter groß und wiegt um die dreitausend Gramm. Sie setzt immer noch fleißig Speck an, jeden Tag ein bisschen, aber Frau Dr. Berns sagt, ein Baby, das in dieser Woche zur Welt kommt, gilt als ausgetragen. Ich habe das Gefühl, Motte sammelt Kräfte. Es ist jetzt sehr ruhig im Bauch, ich hab mir schon Sorgen gemacht, ob etwas nicht in Ordnung ist. Aber nein, Babys schlafen kurz vor der Geburt nur sehr viel und lutschen dabei am Daumen. Ich trinke jetzt täglich zwei große Becher Him-beerblättertee. Hat die Hebamme im Kurs empfohlen. Der Tee soll die Wehentätigkeit anregen und entspannend wirken. Und morgen fege ich die Straße! Das ist auch wehenfördernd. Und wenn ich noch in die Wanne passe, werde ich heiß baden.«

»Du hast ja viel vor«, sagte ich.

»Stimmt! Ich rede auch ganz oft mit Motte, ich erzähle ihr, dass wir es kaum erwarten können, sie in den Arm zu nehmen, weil wir uns so auf sie freuen.«

Sophie streichelte zärtlich Melanies Bauch. »Das stimmt.«

»Sophie?«

»Hm?«

»Was hältst du davon, wenn Motte mit zweitem Vornamen Sophie heißt?«

Sophies Gesicht färbte sich zartrosa. »Oh. Das ist ja ganz was Neues.«

»Ich möchte das schon ganz lange. Eigentlich sollte es eine Überraschung sein, für dich und für Rosa, denn Motte soll auch noch Rosa heißen«, erklärte Melanie. »Aber dann dachte ich, es ist besser, wenn ich vorher nachfrage, ob ihr einverstanden seid. Rosa hat schon ja gesagt, jetzt bist du an der Reihe. Ich dachte an so etwas wie: Motte Rosa Sophie. Oder Motte Sophie Rosa.«

»Fang nicht schon wieder mit dem Insektennamen an«, warnte ich.

Als Sophie nicht antwortete, fragte Melanie besorgt: »Es ist dir nicht recht, dass ich Motte nach dir nenne, stimmt's?«

Sophies Augen füllten sich mit Tränen, und sie schüttelte den Kopf.

»Ich dachte, du freust dich …«, Melanie sah ganz erschüttert aus.

Wortlos reichte ich Sophie die Kleenex-Schachtel vom Nachttisch. Sie putzte sich die Nase, wischte sich die Tränen ab und sagte mit erstickter Stimme: »Natürlich freu ich mich, du Schaf. So sehr, dass ich heulen muss.«

Schwer atmend lehnte sie sich in die Kissen zurück und schloss die Augen. Sogar die Freude kostete sie unglaublich viel Kraft.

Nach einer Weile sagte sie leise: »Vor ein paar Tagen

hab ich von Motte geträumt. Das war, nachdem Stefan und ich über unseren Urlaub gesprochen hatten. Wir wollen Ende August so gerne mit euch beiden und Motte eine Woche wegfahren. In ein Haus am Meer, am liebsten in die Provence. Anschließend hab ich geträumt, wir gehen alle am Strand spazieren, die untergehende Sonne malt die herrlichsten Farben in den Himmel, und ich hab Motte auf dem Arm, und sie lacht mich an.«

Ich sah sie vor mir, Sophie und Stefan, vielleicht aneinandergekuschelt in diesem Bett, wie sie einen Traum in die Zukunft pflanzten, von Gesundheit, Sommer, Sonne, Lachen am Meer. Es war überraschend leicht, ihn mitzuträumen an diesem Nachmittag, auch wenn mein Verstand wusste, dass er sich nicht erfüllen würde.

»Das hört sich nach einem herrlichen Urlaub an«, sagte ich. »Ich bin auf alle Fälle dabei. Wir schauen uns Arles an und Avignon …«

»Und die Lavendelfelder«, ergänzte Melanie. »Und wir kaufen uns Florentinerhüte Auch einen für Motte. Mit einem rosa Band.«

Sophie lächelte. »Und einen Panamahut für Stefan. Uwe nehmen wir aber nicht mit. Und Heiko lassen wir auch zu Hause.«

Konnte es ein, dass Sophie, wie ein Seismograph, erspürt hatte, dass sich etwas verändert hatte? Oder war es Zufall? Wie auch immer, die Stunde der Wahrheit war gekommen.

»Uwe wird sicher nicht mitfahren, denn ich habe mich getrennt. Wir werden uns scheiden lassen, in aller Freundschaft. Ich bin auf Wohnungssuche.«

»Viel Glück dabei«, sagte Sophie, als sei diese Neuigkeit das Selbstverständlichste der Welt, und strich sanft über meine Wange, die nass vor Tränen war. Das war alles. Sie schien nicht überrascht, stellte keine Fragen, gab keinen weiteren Kommentar ab. Was sie zu Uwe und mir und unserer Ehe zu sagen hatte, war schon vor Wochen gesagt worden. Ich hatte das Gefühl, dass sie ihren Segen zu meinem neuen Leben gab.

»Was würdest du sagen, wenn ich dir erzähle, dass Heiko und ich auch nicht mehr zusammen sind?«

Sophies Augen weiteten sich vor Erstaunen. »Ist das wirklich wahr?«

Melanie nickte. »Es ist noch sehr frisch. Aber auch wenn es wehtut: Ich weiß, dass die Entscheidung richtig ist. Ich will nicht mehr auf einen Mann warten. Ich will ganz neu anfangen und es so richtig gut haben. Motte und ich haben das verdient.«

»Ich bin so froh«, sagte Sophie lächelnd. »Für euch beide. Und für mich. Es macht mir vieles leichter, weil ich nun mal will, dass ihr glücklich seid. Ich habe mich in euer Leben eingemischt. Und Gott sei Dank hat es etwas gebracht!«

»Ich weiß nicht, ob ich ohne Uwe glücklicher sein werde. Das wird sich rausstellen. Ich weiß nur, dass ich so nicht mehr leben will. Danke, dass du dich eingemischt hast.«

»Gern geschehen«, sagte Sophie.

»Eigentlich hast du dich gar nicht eingemischt«, meinte Melanie. »Im Grunde hast du nur die richtigen Fragen gestellt.«

Sophie schmunzelte und schob ihre Hände in unsere. »So kann man es auch sehen.«

Hand in Hand lagen wir beieinander. Schweigen hüllte uns ein. Noch vor kurzem hätten wir wohl alles ausführlich durchgesprochen. Sophie hätte viele Fragen gestellt und uns ihre ungeteilte Aufmerksamkeit zukommen lassen. Aber heute, das spürte ich, reiste sie innerlich immer wieder fort, auf einen windgepeitschten Berggipfel, auf den wir ihr nicht folgen konnten. Dort herrschten andere Gesetze; es war eine unbekannte Wirklichkeit, zu der wir keinen Zugang hatten. Aber die Liebe, die uns verband, die reiste mit Sophie.

8

Sophies Energie war aufgezehrt, das teilte mir ihre Hand in meiner mit. Immer wieder fielen ihr die Augen zu, aber als Melanie fragte, ob wir gehen sollten, damit sie schlafen konnte, antwortete sie: »Nein. Bitte bleibt noch ein bisschen. Es ist so schön, euch neben mir zu spüren.«

Die Stille dehnte sich, und ich merkte, dass ich kurz davor war einzunicken.

Gerade als ich wegtauchte, holte mich Sophies Stimme wieder in die Gegenwart zurück: »Unser Baum ist eine Buche. Sie steht auf einer grünen Wiese, zusammen mit anderen Buchen.«

»Unser Baum? Was meinst du damit?«, frage ich behutsam, denn mir war nicht klar, in welcher von vielen möglichen Wirklichkeiten sich Sophie gerade befand. Sprach sie von einem Traum? War sie eingetaucht in eine Erinnerung?

»Ich meine den Baum im Bestattungswald, unter dem ich begraben werde. Es ist alles geregelt. Die Urne mit meiner Asche wird zwischen den Baumwurzeln eingebuddelt. Stefan und ich haben uns gemeinsam einen Baum ausgesucht. Es ist ein sogenannter Familienbaum. Für Stefan und mich und acht Menschen, die diesen Platz mit uns teilen wollen. Ihr beiden seid herzlich eingeladen.«

Auf einmal war ich wieder hellwach. »Hab ich das richtig verstanden? Du möchtest uns ein Grab unter dem Baum schenken, unter dem du auch liegst?«

Auf einmal fing Sophie an zu giggeln. Erst dachte ich, dass sie weinte, aber sie war weit entfernt davon, Tränen zu vergießen. »Wisst ihr, was mir gerade durch den Kopf geht?«

Melanie und ich tauschten einen besorgten Blick.

»Nein. Aber wir würden wirklich gerne wissen, worüber du lachst ... es, ähm, erschließt sich bei dem Thema nicht auf Anhieb ...«

»Na ja. Wenn wir unter diesem Baum liegen, wohnen wir zusammen. Wir sind wieder eine WG. So wie früher. Das finde ich schon lustig.«

Es dauerte einen Moment, bis Melanie und ich das verarbeitet hatten, wir waren nicht so durchlässig wie Sophie, die mühelos von einem Gemütszustand zum nächsten glitt. Dann brachen wir in hysterisches Gelächter aus. Wir lachten, bis uns die Tränen kamen. Wir schluchzten und kicherten dabei, und wenn Sophie nicht zu schwach, Melanie nicht zu schwanger und das Bett nicht doch zu schmal für drei Verrückte gewesen wäre, hätten wir uns wohl gewälzt dabei.

Als wir uns wieder beruhigt hatten, sagte Sophie: »Ihr müsst euch nicht gleich entscheiden. Redet mit Stefan, wenn ihr so weit seid.«

Melanie gab ihr einen Kuss auf die Wange. »Ich bin dabei.«

»Ich auch. Da gibt's nichts zu überlegen.«

Sophie lächelte. »Okay. Abgemacht. Ich warte auf euch. Und vergesst nicht: Ich bleibe, auch wenn ich gehe.«

Wir schauten sie verständnislos an. Es war ein weiter Weg von einer Urnen-WG zwischen Baumwurzeln zu

Sophie, die vom Bleiben sprach, wenn sie ging. Für sie nicht. »Das Leben ist ein Teppich. Schon vergessen?«

Melanies Hirn war gelenkiger als meins. »Nein. Ich erinnere mich genau. Soll ich euch die Geschichte erzählen?«

»Ja, bitte«, sagte Sophie. »Ich möchte sie noch mal hören.«

»Das Leben ist ein unendlich großer, bunter Teppich, gewoben aus Garnen in allen Farben des Regenbogens. Das wurde Toms Großmutter vor vielen Jahren von der Schwarzen Madonna von Tschenstochau offenbart. Alles, was lebt, hat einen einzigartigen Faden in diesem Teppich. Und wenn jemand stirbt, dann nimmt die Seele die Farbe mit in den Himmel, und der Faden wird unsichtbar. Aber er ist noch da, er ist nach wie vor eingewoben in den herrlichen Teppich, und man kann ihn spüren, denn er ist aus Licht und Liebe gesponnen.«

»Das hast du so schön erzählt, Melli«, sagte Sophie. Ich nickte nur, weil ich meiner Stimme nicht traute. Ein Wort, und ich hätte wieder angefangen zu weinen.

»Ich hab euch lieb. Und ich schmeiße euch jetzt raus. Ich muss schlafen.«

»Wir haben dich auch lieb, Sophie«, sagten wir. »Schlaf gut.«

Diesmal wollte Melanie nicht, dass ich sie nach Hause fuhr. »Ich brauche Ablenkung. Ich will in ausdruckslose Gesichter starren und auf Finger, die über Smartphones wischen. Ich will überdimensionale Kopfhörer sehen und Leute, die in Telefone quasseln, nach Knoblauch stinkende Döner in sich reinstopfen und Bier aus Flaschen trinken. Ich will, dass die S-Bahn so richtig ruckelt, damit Motte den Finger aus dem Mund nimmt und aufwacht und sich auf den Weg macht. Ich will ... ach, du weißt, was ich will.«

Ich legte einen Arm um ihre Schulter. »Ja, ich weiß. Aber du darfst dich nicht überanstrengen, hörst du? Pass auf euch beide auf. Komm, steig ein. Ich fahre dich wenigstens zur S-Bahn-Station.«

Aber auch das wollte sie nicht. Ich stieg ins Auto und sah ihr nach, wie sie mit gesenktem Kopf und dem typischen Watschelgang der Hochschwangeren langsam davonging.

Ich hörte den Wind auf dem Berggipfel, auf dem Sophie stand. Jeden Tag hörte ich ihn, während ich in der Praxis arbeitete, und ich hörte ihn nachts, wenn ich versuchte zu schlafen. Selbst Uwe fiel auf, wie unruhig ich war. Am Mittwoch setzten wir uns abends über einem Glas Wein zusammen und redeten. Auch über Sophie. »Es tut mir leid, Rosa. Wirklich leid. Es scheint, dass sie am Ende ihres Weges angekommen ist und es kein Zurück gibt.«

Ich starrte ihn an. Uwe, ausgerechnet Uwe, dem ich das nie zugetraut hätte, hatte die Wahrheit erkannt! Sophie war am Ende ihres Weges angekommen, es gab kein Zurück, nur noch den Wind, der sie von ihrem Berggipfel in das unbekannte Land wehen würde.

Was die Scheidung anging, hatte er es aufgegeben, mich überreden zu wollen, weiterzuleben wie bisher. »Ich bin davon überzeugt, dass du einen riesengroßen Fehler machst. Auch wenn wir uns gütlich einigen, ist das finanziell sicher ein Verlustgeschäft. Aber ich habe nachgedacht. Reisende soll man nicht aufhalten, und es hat keinen Sinn, einen Rosenkrieg anzuzetteln. Ich habe gelesen, dass sich rund vierzig Prozent aller Scheidungen vermeiden ließen, wenn beide Parteien mehr Ausdauer hätten und einsehen würden, dass das Leben kein Ponyhof ist. Ich meine – du glaubst doch nicht im Ernst, dass du auf Kommando glücklich bist, nur weil du nicht mehr mit mir verheiratet bist? So naiv kannst du doch nicht sein? Und beim nächsten Mann wird auch nichts anders, nicht mit Mitte vierzig. Wenn man realistisch ist.«

»Mag sein«, sagte ich. »Ich werde es einfach ausprobieren. Ich nehme das Leben, wie es kommt. Und wünsche uns beiden das Beste.«

Er nickte. »Wir können uns ja ab und zu treffen. Es soll ja Leute geben, die sich nach der Scheidung neu ineinander verliebt haben.«

Die Wahrscheinlichkeit erschien mir bei uns beiden sehr gering, aber ich sagte nur: »Wer weiß.«

»Ich bestelle einen schönen Strauß für Sophie. Was hältst du davon?«

»Das ist eine wunderbare Idee«, sagte ich.

Aus Prenzlauer Berg traf am Donnerstag eine Mail ein:

*Liebe Sophie, liebe Rosa, volles Programm **heute am Montag**. Ich habe die Wohnung auf Hochglanz gebracht. Musste immer mal Pausen einlegen, hat den ganzen Tag gedauert. Man könnte vom Fußboden essen, und in den*

Schränken herrscht eine nie dagewesene Ordnung. Ich habe sogar die Fußleisten abgestaubt, Rosa, was sagst Du dazu? Dann, als ich meine wohlverdienten Spiegeleier mit Speck verspeisen wollte, klingelte Heiko. Unangemeldet. Ich habe nicht aufgemacht. Küsse!

***Es ist Dienstag.** Keine Wehen weit und breit. Ich habe heute die Himbeertee-Dosis um eine dritte Tasse erhöht und die Straße gekehrt. Mit meinem funkelnagelneuen Besen. Ich habe seltsame Blicke geerntet, aber niemand hat mich angesprochen und gesagt: Kleine Schwangerschaftspsychose? Kann ich Ihnen helfen?« Heiko hat versucht, mich auf dem Handy anzurufen. Ich habe seine Nummer gesperrt. Seid umarmt!*

***Mittwoch.** Ich bin heute im Treppenhaus gewandert. Wie Ihr wisst, hat mein Haus vier Stockwerke. Ich bin dreimal rauf- und runtergekeucht. Diesen Geheimtipp habe ich von einer Frau aus dem Geburtsvorbereitungskurs. Sie erwartet ihr zweites Kind und hat erzählt, dass ihre Erstgeborene zwei Wochen vor Termin kam, weil sie jeden Tag die Treppen in ihrem Haus rauf- und runtergestiefelt ist. Sie wiegt allerdings ungefähr halb so viel wie ich. Es war furchtbar anstrengend, mein Hobby wird das nicht. Zur Belohnung habe ich mir ein Glas Rotwein gegönnt. Das erste Glas Rotwein in der Schwangerschaft. Und jetzt gehe ich ins Bett. Rotwein ist ein uralter Hebammentrick, er wirkt wehenfördernd.*

Ich liebe Euch und denke an Euch. Eure Melanie

*Meine Süßen! Es ist **Donnerstag.** Seit vier Tagen stehe ich nun ununterbrochen im Dialog mit Motte und meiner Gebärmutter. Heute habe ich noch mal die Straße gekehrt* *und bin das Treppenhaus rauf- und runtergekrochen. Dann habe ich heiß gebadet, nachdem ich ausgemessen habe, dass ich nicht in der Badewanne steckenbleiben werde. Das hätte noch gefehlt! Im Briefkasten lag eine Karte von Heiko: Es tut mir leid, stand drauf. Mir tut es auch leid, um mich und all die Jahre, und das, was ich mir so sehr gewünscht und nie bekommen habe. Ich gebe zu, dass ich schrecklich heulen musste. Aber es ist okay, ich spüle damit alles aus meinem System. Ich habe dann noch ein Glas Rotwein getrunken und den Rest weggeschüttet, damit Motte keinen Schwips kriegt. Ich gebe es jetzt auf mit den Hausmitteln und gehe schlafen. In Liebe, Eure M.*

Stefan hatte für Sophie geschrieben: *Liebe Melanie, liebe Rosa,*

Stefan druckt meine Mails für mich aus und liest sie mir vor, das ist toll. Und er schreibt für mich die Antworten, weil ich es nicht mehr selbst tun kann. Sprechen geht noch, tippen nicht. So viele liebe Menschen denken an mich: Meine Geschwister, meine Nichten und Neffen, Freunde und Kollegen aus der Buchhandlung.

Meine Eltern haben keinen Rechner, sie verlassen sich lieber aufs Telefon und rufen jeden Tag kurz an. Vielen, vielen Dank für den herrlichen Blumenstrauß, Rosa, und die Karte, bitte grüß Uwe lieb und sag ihm dankeschön, er hat sehr nett geschrieben.

Ihr werdet kaum glauben, wer sich gemeldet hat: Barbara. Stefan hat ihre Karte zuerst gelesen, er wollte sichergehen, dass nur gute Worte drinstehen. Sie schrieb, es tue ihr leid, dass sie mich besucht hätte, und sie wünscht mir

*und meiner Familie alles Gute. Damit kann ich leben. Es ist
einfach nicht mehr wichtig.*

*Ich freue mich, wenn ihr Sonntag kommt. Vielleicht kön-
nen wir ein Stück mit der Kutsche spazieren fahren? Mella,
Motte hat mir telepathisch übermittelt, dass sie sich auf den
Weg macht, wenn sie so weit ist. Du sollst auf Dich auf-
passen und Dich schonen! Liebe von Eurer Sophie und tausend Bussis von Stefan (Er wird Schokoladenkuchen für uns
backen.)*

Am Samstag erfuhren Melanie und ich, dass die Familie
dabei war anzureisen, um Sophie auf Wiedersehen zu
sagen. *»Sophies Eltern und ihre Schwester mit Mann kommen heute aus Lüneburg«*, schrieb Stefan. *»Wir bereiten
uns darauf vor, auf alles vorbereitet zu sein. Sophie rechnet
fest mit Euch. Auch wenn wir ein volles Haus haben werden – es ist Euer Mädels-Sonntag.«*

Ich wusste, was Stefan uns sagen wollte: Dieser Sonntag würde unser letzter Sonntag mit Sophie sein. Der Abschied, vor dem wir uns so fürchteten, war ganz nahe.
Mein inneres Bild von Sophie, die kurz davor war, vom
Wind davongetragen zu werden, war die Realität, die ich
seit Tagen in meinem Bewusstsein herumtrug. Trotzdem
brach etwas in mir zusammen, als ich schwarz auf weiß
las, was Stefan geschrieben hatte. Es war wie eine Be-
stätigung, Brief und Siegel. Die Zeit war gekommen. Ich
musste Sophie loslassen. Der Schmerz, der diese Gewissheit begleitete, war unbeschreiblich.

Ich rief Melanie an, um zu hören, wie es ihr ging. Sie
hatte geweint, das war unverkennbar. »Es ist so unwirk-

lich«, sagte sie. »Mein Verstand weigert sich einzusehen, dass es keine Sonntage mit Sophie mehr geben wird. Ich kann es einfach nicht glauben. Auch wenn ich es weiß.« Sie klang so verloren, dass es mir das Herz umdrehte.

»Wir haben noch morgen.« Auch das war nicht sicher, weil nichts sicher war, aber Melanie brauchte etwas, an dem sie sich festhalten konnte. »Ich hole dich ab.«

»Du hast auch geweint. Ich höre das an deiner Stimme«, sagte sie.

»Mhm«, machte ich. »Ich bin morgen gegen vierzehn Uhr bei dir. In Ordnung?«

»In Ordnung. Ich hab dich lieb, Rosa«, hörte ich noch, dann verriet mir ein Knacken in der Leitung, dass sie aufgelegt hatte.

Um dreiundzwanzig Uhr, als ich gerade den Rechner ausgeschaltet hatte, klingelte das Telefon. Mein Herz fing an zu rasen. War das Stefan? War Sophie gegangen? Als ich Melanies Nummer auf dem Display sah, wurde mir schwindlig vor Erleichterung.

»Ich habe Wehen!«, schrie Melanie in den Apparat.

»Du liebe Güte. Wie oft, wie lange?«

»Oft und lange. Komm! Ich fahre jetzt in die Klinik, das Taxi wartet unten!«

Ich war beinahe so aufgeregt, als würde ich selbst entbinden, und stürzte ins Wohnzimmer, um Uwe Bescheid zu sagen, dass ich jetzt zu Melanie nach Pankow in die Klinik fahren würde.

»Ruhig Blut, Rosa«, sagte er gelassen. »Du wirkst ziemlich aufgelöst. Eine Geburt ist ein völlig normaler Vorgang. Vergiss auch nicht: Du bist Medizinerin. Zwar im Veterinärbereich, aber immerhin.«

Ich hätte ihn glatt umarmen können, denn er hatte genau die richtigen Worte gefunden: Ich fühlte mich sofort ruhiger. Mit wenigen tiefen Atemzügen mobilisierte ich Frau Dr. med. vet. Rosa Ammer, eine erfahrene Medizinerin, die vielen weiblichen Wesen schon bei der Geburt beigestanden hatte.

»Danke«, sagte ich zu Uwe und küsste ihn auf die Wange.

»Wofür war das denn?«, wollte er erstaunt wissen.

»Ich bin jetzt beinahe die Ruhe selbst. Das habe ich dir zu verdanken.«

»Mhm«, machte er. »Fahr vorsichtig, hörst du? Nicht so schnell. Du willst ja heil ankommen und keinen Strafzettel riskieren. Und grüß Melanie von mir. Ich wünsche alles, alles Gute!«

Emma Sophie Rosa erblickte das Licht dieser Welt am Sonntag, um Punkt neun Uhr vormittags. Ohne zu übertreiben, es war der schönste Moment meines Lebens, als ich Melanies Baby zum ersten Mal sah: winzig klein, mit einem Köpfchen voller dunkler Haare, wunderschön und mit kräftigen Lungen ausgestattet. Das allererste Foto – die erschöpfte, aber selige junge Mutter mit ihrem Baby im Arm – schickte ich auf Stefans Handy, zusammen mit einer Nachricht:

Emma Sophie Rosa ist da! Zweiundfünfzig Zentimeter lang, dreitausendeinhundert Gramm schwer! Mutter und Kind wohlauf. Glückliche Küsse von Melanie und Rosa.

Stefans Antwort kam beinahe sofort:

Das schönste Baby, das wir je gesehen haben! Wir freuen uns so sehr! Allerherzlichste Glückwünsche und eine Umarmung von Eurer Sophie und Stefan

Ich setzte mich neben Melanies Bett. »Wie bist du eigentlich auf Emma gekommen?«, wollte ich wissen. »Der Name stand meines Wissens nicht auf den Listen.«

»Ehrlich gesagt: Keine Ahnung. Er flog mir zwischen zwei Wehen zu. Vielleicht war es Motte, die sich ihren Namen selbst ausgesucht hat. Rosa?«

»Ja?«

»Wir müssen heute noch zu Sophie. Wir müssen! Es ist Sonntag. Sie rechnet mit uns. Wir müssen ihr Motte zeigen.«

»Sie rechnet nicht mit uns. Sie weiß doch, dass du im Krankenhaus bist.«

»Ich will nach Babelsberg. Koste es, was es wolle. Heute Abend lege ich mich wieder brav in die Klinik. Aber heute Nachmittag will ich bei Sophie sein. Mit Emma. Und dir natürlich.«

»Aber … Du hast gerade erst entbunden. Du bist ganz erschöpft. Was, wenn du eine Blutung bekommst?«

»Ich kriege keine Blutung, ich bin topfit. In der Dritten Welt arbeiten Frauen direkt nach der Geburt wieder auf dem Feld.«

Melanie sah nicht so aus, als ob sie gleich auf dem Feld arbeiten könnte, aber ihre Entschlossenheit war enorm.

»Morgen«, versuchte ich sie zu überreden. »Morgen fahren wir zu Sophie. Ich hole dich ab und fahre dich nach dem Besuch zurück in die Klinik.«

»Nein! Rosa, bitte. Es muss heute sein. Heute ist Sonntag. Ich weiß, dass ich das schaffe. Gleich bringen sie mich aufs Zimmer, dann schlafe ich ein bisschen, und dann fahren wir zu Sophie. Sag ja. Bitte!«

»Okay«, sagte ich seufzend. »Irgendwie kriegen wir das schon hin.«

Ich verzog mich in den Korridor und rief Theo an.

Theo holte mich am Nachmittag von zu Hause ab, und wir fuhren zu Melanie in die Klinik. Er hatte Sophies Kutsche dabei, um Mutter und Kind bequem von der Station zum Parkplatz zu transportieren. Mir war es eine große Beruhigung, dass Theo mit von der Partie war. Melanie behauptete zwar, sie könne beinahe Bäume ausreißen und eine Geburt sei keine Krankheit, aber ich wollte auf Nummer sicher gehen.

Melanie und ich wussten, was uns in Babelsberg erwartete. Aber »wissen« und das vertraute Haus betreten, in dem sich eine Familie versammelte, um bei Sophie zu sein, wenn sie ging, war etwas völlig anderes. Ich schaute in die Gesichter, drückte Hände, umarmte Laura und Stefan. Sophies Eltern saßen blass und still auf dem grauen Sofa, in ihrer eigenen Welt, wie auf einer Insel.

Wir wussten, dass Sophie uns erwartete. Aber es war nicht sicher, ob sie bei Bewusstsein sein würde, hatte uns Theo erklärt. Sie driftete zwischen den Welten. Was nicht hieß, dass sie nicht genau mitbekam, was um sie herum geschah. Ob sie darauf reagieren konnte, war eine andere Frage. Melanie war wacklig auf den Beinen, aber sie bestand darauf, dass sie die Treppen in den ersten Stock schaffen würde.

»Rosa, du trägst Mot… äh, ich meine Emma Sophie Rosa«, lautete ihre Anweisung. Emma, in eine flauschige Decke gehüllt, schlief tief und fest. Gerührt sah ich, dass sie eines der Mützchen trug, die Sophie gestrickt hatte.

Als wir dann nach einer gefühlten Ewigkeit, in der sich Melanie mühsam am Treppengeländer Stufe für Stufe nach oben gearbeitet hatte, das Schlafzimmer betraten, sah alles auf den ersten Blick aus wie am vergangenen Sonntag. Die Vorhänge waren zugezogen, kleine Lämpchen und Kerzen und Teelichter spendeten gedämpftes Licht. Sophies Gestalt zeichnete sich kaum unter der Decke ab; ihr Oberkörper war etwas erhöht auf Kissen gebettet, wohl, damit sie leichter atmen konnte. Und doch hatte sich etwas verändert: Eine immense Stille erfüllte den Raum, die nichts mit der Abwesenheit von Geräuschen zu tun hatte.

Wir traten ans Bett. Sophies Augen waren geschlossen, ihr Atem ging leicht und unregelmäßig.

»Hallo Sophie«, sagte ich leise. »Wir sind's. Melanie und Rosa. Wir haben dir jemanden mitgebracht …«

Sophies Lider flatterten, ich war sicher, dass sie mich gehört hatte. Melanie setzte sich auf den Stuhl, der neben dem Bett stand. »Emma Sophie Rosa möchte dir guten Tag sagen«, flüsterte sie.

Sophie öffnete die Augen.

Sie hielt das Baby, auf das sie so sehnsüchtig gewartet hatte, im Arm, genau wie sie es sich gewünscht hatte. Ihr Gesicht hatte sich vollkommen verwandelt: es war wie von innen erleuchtet, von einer Schönheit, die mich tief berührte. Es war eine Schönheit, die nicht von dieser Welt war, und ich wusste, dass der nächste Windstoß sie mitnehmen würde. Sie würde in die Stille fliegen, und wie es war, war es gut. Die Wunder, die für Sophie bestimmt gewesen waren, waren zu ihr gekommen.

URS AUGSTBURGER
Als der Regen kam
Roman
288 Seiten
ISBN 978-3-7466-2989-6

Die Liebe meiner Mutter

Mauro schöpft Verdacht, dass es im Leben seiner erkrankten Mutter jemanden gab, von dem er nichts weiß. Die Geschichte einer verratenen Liebe, die eine letzte Chance erhält, und ein berührender Roman um das große Thema Vergessen.

Als sich die Alzheimererkrankung seiner Mutter Helen verschlimmert, kehrt Mauro an den Ort seiner Jugend zurück. Dort ist die Zeit des Jugendfestes, bei dem sich die jungen Liebenden des Städtchens ein Versprechen für die Zukunft geben – das im Sommer 1956, als seine Mutter daran teilnahm, noch einer Verlobung gleichkam. Auch in Mauro weckt das alte Ritual schmerzhafte Erinnerungen. Nach und nach begreift er, dass sich hinter Helens scheinbar zusammenhangslosen Worten ein Geheimnis verbirgt, das bis in die Gegenwart reicht. Und er begibt sich auf die Suche nach der Liebe seiner Mutter …

Mehr Informationen erhalten Sie unter www.aufbau-verlag.de oder in Ihrer Buchhandlung.

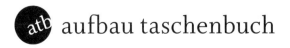

KATHRIN GERLOF
Alle Zeit
Roman
240 Seiten
ISBN 978-3-7466-2679-6
Auch als E-Book erhältlich

»Mit magischer Lakonie erzählt« Berliner Zeitung

Fünf Frauen, die einander sehr viel näherstehen, als sie glauben: Ein traurigschöner Roman über das Altwerden und Neugeborensein, das Erinnern und Vergessen.

Als Juli und Klara einander im winterlichen Park begegnen, ahnen sie nicht, wie ihrer beider Leben miteinander verwoben sind. Die eine ist blutjung, hochschwanger und mutterseelenallein. Die andere, alt und gebrechlich, verliert mehr und mehr den Bezug zur Welt und weiß: Für's Erinnern bleibt nicht mehr viel Zeit. Warum nur fühlt Juli sich der alten Frau so nah? Spürt sie, was Klara und das Kind in ihrem Leib verbindet? Eine zu Herzen gehende Geschichte über das Altwerden, das Neugeborensein und eine Liebe am Ende des Lebens.

Mehr Informationen erhalten Sie unter www.aufbau-verlag.de oder in Ihrer Buchhandlung.

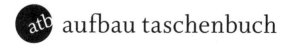

KATHRIN GERLOF
Teuermanns Schweigen
Roman
192 Seiten
ISBN 978-3-7466-2747-2
Auch als E-Book erhältlich

Alles Lüge?

Muss eine Geschichte stimmen, um wahr zu sein?
Welches dunkle Geheimnis verbirgt Teuermann, als er Markov völlig unerwartet mitten auf einer Waldlichtung in der tiefsten Provinz entgegentritt? Was dieser komische Vogel auch erzählt, es klingt wie ein Klischee - der Chef, die Sekretärin, die Ehefrau, Lügen, Hoffnungen, ein Ultimatum und zwei Tote. Wenn aber nur ein Teil von Teuermanns Geschichten stimmt, hat er eine Schuld auf sich geladen, die so groß ist wie ein Verbrechen. Markov, ein Mensch, der sich stets heraushielt, ist abgestoßen und fasziniert zugleich und lädt Teuermann zum folgenreichen Spiel mit der Wahrheit in sein Haus ein. Auf fesselnde Weise hinterfragt Kathrin Gerlof die Grenzen des Erzählens und begeistert den Leser mit ihrer klaren, poetischen Sprache.
Eine faszinierende Entdeckung in der deutschsprachigen Literatur. Geheimnisvoll inszeniert Kathrin Gerlof ihren Roman über die Macht des Erzählens. »Teuermanns Schweigen« ist eines der vielversprechendsten literarischen Debüts der letzten Jahre.

Mehr Informationen erhalten Sie unter www.aufbau-verlag.de oder in Ihrer Buchhandlung.

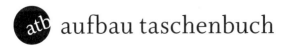